公元787年，唐封疆大吏马总集诸子精华，编著成《意林》一书6卷，流传至今
意林：始于公元787年，距今1200余年

意林 红石榴 出品
时尚+情感+励志

许你一世安澜

凌霜降 著

北方妇女儿童出版社
·长春·

版权所有　侵权必究

图书在版编目（CIP）数据

许你一世安澜 / 凌霜降著. -- 长春：北方妇女儿童出版社, 2016.8

（意林·红石榴.甜城蜜恋系列）

ISBN 978-7-5585-0304-7

Ⅰ.①许… Ⅱ.①凌… Ⅲ.①长篇小说－中国－当代 Ⅳ.①I247.5

中国版本图书馆CIP数据核字(2016)第201754号

许你一世安澜
XU NI YI SHI AN LAN

出版人	刘　刚
总策划	魏　娜
特约策划	师晓晖
责任编辑	吴　强　王　婷　孟健伊
图书统筹	空心菜
绘　图	东方游
书籍装帧	胡静梅
美术编辑	王　春
开　本	700mm×1000mm　1/16
字　数	270千字
印　张	13
版　次	2016年8月第1版
印　次	2016年8月第1次印刷
印　刷	北京市兆成印刷有限责任公司
出　版	北方妇女儿童出版社
发　行	北方妇女儿童出版社
地　址	长春市人民大街4646号 邮编：130021
电　话	0431-85678573
定　价	25.00元

如发现印装质量问题，请与印务部联系退换，电话：010-51908584

目录
Contents

001 第一章 总裁归来

那位新总裁出现的时候，会议室里所有的女性包括身为姑姑在内的沐慧之都不由自主地倒抽了一口冷气：这个男人，怎么可以长成这样？

015 第二章 命定的缘分

据说，当你一天之内遇到同一个人三次并且印象深刻，那么，便说明你们有命定的缘分。

027 第三章 让他看不惯的助理

沐安澜瞪着肖嘉宝的样子，眼睛里真恨不得燃起三昧真火，把她整个人都烧成灰烬。

041 第四章 只有她会发光

人群中，似只有她会发光。仿佛即使沧海桑田尘埃散去，仍会只有她，一直在闪闪发光。

053 第五章 带刺的职场玫瑰

她像一朵自在开放的玫瑰：有刺，芬芳，夺目，吸引人，却又提醒人不要随意靠近。

067 第六章 不曾忘记的回忆

在她消失的六年里，他仍时时会想起她，虽然并不是十分美好的回忆，但从不曾忘记。

081 第七章 不情愿的商业联姻

虽然她并不喜欢沐安澜与卢赫拉联姻，也并不觉得沐安澜做沐氏总裁有多重要。但是，她不想看到沐安澜失败。哪怕是一次，哪怕是某个并不重要的方面。

095 第八章 不为人知的交易

多么爽快又现实的女孩。爽快得令人喜欢，喜欢她小小年纪就拥有的魄力与果断。又现实得令人畏惧。畏惧她某一天也会为了现实的利益出卖你。

目录 Contents

第九章　竭尽所能保护她　109
那一刻他觉得，一定要做世界上唯一不管她做什么都竭尽所能保护她不再受任何伤害的男人。

第十章　避开他织的网　123
并不是她对于沐安澜这段时间来似是而非的"追求"攻势妥协，也不是她真的忙得懒得理会他，而是她时刻提醒自己要以忙为借口，不能掉进他为她织的网里。

第十一章　她残酷的原因　137
一个女人对你残酷，只有两个原因，一是她根本不爱你，二是她怕被你伤害。

第十二章　害人的东西　151
巧克力！吃的时候有点儿苦，但味道很好，她吃了两颗！这世界上为什么会有酒心巧克力这种害人的东西？

第十三章　不确定他的心　165
在这个世界上，除了一颗爱他的心，她已经不剩下什么东西了。她即使相信他可能现在真的是喜欢自己，也不相信他会喜欢很久。

第十四章　为爱倾尽所有　179
他连百分之一都没给他留下，但沐安澜居然也答应了。就因为要救那个叫肖嘉宝的女人。

第十五章　请让我离开　191
沐安澜从没见肖嘉宝哭过，她大多数时候都是强悍得让人仰视的，偶尔也崩溃得像个小孩，但是他真的没有见过她的眼泪。

Chapter 01 第一章
总裁归来

那位新总裁出现的时候，会议室里所有的女性包括身为姑姑在内的沐慧之都不由自主地倒抽了一口冷气……这个男人，怎么可以长成这样？

1

米兰时装周，秀场上霓裳丽影，奢华的气息闪耀在每个角落。

某顶级大牌秀场的后台，模特们都在快速地换装与化妆。一片混乱中，一张脸苍白得像化了"死人妆"一样的林宁浩感觉自己要疯了！

因为还有十分钟就开秀了，但是沐安澜竟然不见了！

竟然不见了！整个后台，他连装衣服的箱子都翻过了，就是找不到人！

虽然这后台里全是一米八以上的高个子，但那是沐安澜呀！那是现在首屈一指红得发紫，连时尚界"老佛爷"都要亲自打电话才能约到他的行程的沐安澜呀！那是身高一米八九、长着一张脸俊美得无懈可击穿任何衣服都能让人过目不忘的沐安澜呀！怎么可能就在这小小的后台失踪了？

眼看着"老佛爷"的身影已经出现在后台的门口了，林宁浩只恨这个时代如此先进，为什么竟然还没有发明出隐形药这样好用又救命的东西！让他吞一颗像沐安澜一样让人找不着吧，这样就不用面对他一生都不想面对的怒火了。

林宁浩一边躲进一大堆衣架的后面，一边继续拨打沐安澜的电话。

在求天天不应叫地地不知的绝境中，手机忽然接通，那端传来沐安澜有点儿懒洋洋的声音，林宁浩强忍着跟随电波飞速去掐着他的脖子把他拖回来的冲动，很是温柔地问："沐爷，请问您现在在哪儿？服装秀还有九分钟，哦不，八分钟就开始了。您还没换衣服呢。"

"我在飞机上，过不去了。你要是找不着工作，也订机票回国跟我吧。要起飞了。拜。"沐安澜轻描淡写地说出的每一个字，都像炸弹一样炸着林宁浩的脑袋，他瞬间蹦了起来："喂！你为什么在飞机上？这不是你接的服装秀吗？你走了让我怎么跟人说？喂！沐安澜你给我说清楚！喂喂！浑蛋！！"

林宁浩气得跳了起来，近一米八的身高撞倒了衣架，让本来想藏起来的他引起更大动静，暴露在他最不想面对的人面前。

"林先生，你这是怎么了？"时尚界最难缠的大魔头竟然扬起一丝微笑看着林宁浩，林宁浩心里一个激灵：完蛋了，这个对工作人员从来都是用吼的大魔王竟然讲起了礼貌。这绝不是个好兆头！沐安澜，这辈子我就是到街上去流浪，也决不要再做你的助理了！

不同于林宁浩承受大魔头狂风骤雨般的咆哮外加卷铺盖滚出时尚圈的绝望与混乱，在米兰飞往中国的飞机上，豪华头等舱内，空姐很殷勤地为沐安澜调整了一下脚榻的位置，以便让他那逆天大长腿放得舒服一些。

"谢谢。"沐安澜声音略低沉地用意大利语向空姐道谢,他戴着睡眠眼罩的脸依然俊美动人,唇角微微扬起的动作透露出高傲而又令人舒服的贵族礼节。

英国某风景葱绿的公园,一个穿着黑色运动套装的高挑女孩从几个男孩面前跑过,收获了几声口哨,再路过几个在草地上看书的女孩,同样收获了几声口哨,其中有一个还跟她打了招呼:"嗨,嘉宝。"

肖嘉宝利落短发下略带英气的俊美脸庞目视前方,没有看那个向她打招呼的女孩一眼,却准确地叫出了她的名字:"嗨,安妮卡。"

她迈开长腿,身高一米七七的高挑背影渐渐跑远,叫安妮卡的女孩还有点儿愣神:"哦,她真迷人。"

"听说你的男神罗比今天打算再次向她表白。"女孩们开始打击安妮卡。但安妮卡根本不在意:"嘉宝根本不会答应他的约会。"

肖嘉宝拐进了小区的路口后,一个金发蓝眼的男子跑步追了上来:"嗨,嘉宝。"

"嗨,罗比。"肖嘉宝继续跑步,没有转头看罗比一眼,她的侧颜俊雅,修长的脖颈宛如天鹅般优美,看在罗比眼里,她就像一个发光体,让他无法移开眼睛。

"嘉宝,我可以约你明天晚上共进晚餐吗?明天是我的生日。"罗比等这天等了很久,他想在最重要的日子和最喜欢的女孩在一起。

"不可以。生日快乐。"肖嘉宝的眼神与步伐没有任何变化,罗比却慌乱得差点儿摔了一跤:"嘉宝,你知道我很喜欢你。"

"再见。"肖嘉宝拐进自己的公寓门口,电子门很快落下,留给罗比一张冷漠的脸,就像肖嘉宝的内心一样,罗比一脸失落,眼泪都快掉出来了。

回到公寓的肖嘉宝只是把罗比的表白当成一段无关紧要的生活插曲,冲完澡后,她倒了一杯咖啡打开了电视机。电视画面上闪过沐安澜那张堪称完美的俊颜,新闻正在播放超级男模爽约时尚大魔头的米兰服装秀的事情,新闻称,沐安澜如此任性放肆,他的模特生涯应该到头了,讲的全都是沐安澜的一些负面新闻,甚至质疑他为什么如此任性却如此受时尚界宠爱。

肖嘉宝没想到打开电视就会看到沐安澜的脸,愣了一下,才回过神来继续喝咖啡。电视上整则新闻播完之后,她仍维持原来的姿势不动,眼神中似有波澜涌动,但脸上却一片平静冷漠。

国内某高尔夫球场,高大健美的沐安岩正准备挥杆,美貌利落的柳秘书拿着电话小跑着过来示意他接听。沐安岩浓眉微锁,薄唇轻抿,柳秘书即刻明白了他的不满,收起电话退到了一边。

沐安岩继续挥杆击球，白色的小球高高飞起，抛物线落下在地上滚动……竟然一杆入洞！身边的几个公子哥儿都不禁为他鼓起掌："沐安岩，你还让不让我们玩了？每次玩你都赢，小心我们下次不陪你玩。"

沐安岩笑容阳光："今天不管玩什么全算我的。你们接着玩，我先去接个电话。"他接过秘书手里的电话，快步走远接听。显然电话那端说的似乎并不是什么好消息，所以他很快就离开了球场。

沐礼之家的书房里，与沐彦之一母同胞，却因为更像外祖母家的人而长得浓眉鹰眼的沐礼之坐在宽大的办公桌后面，一脸凝重。他对面的沙发上，年已五十岁却保养得似三十岁出头的沐慧之笑着道："哥，不过是个毛头小子，他要是真有能力，不可能商学院都没念完就退学，也不可能三年前明明可以坐上总裁位置，却跑去做模特。哼，模特，沐氏总裁去做模特！就这一点，够他在那帮股东面前死一百次了。"

"但他是大哥的儿子。是沐氏的长房长孙。"沐礼之沉吟，身为一个为了沐氏继承人努力了几十年最后却败在长子这座壁垒前的沐家人，他觉得几十年的挫败与不甘都还在血液里愤怒地奔跑，令他时时难受。

"你参加过大哥的婚礼吗？反正我没有。"沐慧之外表美艳而干练，面容气质都充满了职业女性的强硬，"全世界都知道沐氏总裁沐彦之是不婚主义者。至于三年前梁晚欢拿出来的那纸婚书，大哥现在虽然醒了，但睡了三年后谁也不知道会怎样，我们说她的婚书是假的，她又能怎样？"

"大哥看上的女人，不会是普通的市井女子。"沐彦之昏迷的这三年，梁晚欢从跟着律师拿着遗嘱出现在股东大会那一天开始，可是给了他不少"惊喜"。他这堂妹，在梁晚欢手上吃过亏，现在居然还敢小觑梁晚欢。

"那又怎样？这三年来，她始终不过是个有名无实的代理总裁。她想扶植的儿子，也不过是个出卖皮囊的小模特儿。就算现在我哥醒了，以他的身体状态，能撑多久还不知道。这三年，沐氏早已不是大哥没出事前的沐氏了。"沐慧之现在掌管着沐氏的酒店旅游业，算是沐氏较为盈利的板块，所以她说话底气很足。

"你还是小心行事的好。"沐礼之沉稳地提醒她。虽然他一直不太待见这个堂妹，但为了对付沐彦之与她结了盟，他自然也不希望她出事。沐安岩暗示过，姑姑最近行事太过了。

"放心。我不会像沐军之一样把自己弄进去的。"沐慧之趾高气扬地冷笑道。

"血缘上，他也是你的弟弟。"

"身世不清不楚，有什么资格做我弟弟。"沐慧之高傲地站起来，拍了拍拎包上并不存在的灰尘，"既然事情你已经知道了，那我就走了。有事给我打电话吧。希望二哥不要忘记了我们的约定。"

"走吧。"沐礼之仍坐在办公桌后面，并没有起身送她的意思。沐慧之也没有强求，转身离开。

下楼的时候，遇见刚从外面回来的二嫂林静卉和侄女沐安然。沐慧之对二嫂这样的家庭主妇无感，倒是比较疼爱侄女沐安然，所以便堆起笑脸："二嫂回来了。然然，来，姑姑看看，哎，我的然然又变漂亮了呢！"

"姑姑！"沐安然是那种含着金汤匙出生的女孩子，从小便像公主一般养着，漂亮是必然的，作为家里最小最受宠的女孩，娇气刁蛮自然也难免，"姑姑你好久没来看我了。前两天我还以为你会带我去米兰看服装秀。我想去看二哥的服装秀，但是爸爸和哥哥都说没有空，而且你有贵宾邀请函。"

2

"唉，让我们然然失望了？抱歉呀。姑姑最近有点儿忙，顾不上玩儿。这样吧，你看上什么了，姑姑给你买。"沐慧之伸手捏了一把侄女只抹了淡妆也嫩滑无比的脸，心里暗叹一声：自己也曾如此鲜活过呀。

"谢谢姑姑！"沐安然抱住沐慧之就亲，"姑姑对我最好了。"

"慧之，吃了饭再走吧。"林静卉温柔地招呼，眼睛望向刚从楼梯上走下来的丈夫，用眼神示意他留客。沐礼之接下了妻子的暗示："吃了饭再走吧。再忙也不欠一顿饭。"

沐慧之想了想，便答应留下用餐。

晚饭做好的时候，沐安岩回来了。见到沐慧之也在，恭敬地叫了声姑姑，倒也没再说别的。沐礼之与沐安岩有过约定，在饭桌上绝口不提公事，饭后沐慧之告辞，父子俩才进了书房商谈。

对于沐家母女来说，这是很平常的一天。但对于沐礼之父子来说，沐安澜与时尚界撕破了脸回国，却意味着一个即将到来的战局。

下午，某豪华医院的贵宾病房里，病床上面目清俊却瘦削的中年男子，用一种有些不可置信甚至难以分辨梦境还是现实的眼神，看着面前正端着汤碗要喂自己的中年美妇。

"怎么了？"梁晚欢微笑着看着眼前这个死里逃生后昏迷了整整三年，仅仅靠着一丝顽强的意志最终醒转过来的男人,"头又痛了吗?"

"小晚。"

"嗯。是我。"

"你是真的。"

"我是真的。"

沐彦之闭上眼睛,再次确定梦境与现实,一行眼泪猝不及防地从他眼角滑落下来,梁晚欢愣了一下,放下手中的汤碗过去拥抱住他。

那个春日下午,光影美得陆离,像在梦里一样。温柔甜美的妻子在做一道儿子爱吃的点心,他抱着儿子,给他讲他名字的渊源。

"我们沐家先祖是明朝开国皇帝朱元璋的义子,是当年唯一封王并有封地的开国功臣。赐姓沐,封地大理。我们原本世代定居大理,后来时局动荡,祖辈们凭着济国安澜的祖训走南闯北做生意,到了我们这一代,就创建了沐氏集团。我们做的都是利国利民的生意,制造业、工业、建筑业、运输业,近年还有电子业与文化产业,沐氏想创造更多的就业机会,让国家的经济变得更好,这就是济国。"

"那安澜是什么意思呢?"三岁的沐安澜抬起头问父亲,他年龄还小,但聪慧机敏,说话很有条理。

"安澜呀,安澜就是平定风波安居乐业……"沐彦之正要详细解说,却被端着点心走过来的妻子打断:"你好好讲故事啦,不要同他讲这些。"

"呀!奶油曲奇!"沐安澜被母亲端来的饼干吸引了全部的注意力,飞扑着过去,沐彦之怕他摔倒,伸出修长的手臂护在旁边,嘴里还不忘记应妻子的话:"好好,不讲了。"

"吃完点心一起带安澜去公园吧。"

"好。"

"有你的电话。"

"你看着儿子,我去接下电话。"

那个电话之后,那天连公园都没有去成。

从此整整二十五年,他失去了他心爱的妻子与儿子。这些年,他全部的心力都放在沐氏。如果不是沐氏每天都在发展壮大,他根本就没有勇气面对自己为之放弃的妻儿。

即使在昏迷的三年里,他也常常梦到那个春天的下午。他们说好带年幼的儿子去公园,随即接到父亲的电话。父亲没有讲责任,也没有讲一定要他回去,只说:

"你是沐家的长房长子。你若不回来,沐氏就有可能不再是以前的沐氏了。你若回来,也不能带着你的妻儿,因为他们不但不能成为你的助力,反而会成为你的弱点。"

那一年,六十岁的父亲进行了第二次心脏手术,十分虚弱地在病床上给他打了那个电话。

那时候,他离开沐家三年了。因为无法承受长房长子的责任,什么沐氏什么家族,他通通不想要,只想和最爱的却不被家族承认的女人过普通日子。

他知道亲弟弟沐礼之从来没有收敛过忌恨唯一拥有继承权的长房长子的心。也知道同父异母的弟弟沐军之更是对沐氏虎视眈眈,更知道堂妹沐慧之也在伺机而动。每个人都在盼望着他的父亲死,每一个人也都在盼望着他永远不要回去。每个人都在盼望着瓜分沐氏。

是做好丈夫与好父亲,还是做好儿子与沐氏的继承人。他在那天之前,从来没有犹豫过,因为有什么能比放弃最珍爱的女人和儿子更痛苦呢?

但那一天,他刚刚同儿子讲过家族的责任、名字的意义,以及一个男人应该要承担的东西。

之后,他做的决定让他痛苦了二十五年。说从不曾后悔,又有谁信呢?至少他从重叠而无尽的梦中醒过来三天了,看到并且拥抱到了已经分离了二十五年的妻子,他仍然有些不敢相信这是现实:他的小晚原谅了他,并且守在他的身边,在耐心地等待他醒过来,并且等了整整三年。

"老是觉得自己在做梦可怎么是好?儿子过一会儿就要过来了呢。"梁晚欢轻轻拍着丈夫的背,温柔地嗔怪道。

"抱歉。你就在身边的情形在梦里出现太多次了,有点儿分不清楚。以后不会了。"沐彦之用尚未完全恢复正常功能的手用力地抱了抱怀里的人儿,再次确认自己没有在做梦。

"你一定把儿子培养得很好。"

"那可不一定。"梁晚欢打开电视机,调到一个频道,上面正在播放世界顶尖男模放了时尚老魔头鸽子的新闻,"听说你醒了,他就丢下工作跑回来了。这么干是别想再接到工作了。你说这样的儿子,是夸他有孝心呢?还是得骂他没有责任心?"

"反正他以后也做不了模特了,不用怕得罪人。而且,沐氏的第一继承人,还得罪不起一个卖衣服的吗?"

"沐彦之，儿子要给你管教，肯定成纨绔子弟。"

"不会的。有你。"

屋里两个人轻轻地说着话，没有察觉到病房外面悄悄地来了人。

病房外，沐安澜挥手示意保全人员安静离开，自己站在门前，听着里面传来父母若有若无的对话，五官俊美的脸上表情安静，眼神里似微微闪过一丝伤感，但很快被玩世不恭的表情取代，他抬手敲门并扬起迷人的微笑："里面的人听好了，你们背后议论的当事人要进去啦。"

病床上的沐彦之看着推门进来的那个高大俊美的年轻男子，似看到惊世奇作般仔细地来回审视他俊美异常的五官，脑海里的信息飞速地整理着，准确而又快速地将梦里那个三岁的小男孩，以及几张他学生时期的照片，与眼前这个满脸堆笑的俊美男子重叠。仿佛时光一下就飞过去了二十五年，像做了一个长长的噩梦，梦里自己独自前行，艰辛无比，以为会这样一直孤独到死，忽然间睁开眼睛，美丽温柔的妻子仍然在身边，而已经长大成人的儿子就在眼前。

沐彦之愣住，连眼睛都不敢眨，几秒钟后，他最终闭上了眼睛，然后深深呼吸一口气，似乎想确定这是不是梦，再次睁开了眼睛："沐安澜？"

"是我，爸。"沐安澜觉得眼眶有点儿热，鼻子有点儿酸，毕竟过去这些年经历了太多。懂事之后，明明可以通过某些渠道看到自己的父亲却又不能像父子一般相处的那些少年心酸，都还埋在心底，没有完全消散。但他忍住了那些莫名其妙地翻涌上来的委屈，他决定用自己最为熟悉的方式与父亲相处："怎么，爸你这表情是对我的长相不满意吗？抱歉，如果我长得不像你，是妈的错。妈，你倒是给爸解释解释呀。毕竟事关你的名节。"沐安澜脸上的笑容愈加明媚，梁晚欢瞪他："正经点儿！铺天盖地都是你的新闻。你想干吗？"

"不想干吗。我爸醒了我当然得回来看看呀。走什么服装秀，当然是看我爸重要。对吧，梁小姐？"沐安澜十分不正经地笑，走近搂住母亲，"怎么样？爸醒了是不是感觉像捡到了宝？爸，我们梁小姐这二十五年来连男朋友都没交过耶，你不知道，她在美国的时候很受欢迎的，有好几个叔叔都想约她。可是她好难约。被称为我们那个街区最难约的女士。"

"谢谢你。谢谢你把梁小姐照顾得这么好。"沐彦之想伸出手去抱已经被儿子拥在怀里的梁晚欢，但他昏迷三年刚刚苏醒三天的身体并不怎么听他使唤，手哆嗦着，就是挪不过去。梁晚欢接住他的手，把他的手跟儿子的手交叠在一起，然后把自己的手盖在上面轻轻地拍了拍，也轻轻地说了句："谢谢你，儿子。"

这个儿子到底是她养的。

这个世界上所有的人包括沐彦之都隐约知道，在过去这二十五年里，她整整有二十年，都用来恨沐彦之这个抛弃了她和儿子的男人了。而在他昏迷的这三年里，她又用来后悔，为何浪费了那么多时间去恨他，去刻意躲着他，甚至发誓此生不再与他相见。

幸好，他醒过来了。

而她的儿子，也没有揭穿她二十年来的恨意，反而帮她一带而过。

这样的儿子，会愿意接下他父亲将要交付他的东西吗？

3

一周之后，沐氏集团门口的保安一大清早惊奇地发现在医院里一直昏迷不醒的总裁居然来上班了！

总裁虽然坐在轮椅上，但精神看起来真的很不错。跟在他旁边的就是三年前回来暂代总裁职务的总裁夫人。哇，给总裁推轮椅的那一位是谁，那张脸，天哪，真是无与伦比的俊美！

"总裁好，总裁夫人好。"保安赶紧过去九十度鞠躬，心里暗惊，经理今天是不是不知道总裁来呀，怎么还没有扑过来迎接？

"这是我的儿子沐安澜，将会是你们的新总裁。"沐彦之看着惊讶地带着其他人过来行礼的工作人员打量沐安澜的目光，也没有打算隐瞒此事。

一个小时之后，沐氏上上下下，就连清洁工阿姨都知道，昏迷了三年的总裁醒过来了，而且把他帅气出众的儿子空降到了公司担任总裁职务，只等两年股东考察期一过，便正式成为沐氏的新一任总裁了！

消息由沐安岩办公室的一个小助理听到，传到了沐安岩的秘书柳小姐耳朵里，再由柳小姐告诉刚刚上班的沐安岩的时候，沐安岩连眼皮都没有抬一下："知道了，出去照常安排今天的行程吧。早上可能会开会说这件事情，让大家安心工作。"

听沐总最信任的秘书柳小姐说部门工作一切照旧，大家悬着的心，才又放了下去。想起三年前也是这样的，总裁忽然就出事昏迷了，消息一出，沐氏的股票急速下跌，然后整个公司全靠总经理和沐慧之副总撑着。没几天忽然又空降一位总裁夫人。她和拿着昏迷的沐总裁的遗嘱的律师掀起了沐氏二十几年来的大风波。

可以说这三年来沐氏上上下下就没有一天好日子过。想站队吧，不知道往哪儿站，怕站错。不站吧，每天都过得战战兢兢害怕自己随时会被双方的战火波及。

沐安岩总经理和沐慧之副总裁是他们上司不能得罪没错，可那位总裁夫人也不是省油的灯……现在，忽然又空降来了一位新总裁……总之，日子不好过呀。

早晨的例会上，沐氏有资格参加例会的主管们都看到坐在轮椅上的沐彦之果然带着代理总裁和新总裁出现了。

那位新总裁出现的时候，会议室里所有的女性包括身为姑姑在内的沐慧之都不由自主地倒抽了一口冷气：这个男人，怎么可以长成这样？比海报上还要帅上几分！

能出席例会的女性都是世界顶级名牌的拥趸者，沐安澜这两年红得发紫，各大品牌都抢着他来拍广告大片和走秀，哪里有不认得他的脸的？

会议室里的气氛顿时有点儿奇怪起来，偏偏沐安澜那双带着钩子的桃花眼往在场女士的脸上一一扫过，还没忘绽颜一笑，顿时，会议室里有一半以上女主管都不由得心旌摇荡起来。

沐彦之在有些诡异的安静中也没有多说，只简单交代了沐安澜是他的儿子，是沐家的长子，在他身体不佳的情况下，理应接任当家总裁的职务并按规定接受两年的能力考察，两年期满后通过股东大会正式任命。

简单交代过后，便是前任代理总裁梁晚欢与新任总裁沐安澜的简单交接，随后沐彦之以身体虚弱为由拒绝了几位老主管的询问，由梁晚欢陪同着很快离开了公司。

沐彦之走后，会议室里的众人都还有点儿回不过神来。沐安澜唇角一勾，修长的身躯随意地坐在前任总裁的位置上，一只手放到桌上的文件夹上，精致的西装袖扣轻轻地叩响文件夹，修长白皙的手指随即也轻敲了一下，发出的声响不大，但足以让陷入寂静的众人回过神来，所有的目光都聚焦到他那张俊美得堪比希腊雕像的脸上。

只见那张脸迎着众人疑惑甚或探究的目光，像一朵花遇见春风一样舒展开笑意："各位没有什么事的话，就散会吧。"说完这句，那笑容仍挂在脸上的人，便站了起来，迈开长腿离开了会议室。那背影笔挺，帅气而又迷人，就像他刚才勾魂的笑脸仍然在会议室里一样。

"愣着干什么？没听到吗？散会！"沐慧之终于再也看不下去几个年轻女主管那一脸的花痴样了，用力拍了一下桌子，把呆若木鸡的主管们都轰出了会议室。

对于沐安澜非比寻常的俊美外貌，例会上的主管都如此反应，公司里的普通员工就更不必说了。

沐安澜从会议室出来，往总裁办公室走去。

一路上，都有职员在窃窃私语：

"天哪。是他吗？那个顶级男模就是我们总裁？"

"不是吧，长成这样居然还有这样的出身，让我们普通人怎么活？"

"如果我过去向他要个签名不知道可不可以呀？"

"这简直是影视剧里的无脑设定好吗？颜值高得无人可比，能力优秀得无人可及，家世出身还无可挑剔！"

"对呀，要是能嫁给他，死也甘愿。"

"别死，死了也不会轮到你嫁。"

沐安澜听着这样的言论一路微笑着走回办公室，沐氏总裁办公室在沐氏大厦的顶楼28楼，海城沐氏大厦是国内的沐氏总部，在其他一二线城市也都有沐氏大厦，更高更豪华更现代化的都有。但沐氏人都已习惯将海城的沐氏大厦当成总部，不但因为海城是全国的经济政治中心，也因为沐氏作为国内少有的百年企业是在海城发家的，而沐氏大厦的历史也接近五十年了。当初建设沐氏大厦的时候，不管是在选址还是设计上，都是非常严格的。所以即使如今过了五十年，沐氏大厦身上也只有历史的厚重感，并不显得落后。

全沐氏的人，都以能够到28楼工作或者讨论工作为目标。总裁办公室里，包括叶秘书在内的三名总裁助理当然也一样。

叶秘书端着咖啡敲门进去的时候，看到新总裁正聚精会神地盯着电脑屏幕，叶秘书有点心惊，这才第一天就这么认真工作了？看来她得端正态度才行："总裁，您的咖啡。"

"嗯，拿过来。"沐安澜俊美的脸继续对着电脑屏幕，眼睛都没抬起来看叶秘书一眼。叶秘书心中暗惊，趁着走过去放下咖啡的当儿，她快速地瞄了一眼电脑上的内容，一双杏眼瞬间瞪大，但随即微笑着得体地退出了总裁办公室。过了半个小时，叶秘书把需要签字的文件拿进去的时候，在问明白了所有的文件都需要总裁的亲笔签名盖章之后，沐安澜无奈地叹一口气，问叶秘书："你能帮我玩过这一关吗？我都重来十八次了还没过！"

新总裁看起来真的很气愤，一张俊得不像话的脸都有些微微粉红起来，叶秘书不由得红着脸点了点头，然后被总裁强行按到宽大舒适的办公椅中，开始帮他玩"开心消消乐"的冲关。而总裁则把两个助理都招了进来，一个帮他把文件翻页到要签名的地方，一个帮他用平板电脑找游戏通关秘籍，然后总裁大人自己反倒悠哉地吃着茶几上的点心一边玩手机一边签名盖章。

他的工作方式是，所有的文件看都不看一眼，直接签字。

这天还没下班，全公司便都知道新任总裁第一天上班便在办公室里和秘书助理一起热烈地讨论了一下午的游戏冲关秘籍。

沐慧之当然也听说了这个消息，但身为一个在商场上磨炼过来的人精，她不太相信别人说的话，当然要眼见为实。于是，她就随手拿了一份文件去 28 楼"汇报工作"。

电梯门刚打开的时候，负责迎接的小助理正站在总裁办公室门口开心地说着什么，一看到沐慧之，脸都白了："沐副总好！总……总裁！沐副总来了。"

"哦。"正倚靠着办公桌站在叶秘书身侧指挥叶秘书玩游戏的沐安澜随口应了一声，然后继续指挥满面通红的叶秘书玩游戏，看都没看一脸鄙夷地走进来的沐慧之一眼。

"看来总裁玩得很开心呀。"沐慧之盯着沐安澜俊美的面容看了一会儿，确定他并没有在演戏之后，露出了她的标准微笑，"那我明天再来吧。"她走进电梯的时候，小助理心惊胆战地相送，真害怕这位号称沐氏母老虎级的人物会给自己一顿臭骂，却没想到对方微笑着让她回去继续陪总裁玩。小助理想起自己调来总裁办公室之前主管的暗示，顿时来了精神，走回总裁办公室的脚步都轻快了几分。

与此同时，沐安岩的办公室里却一切如常。他甚至很认真地看了刚从总裁办公室签字拿下来的文件，有一份是他故意夹在里面的废旧文件。而在应该签名的地方，竟然真的出现了总裁的签名与印鉴。

这位新总裁，还真有点儿意思。

沐安岩站起身，走到落地窗前，看着窗外的街景，想：这 27 楼的风景，应该与 28 楼的有所不同，不然的话，那个人不应该如此轻慢。

自从十五年前父亲开始隐退从政之后，当时才十五岁准备到国外读高中的沐安岩打算留在国内读高中，一边读书一边开始接触沐氏的工作，除了出国那三年，大多数时间都是半工半读，花费了不少精力，才终于做到读书工作两不误。

他深知父亲从政也是为他着想，毕竟那时候还不知道沐安澜会回来，也不知道沐安澜有着那样厉害的母亲，只知道三叔恨大伯入骨，甚至不择手段想让大伯和沐安澜出事。

没错，当时尚年少的他，已经敏锐地觉察到了三叔可能在做些什么。到后来，他甚至很明白三叔做的事情是什么。只是，连大伯那样聪明坚强的人都没能逃过意外，而楼上那个当时才十几岁的小子却安好如初地活到今天并出现在了沐氏，他怎么会相信他是个没有本事的小少爷？当然，也有可能归功于他那位聪明的母亲，但是，让他相信他是个不学无术的纨绔子弟？怎么可能？

虽然说他被退学了，但商学院里到处都是他的传说。晃悠着去做模特，但你见过哪一个从来没靠过家族背景的普通模特在三年之内就红得发紫的？靠脸？诚然那张脸无可挑剔，但是这个领域颜值出众的男人多得是，为何爆红的就只有他沐安澜一个！而且他还是欧美人最不喜欢的亚洲男模。

即使他演技再好，即使所有人都相信沐安澜是个纨绔少爷，但他沐安岩不信。他倒要看看，沐安澜这副面具能戴多久。

沐安岩按捺住了。

但沐氏的主管们不到一周就受不了了，新总裁从来没有正常上过班，总爱什么时候来就什么时候来，不管是紧急的还是重要的文件总是乱七八糟地堆在总裁办公室的各处，任大家四处翻找，从不列席重要会议，迟到早退更是稀松平常。好不容易出现，开会的时候就一直明目张胆地玩手机，甚至在跟客户谈判的时候也不加收敛，根本无视谈判桌上出现了什么情况！

两周之后，股东们也都得到了新总裁不靠谱的消息，原本支持沐彦之的老股东纷纷前去疗养院探望，并且委婉地道出新总裁在公司里的"出色表现"，希望前总裁为沐氏的将来着想，能够加以"雅正"。

公司各部门主管的意见书，全都到了沐安岩的桌子上。

柳秘书端着咖啡轻轻叩了一下门走进去的时候，只见沐安岩正双手抱胸，右手修长的手指放在他棱角分明的下巴上，一双幽黑深邃的眼睛盯着办公桌上的一摞文件，合身的衬衣微微地绷紧，若有所思地想着事情。

Chapter 02 第二章
命定的缘分

据说,当你一天之内遇到同一个人三次并且印象深刻,那么,便说明你们有命定的缘分。

1

"沐总,这些,怎么处理?"柳秘书轻轻放下咖啡,问沐安岩。各部门主管已经忍无可忍写书面报告痛诉新总裁的不是了。

"总裁最近在忙什么?"沐安岩说"忙"字的时候,字音不自觉地重了一下。柳秘书微笑着报告:"总裁似乎比较喜欢车,本月他买了三辆定制超跑。联合Game豪车俱乐部开设了一个玩车的项目,和洪少、梁少、林少他们经常在一个赛车场地玩车,赢的人可以得到俱乐部最少一百万美元的奖金。城里喜欢车的少爷们几乎都去参加了,这三周他支出了大概两千万元。"

"不是沐氏划的账就由他玩吧。就算是沐氏划的账,也由他玩。"沐安岩微笑着,仿佛觉得柳秘书的忧心忡忡有些可笑,"别担心。一个月支付几千万的总裁沐氏暂时还是养得起的。不管是否重要,文件都留在总裁办公室里,让大家别急。下周就是本季度的股东会议了,到时候再说。"

中午12点,睡在沙发上的林宁浩被人一脚从沙发上踢到了厚厚的地毯上,头不巧撞上了茶几腿,痛得他眼冒金星好一会儿都没醒过神儿来。睁眼只看到两条长腿越过自己随意地搁在茶几上,梳洗完毕的沐安澜神清气爽地宣布:"我饿了。"

林宁浩摸着疼痛的后脑勺,由下而上盯着沙发上那人的那张精致得不像样却又可恶的脸,一边在内心"扎小人"一边十分好脾气地问:"请问总裁大人今天早餐,哦不,午餐想吃点什么?"

"你不是说两点要开会吗?随便吃点好了。"沐安澜漂亮幽深的眼睛盯着手机,回答得十分随和。

"好,那就随便来点海鲜饭吧。"林宁浩爬起来很认命地去找海城能做出最好的海鲜饭的厨师报菜单去了:随便?你真随便你就输了!沐少爷从来就不是个随便的人,人家可是真刀实枪参加过全球最火的美食真人秀并且一炮而红的人,人家可是被世界上最挑剔的美食评论家赞美过的人,敢给他随便来一顿午餐,那还不如叫他林宁浩立即滚蛋。

林宁浩报完菜单,扫了倒在沙发上的沐安澜一眼,正午的光线很好,透过一尘不染的窗玻璃洒在沙发上穿着一件浅灰T恤衫配米白长裤的沐安澜身上,他修长而白皙的手指在平板电脑上翻飞着,明亮的光线下,皮肤似透明一般,浓淡正好的眉与密而长的眼睫毛相衬,整个人都在发光。林宁浩不由再次叹息长成这样的男人放弃了模特事业真可惜。更可惜的是,他想做一名经纪人的梦想就这么被他毁掉了。最可恨的是,他自己在外国挣扎了两个月都没找到好工作,竟然又回到国内投奔他来了。

吃完海城最好的厨师做的海鲜饭午餐，小跟班式助理林宁浩陪着沐安澜去公司开会了。身为一个总裁私人聘请、在沐氏的总裁办公室连个名牌都没有的沐氏员工，他尽职尽责地整理今天的股东会议资料，而他的老板，戴着大大的墨镜，一脸酷帅地开着橙色的超跑在午间的环城路上风驰电掣。

林宁浩好担心自己的前途呀，因为他投奔的这位总裁大人看起来真的很不靠谱，好像随时会被轰下台的样子。他回国投奔沐安澜一周以来，今天是总裁大人上班最早的一天。而且沐总裁好像根本不打算看他正辛苦整理的股东会议资料。

果然，来参加股东会议的股东们个个一脸不满地看着笑容可掬的总裁。林宁浩在心里暗暗为今天祈祷，虽然不是什么生死存亡的重大会议，但是，一个只有颜值没有能力的总裁，在股东会议上受挫是很正常的吧？希望沐大少爷到时候依然能保持好脾气好涵养。

幸好，为时一个半小时的沐氏季度股东会议，沐总裁就只在刚开会时笑了笑，随后的时间，他不是在玩手机就是发呆，脑残的样子让林宁浩跟着都觉得丢人。

会议室里不管股东们问业绩还是问利润盈亏或者问季度计划，沐安澜都一脸懵懂，与之相反，面对股东们的提议与问题，沐安岩则一一完美回答并给出切实有效的应对方案。草包总裁和实力才俊，谁更能给公司带来利润？答案显而易见。

据负责会议室茶水的小姑娘们说，那天会议结束，股东们都围过去与沐安岩、沐慧之殷切讨论，好像睡了一觉刚刚醒转的总裁则灰溜溜地带着不知道从哪儿找来的小助理离开了公司。

随后的股东晚宴上，一身白色礼服的新总裁身边站着的正是时下最当红的玉女明星，两个人你侬我侬就似连体婴，晚宴没开始几分钟便不见了踪影。此举动又为新总裁的不靠谱添上了一笔。不过，晚宴上另有插曲让人转移了一些对新总裁的注意力：一位老股东忽然生气地跑过去把一个文件袋砸在了沐慧之副总的脸上，闹了不小的动静。

这个消息传到风景优美的疗养院的时候，话题里的草包总裁正在陪父母下棋，并且因为想悔棋而捣乱："喂，有你们这么欺负单身又被公司里的豺狼虎豹欺负得只剩下一口气的宝贝儿子的吗？"

"单身会和玉女明星一起出现在报纸头版？而且谁敢欺负你？"梁晚欢瞟了儿子一眼，看起来不是玩得很开心吗？股东大会后，在宴会上就放出了沐慧之私设公司分流沐氏资金的消息，股东们气愤得要把沐慧之"弹劾"出管理层，这么大一个洞，够沐安岩补一阵子了，还敢说被人欺负。

"妈，你是亲妈吗？你的宝贝儿子在孤军奋战呀，随时会死的。"沐安澜眨着可怜巴巴的桃花眼看着母亲，"要不你回公司帮我？"

"我不去。你才是沐家长孙。我又不是。"梁晚欢微笑着拒绝，"而且是你自己答应你父亲的，不是我帮你答应的。"

"爸……"沐安澜转而去求父亲，但沐彦之向他摊摊手："我身体不好，我比你更需要你的妈妈。而且，总裁位置已经移交给你，至于要怎么坐得稳，得靠你自己。"

"你们！你们再这样我就不干了。我去继续做模特去！"沐安澜摔棋，"妈！你至少得找个人来帮我！"

"你不是已经找了吗？"梁晚欢指了指站在远处一脸无聊的林宁浩，沐安岩虎视眈眈，这小子居然找了他的表亲来帮自己，是应该说他胆儿大，还是应该说他很自信？或者是，他根本不知道林宁浩的父亲与沐安岩的母亲是亲姐弟？

"他只是一个好的经纪人。"沐安澜换了一种十分诚恳的语气，"妈，我真的需要一个帮手。毕竟做模特和做总裁，工作范围的跨界还是很大的。是不是，爸？"

"我很高兴你同意接下沐氏。"沐彦之看着儿子笑，过去二十年来渴望而不得的幸福就在眼前，妻儿安好，儿子已长大成人，虽有不能参与他成长过程的遗憾，但很庆幸他成长得比自己想象中更好。更难得的是，自己提出让他接手沐氏，为他分析了沐氏里的形势，道明了其中的艰难，他亦没有二话。

"我考虑一下。"梁晚欢笑着轻轻拍开儿子佯装可怜的脸，"实在撑不了的话，你干脆宣布退出把沐氏交给沐安岩好了，他是你堂兄，也不算落入外人之手。"

"我凭什么要给他？"说这句话的时候，沐安澜眼眸里微不可见地闪过一抹杀气。

十八岁那年，他第一次与二十二岁的沐安岩正面相遇。

那时他跟母亲待在美国，那夜他常去玩的那家酒吧忽然着火，所有人都在仓皇逃离，而他则被人反锁在卫生间里，好不容易从冷血的肖嘉宝用一把电锯锯开的通风窗口逃出来的时候，在阴暗的后巷路灯下，沐安澜看到了一身正装眼神淡定的沐安岩，那种似乎一直等在那里看他是否能逃出来的神情，让沐安澜至今仍记忆深刻，把一个原本属于他的市值上百亿的沐氏让给一个想亲眼看着他会不会死的人？他沐安澜可没那么好心！

"我要是给你找人，可不能像你的经纪人一样只能给你打杂。要知道我的人可不是普通的小秘书。"梁晚欢看着儿子微笑，也许，是时候让肖嘉宝回来了。

"行。只要你给我人，我就让他做特别行政助理。怎么也得和沐影差不多水平才行呀，不然用着不趁手。"沐安澜十分期待。毕竟他很想要一个像沐影一样好用的帮手。

沐影是三年前自己出现在沐安澜面前的，说什么老爷有令，若老爷不测，便自动到他身边做隐形全职保镖。他倒是不需要什么保镖，他需要的是个什么都能干的帮手。好在，稍微训练下，沐影还真是十分得力。除了拒绝出现在人前。说什么百年来身为沐家影卫，就是主人的影子不能现身。他死也不愿意出来明着在公司里帮他。

沐安澜在公司里太需要一个明面上的帮手了。沐安岩现在十八般武器都准备好了，就等沐安澜挺身而出给他来个万箭穿心呢。最好的办法当然是找个替他挡箭的帮手，好让他继续躲在背后慢慢玩。

"你的行政助理不是叶秘书吗？是谁的人你知道吗？"梁晚欢也不能完全确定，沐安澜是否独自就能把沐氏从沐安岩的手里完全拿回来。

"管她是谁的人。我自然有办法让她走。"沐安澜重新摆好棋子，"爸，再来一局。"

"好。"沐彦之其实有些疲惫，但难得沐安澜来看他，撑着又玩了一局。

2

沐安澜走后，沐彦之歇了好一会儿，才有精神说话："小晚，我们儿子，一定行的，对吧？"

"嗯。"其实梁晚欢也不敢保证，当年肖嘉宝离开后，沐安澜好像没受什么影响，但没再去继续念完MBA，而只是跑到华尔街给人打工玩，好像整天都在忙，好像又无所事事。唉，说起来，她也不是十分了解这个儿子。

第二天，沐安岩刚刚从摆平了姑姑挪用沐氏资金的事故中平静过来，便听到了叶秘书被辞退的消息。他面色一凛，沉吟半秒，才问柳秘书："什么理由？"

"据说，是叶秘书连续犯错。先是行程安排错误，会议记录出错，然后是，不小心将公司重要标的群发了。"

"群发？"

"对。包括竞争对手的公司。"

"是哪个案子？"

"是沐慧之副总的酒店投标案。"

"知道了，出去吧。"

沐安岩出现在28楼电梯口的时候，叶秘书正哭着收拾东西，两个小助理很尴尬地站在一边，显然不知道说什么好，看到沐安岩，赶紧行礼："总经理好！"

沐安岩神情温和地点点头："总裁在里面吗？请通报一下。"

一个小助理赶紧过去敲门："总裁！沐安岩总经理来了！"

"进来吧。"沐安澜的声音听着很欢快，完全不同于一个小时之前的大发雷霆。

沐安岩走到门前，伸手在门上叩了一下才打开门。面对着门的沐安澜坐在办公桌后面，暗银色领带被扯开了一些，米色衬衣最上面的扣子也开了，长腿很是嚣张地搁在办公桌上，一张五官精致的脸即使背着光都显得瓷一般明亮白皙。看到沐安岩，他连把脚放下去的意思都没有，脸上的表情也完全不给面子："不管是工作还是其他事情，我现在心情不好，都不想听。"

沐安澜的话，让沐安岩的眼眸深处闪过怒火，但他很快控制住了情绪："如果对叶秘书不满意，直接辞掉就是了，何必搭上投标案？"那个投标案是姑姑的心血，虽然姑姑做事有些过分，但总不至于视沐氏利益于不顾。

"什么投标案？你想要她，叫去你办公室就是了。"沐安澜露出一个似乎人畜无害的微笑，收起双腿站了起来，"午餐时间快到了呢，我要去吃饭了。你有好餐厅推荐吗？"

"没有。"沐安岩感觉自己的牙齿都在磨了。

"那真遗憾。算了，还是我自己去找吧。浩子，走。"身高一米八九，比一米八二的沐安岩要高上七厘米的沐安澜面带微笑地从堂兄身边经过时，顺便十分愉快地欣赏了沐安岩瞬间铁青的脸色。

原本想坐在沙发上装小透明的林宁浩赶紧跳起来火烧屁股一样跟着沐安澜走了出去，心脏怦怦直跳，不知道时隔十几年，表兄还认得自己不？最好别认得。看情况沐安澜和他在公司里势同水火，不知道哪一天会烧到自己身上。唉，他真够倒霉的，怎么被沐安澜坑了一次又一次呢？看来真要认真考虑一下离开沐安澜去自力更生这件事了。

"林宁浩！"正在努力地想国内是否好找工作的林宁浩脑袋上忽然被人敲了一记，一抬头便对上了沐安澜俊美的脸，"发什么呆？"林宁浩接过车钥匙，很是不明白：沐少爷今天怎么了？心情不好连车都不开了？要知道他虽然是个什么都干的小助理，可开车这种事情，沐少爷可一向是亲力亲为的："去哪儿？"

第二章 命定的缘分

"壹号。"副驾上的人闭上眼睛，吐出两个字。

"好的。"林宁浩本来想说"爷，壹号里都是有钱到不用工作只管吃喝玩乐的二世祖们，你现在地位不稳应该多花心思在公司上，还是少参加吃喝玩乐的活动比较好吧"，但他没敢说出来，沐少爷可是连叶秘书那种娇滴滴的美女都能眼也不眨就把文件夹砸过去的人，劝他上进向善？他这样的小跟班还是算了。

英国，某研究室走廊里，罗比有些慌张地飞速跑向正在与教授说话的肖嘉宝："嘉宝！他们说你要走！是真的吗？你要回中国了吗？不继续念完博士了吗？"

肖嘉宝穿着简单的白衬衣与浅色长裤，一头短发，显得帅气又利落，她看了罗比一眼，礼节性地点头："是的。我今天晚上的飞机回中国。"

"No！No！No！"罗比脸色唰地变了，急得有些口不择言，"你不要回去。你还没有答应和我约会！嘉宝，我很爱你！我要娶你！"大概真的急了，罗比竟然从口袋里掏出一只首饰盒打开，拿出一枚镶嵌着一颗闪耀大钻的戒指，并单膝跪下："肖嘉宝，我爱你，请问你能嫁给我吗？"

罗比这么一闹，动静不小，一下围过来不少人。肖嘉宝看着罗比急切而又不安的神情，俊秀的眉微微拧起，眸光冷了几分。她收回看向罗比的目光，嘴角含笑地向被罗比的求婚惊到了的教授伸出她纤长白皙的手："皮埃尔教授，再见。"

"再见，亲爱的嘉宝。"皮埃尔教授不但握住了肖嘉宝的手，还顺势拥抱了她。这让本来就眼巴巴地跪在肖嘉宝面前的罗比更显尴尬，待肖嘉宝与皮埃尔告别完毕，完全无视跪在自己面前举着戒指的罗比转身离开了。

身高一米七八的肖嘉宝身形纤瘦，整个人的气质干脆利落，迈开长腿走路带风，那强大的气场极具震慑力，直到她已经走远了，在场的人才反应过来，一脸怜悯地看着还举着戒指发呆的罗比。

肖嘉宝没想到罗比会追到机场，她看着一脸悲切地把一大把橙色玫瑰递给她的罗比，略显英气的柳眉微微地锁起："罗比，我不喜欢玫瑰花。"

罗比的眼泪差点掉出来——但他耸耸肩，挤出一个笑容："嘉宝，我只是来给你送别。我在你的院子里看到过这种颜色的玫瑰，我以为你喜欢。抱歉，我很舍不得你。"

"再见。"肖嘉宝无意多说，她的肌肤白皙光滑，但表情冷漠得似乎整个人都泛着冷光。可这样的她在罗比眼里，依旧那么迷人。

"我可不可以问你一个问题？"罗比稍微犹豫了一下，怕她拒绝，干脆直接问了出来，"八年前我就对你一见钟情。这些年你也一直专注于学业，没见你身边有亲近的人。我能知道你喜欢的人是谁吗？我想知道为什么不能是我？"

肖嘉宝水一般冷的眸光中似泛过一丝柔软，但很快冰冷一片："你不是我喜欢的类型。"

罗比张大嘴巴，好一会儿才合上。学院里的女生们都奉他为男神，他执着地追根究底："那你喜欢什么类型的男人？"

肖嘉宝再次轻锁俊眉，眼角扫过一边免税商店的广告，上面似乎有个男模特，她随手指了过去："那样的。"

罗比则很认真地看过去，巨大的橱窗广告里，沐安澜帅气而又邪魅的脸正以似笑非笑的高傲眼神看着自己："沐，安，澜。嘉宝，你喜欢的居然是沐安澜？"

沐安澜的名字像一粒石子，打破了肖嘉宝平静的心湖：怎么到处都能看到那个家伙的痕迹？她花费了一些力气，才在罗比面前保持了面色如常。她恢复了平静的情绪，对罗比道别："再见，罗比。"她根本就不想回答他的问题。

看着肖嘉宝头也不回地走进了安检口，罗比的脸被他手里拿着的那一大把美丽的玫瑰衬托得更为失落。肖嘉宝为什么迷人，他说不出来，但就是觉得她头也不回毅然走掉的样子，都可以让他挂念许久。

那只花盆里种着一株橙色的月季。不知道是从顶楼还是哪一户的阳台落下，肖嘉宝仿佛能够听见那只红色的粗糙的陶瓷花盆与空气摩擦所发出的声音，速度与时间都像静止了一样，那株花的枝叶与花朵都被急速流动的空气拉直，像一枚杀气腾腾的剑，冲向那个路过的少年。

肖嘉宝感觉自己像一枚弹簧一般蹿过去，用力推动那个男生，将他只比自己稍微高一点儿的身体压在路边的墙上，那只下坠的花盆瞬间掉在地上四分五裂，泥土像烟花一样散开，露出了植物脆弱的根，那朵橙色的花被惨烈折断，盆体触地而碎烂。

身后那个少年的脸，竟看着那只差点要了他命的花盆露出了几分粲然几分讥讽的笑容，肖嘉宝在那一瞬间怔住，好似也莫名地乱了一拍。不知道是因为他的微笑，还是因为他逃过大难后的从容不迫。

那年肖嘉宝十三岁，刚刚上中学。那时候她的个子已经比一般的十三岁少女高很多了。高挑、纤瘦，留着最容易打理的短发。那是妈妈去世的第五年，爸爸也病了。最开始只是关节疼痛，以为不过是痛风，偶尔低烧，也没太注意。后来情况慢慢变得糟糕，不断发烧，甚至伴有吐血症状，她强行让父亲去了医院，却迫于昂贵的医疗费用，治疗得断断续续。

一个十三岁的女孩子，想要挣一笔给父亲治病的钱实在太难太难。她每天都过得很匆忙，匆忙得进学校大半年了，不曾认识一个同学，也不认识，那时候已经是学校风云人物的沐安澜。

她救了他。但他只是笑了笑，连谢谢都没有说。而她也没有时间去介意他是否说了谢谢，父亲正在医院里等着她刚刚借到的几百元钱。

那是在肖嘉宝记忆中，她与沐安澜的第一次相见。

3

下午，肖嘉宝被几个同班的女生硬拉到了球场上，嚷嚷说什么男生们打球输惨了，肖嘉宝个子高让肖嘉宝上场。肖嘉宝与同学们并不熟，也不知道女生们因何就自来熟地觉得自己一定能打球，就么被硬推到了球场上。

她在小学时确实是学校篮球队的，她不认识那些女生，不代表曾与她同校的女生们不知道她。

对方球队正在运球的男生就是沐安澜，少年的脸清秀俊雅，但目光十分冷漠幽深，肖嘉宝想起了中午那只花盆，还有他脸上的微笑，不知怎的就觉得心里有点儿气，手一扬，便把球抢了过来。

那场球赛，肖嘉宝的班级因为她的加入赢得比赛，输的是沐安澜的班级。而且他们是初二，十分不服气，更丢脸的是输给了一个女生。沐安澜狠狠地把篮球拍在地上，球跳得老高。肖嘉宝被一帮女生围着，眼角的余光看到他的背影，觉得这个男生真的很没礼貌，很小气。

据说，当你一天之内遇到同一个人三次并且印象深刻，那么，便说明你们有命定的缘分。

那天第三次遇到沐安澜，是下晚自习之后。

立秋过后天短，晚八点天已黑透了，沐安澜走出校门拐到人少一些的马路边想拦辆出租车。车没拦到，却看到肖嘉宝骑着单车呼地从眼前闪过。

沐安澜的目光冷冷地眯了一下，想起下午这男生一样的女孩在球场上的表现，不知为何竟愣了神。

那辆不怀好意的面包车就是在那一刻带着尖厉的刹车声停在沐安澜的面前的，车门唰地打开蹿下来几个大汉的时候，沐安澜转身要跑，已经迟了。

手脚被捆，嘴被胶带粘牢，眼睛被蒙上的沐安澜只剩下耳朵还是自由的，又一声刹车后，听见肖嘉宝敲着窗玻璃讲话的声音中气十足："撞了人还想跑？还

有点道德没有了?"

那次,真是多亏了肖嘉宝的不依不饶,那车急着逃跑刮翻了她的单车,她拍着车窗的时候借着路灯的光看到了沐安澜的书包。那车再次甩开她逃跑的时候,肖嘉宝一想不对,跑到路边拉了个交警就报了案。

警方循着肇事面包车逃跑的方向封锁路段,救下沐安澜的时候,沐安澜已被灌了药昏迷不醒。据匪徒交代,他们本就没打算让沐安澜活,在远郊的一处荒野地里,埋沐安澜的大坑都挖好了。

跟着妈妈一起到肖家致谢的时候,沐安澜心里的后怕还在,若不是肖嘉宝,这会儿自己恐怕已经被活埋了。但他没表现出来,一张俊得出奇的脸清冷淡漠。

在肖嘉宝简陋的家里,即使在重病卧床的肖爸爸面前,梁晚欢的态度也十分恭敬。肖嘉宝用样式不同的两只杯子端出两杯水的时候,还说了一句:"不好意思,不知道会有客人,家里只有白开水。"

梁晚欢盯着肖嘉宝的脸看了好一会儿,做了什么决定似的点点头,很认真地说了声谢谢。站在母亲身边的沐安澜也双手接过了水杯,低声说了句谢谢。

那是他第一次和肖嘉宝讲话。他是真心表达谢意的。如果,肖嘉宝不是后来表现出来的那样拜金势利的话。

他们走的时候,肖嘉宝送他们到楼下,梁晚欢也没推辞。道了再见之后,梁晚欢忽然把肖嘉宝叫住:"你父亲的病延误挺久了吧,以后我负责你父亲的医疗费,你试着保护安澜,如何?"

这话是当着沐安澜的面问的,沐安澜马上望向肖嘉宝,那张带着些许英气的脸庞微露惊讶之色,但只是稍微沉吟半响,便问了一句:"你会帮我爸爸找最好的医生治好他的病吗?"

梁晚欢微笑:"你尽力保护我的儿子,我自然也会尽力救你的父亲。"

然后肖嘉宝说什么来着?

她简洁有力道:"成交。"

听到这两个字的时候,沐安澜郁闷得一口血差点没吐出来。

沐安澜不知道母亲为何想让肖嘉宝这样的黄毛丫头来保护自己,明明她比自己还小。若真要保护,一个保镖不比一个才十三岁的黄毛丫头来得可靠?最可恨的是,肖嘉宝非但不谦虚不推辞,反而讨价还价一副精明势利的商人嘴脸。

真是讨厌至极!

沐安澜狠狠地踩下油门的样子,让坐在副驾上的林宁浩的呼吸都要停止了:"总裁，你能不能叫一个女人来做你的副驾？你看别人都是美女副驾。"

"我这个人比较特别。"沐安澜全神贯注地用一个漂亮的漂移超车，速度丝毫不减，"你是我的幸运星，你坐这儿我就能赢。"

"谢谢你看得起我。很荣……荣幸……呀呀呀！"林宁浩说着假话，早已腹诽开车的家伙一百万次！到底是什么让他这么热爱这项危险的运动？为什么他不能像一般的公子哥开开游艇出出海去高级会所悠闲度日，非要在这种深夜的赛道里开快车之类的事情上玩命？

"你这胆子，不及肖嘉宝的千分之一。"沐安澜的俊脸上，轻蔑地笑，脚下油门踩到底。

"呀呀呀呀呀！"林宁浩已经只剩下尖叫了，不行不行，今天之后，他一定要辞职！辞职！

"喂，沐安澜！最近运气不赖，时来运转了。"输得最多的罗公子很是讨厌沐安澜这副嚣张的样子，虽然也知道自己前一段赢他的时候比他现在更嚣张。

沐安澜笑得十分迷人，夜幕下他的脸似在发光，姿态倨傲至极道："谁要觉得自己运气好，可以随时约我，只要你开得比我快，也是有赢回去的机会的。当然大家不约我更好，原则上来说，我喜欢一直做第一名，毕竟这样可以拿到俱乐部的奖金。一百万也是钱呀。"

"沐安澜你……"留给罗公子的，是沐安澜那辆嚣张的橙色跑车发动机的轰鸣声。

结束比赛回家的路上，林宁浩开心地算着今晚这场比赛可以从公子们的玩车俱乐部里获得的奖金，问东问西十分兴奋："一场比赛第一名奖金居然有一百万美元！这有钱人就是不一样呀，这是什么俱乐部？就是传说中那只有身家过亿的公子们才可以进去的豪车俱乐部？你们城里人真会玩！对了，你提起的那个肖嘉宝是谁？教你玩赛车的人吗？你们以前是搭档？哦，肖嘉宝不会是女的吧？她跟你交往过？她……"

"不想现在被丢下车就闭嘴！"沐安澜的脸寒意森森，林宁浩一个激灵"拉"上了嘴巴的"拉链"：谁又惹到他了？

"肖嘉宝，你这人是不是只要给足够的钱就什么都愿意做呀？啧啧，跟到美国来就算了，还住在我们家混吃混喝，混吃混喝就算了，居然还跑出去扮卡通人偶发传单，真不嫌掉价。你到底有多缺钱？"沐安澜发现肖嘉宝居然在商场门口穿着卡通人偶的厚重衣物发传单，不知道为什么他就是看不过去，于是一回家就找她的碴儿。"

"沐安澜，闭嘴。"肖嘉宝正在做引体向上，沐安澜的话让她的心脏像被一只手攥住，痛得差点儿就使不上力气。但她咬咬牙，继续做训练。梁晚欢为了让她更好地保护沐安澜的安危，给她安排了很紧密的训练课程和项目，她必须完成。她没有时间太过伤感。

"我妈不是付你足够的钱给你爸治病吗？你还兼那么多份工，不觉得大街上扮成那个鬼样子往人手里塞传单很掉价吗？"沐安澜狠狠地一拳打在沙袋上，十八岁的他十分骄傲，性格有些别扭，对谁都笑容和善，唯独对肖嘉宝，从来刻薄有加。

"你是皮痒了想挨揍吗？"肖嘉宝向来不屑于对沐安澜做任何解释，当她这两年通过训练变得越来越强之后，她更习惯用暴力解决与沐安澜的沟通问题。

"嘉宝！"肖爸爸进来了，手里还拿着两瓶果汁，只是面色铁青，瘦削的身体气得有些颤抖，眼神里闪着被羞辱的怒火，"跟我出来！"

那一天，肖爸爸执意带着肖嘉宝离开了沐安澜和母亲梁晚欢位于洛杉矶的家。沐安澜不知道母亲有没有去找他们，但他肯定没有。

肖嘉宝刚离开的那几天，他觉得很清静，势利拜金又不会说话还很暴力，一点儿都不温柔可爱的肖嘉宝消失了，日子很平静，他再也不必见到讨厌的她了。

但几天之后，沐安澜忽然觉得很无聊，觉得做任何事情都没有意思。然后，他买了一辆摩托车，奔驰起来的感觉很棒，可以抵消肖嘉宝消失后的无聊。

然后他好像交了一个女朋友，叫什么名字他早就忘记了，只记得对方主动过来说要与他交往，他就答应了。他还带着那个女孩去俱乐部玩赛车。

然后他见到了离开他家半年之后的肖嘉宝，还不满十七岁的肖嘉宝，又长高了些，似乎那时候已经有一米七五左右了吧，双腿又长又直，穿着黑色的皮裤，五官英气，一双眼眸似铺着一层薄薄的冰，又冷又酷，沐安澜听到双手还紧紧抱着自己的腰的女孩惊叹了一声："哇，好酷。"

更酷的是，那一晚肖嘉宝赢了他。领先一圈，彻底地赢了他。她从赛车俱乐部负责人手里接过奖金的时候，没有回头看一直在看着她的他，但冷冷地说了一句："玩什么赛车，回家去玩玩具车吧。"

所有的人都哄笑起来。包括身边的女伴。

当时沐安澜的脸冷成什么样，沐安澜自己都已经忘记了，但八年后的现在，他每每想起那一天，还是觉得全世界所有的人加起来，都没有肖嘉宝一个人可恶！

Chapter 03 第三章
让他看不惯的助理

沐安澜瞪着肖嘉宝的样子，眼睛里真恨不得燃起三昧真火，把她整个人都烧成灰烬。

1

沐安澜黑着一张俊脸一路狂飙回到公寓的时候，肖嘉宝正被飞机下降的压力惊醒，睁开眼睛的那个瞬间，仿佛梦中沐安澜那张俊美的面孔还在眼前晃着。

两秒钟之后，肖嘉宝完全清醒过来，她坐直身体，缓慢深呼吸适应飞机在降落过程中引起的不适感。

她回来了。沐安澜，你准备好了吗？

肖嘉宝回到酒店，洗澡后开始为即将到来的见面做准备的时候，沐安澜失眠了。

他不知道自己为什么会睡不着。他在床上硬生生躺了一个小时之后，决定起来喝点酒想点事。然后，他居然又想起了肖嘉宝。

那个可恶的，总是影响他的情绪的肖嘉宝！有好几次他差点冲动地拿起了电话，想让沐影去查一查肖嘉宝现在的情况。但最后他忍住了。他为什么要知道她现在的情况？她和他有什么关系？真是神经病！

沐大总裁沐安澜，决定做一个上进的总裁。于是他在半夜兴致勃勃地把沐影叫了起来，一起总结了过去三年来的收获，讨论接下来的投资计划。

一夜的工作之后，习惯性维持一张平淡无奇的扑克脸的沐影眼底都闪过了一抹好奇，三年来从来没见过沐安澜会通宵工作，按照惯例，他这位总裁大人就算晚上不睡也是为了玩而不是为了工作才对。

而总算完美地把这个莫名其妙的失眠夜熬过去的沐安澜当然没打算向别人解释他为什么失眠。天亮的时候，沐安澜还没有完全清醒，很难得地充当了闹钟打电话给林宁浩："林助理，起床上班了！"

林宁浩几乎是连滚带爬地下楼的，在真的看到沐安澜那辆拉风的橙色跑车，再看到驾驶座上那张在阳光下几乎要透明发亮的脸的时候，林宁浩觉得连空气都有点不真实！为什么今天会这么怪？从来不会提起"上班"两个字的沐总裁居然早起上班了！不但早起上班，还亲自来接他这个不受重视的助理去上班！而且开着他挚爱的保时捷！

"总裁，您要先去吃早餐吗？"林宁浩讨好地建议，他此刻完全猜不出沐安澜的心情如何，他的老板戴着巨大的墨镜，高挺的鼻子与天生上扬的唇角组成了完美的侧颜，这个长着完美天使面孔的男人的内在到底有多么恶魔多么不靠谱，他在过去三年里已经非常彻底地感受过了，所以林宁浩时刻都提醒自己不要掉以轻心。

"也好。"在清晨车流高峰未至的马路上狂飙的橙色超级跑车完美地甩了个尾，轰鸣着把近在眼前的沐氏大厦甩在了身后。

沐氏大厦一楼大厅里，一身浅灰职业裤装的肖嘉宝很是引人注目。她的个子比一般男子都高，一米七九的身高，加上模特比例的身材与长腿，还有那张利落短发下五官俊美却又略带英气的脸，整个人身上有一种帅气利落却霸气凌人的气势。别说刚刚已经与她说过话的前台小姐蓝语了，就连正在目不斜视地站岗的保安都没忍住偷看她在玻璃门上的倒影几眼。

肖嘉宝一大早，例行的一个小时有氧运动过后，她给梁晚欢打了个电话，想与她约定见面的时间。但梁晚欢却说，与她见面不急。让她去做她应该做的事情。

肖嘉宝挂了电话，便默然换上职业装来了沐氏大厦找沐安澜。

一路上，她轻轻深呼吸了几次，在心里告诫自己，要保持冷静与理智。

沐安澜，六年不见。好久不见。

放弃写了一半的硕士论文跑回国要做的事情是什么，肖嘉宝自然明白。而梁晚欢既然连与她见面都免了，自然也不会亲自带她到沐安澜面前说"这就是我给你找的特别助理"之类的话。

梁晚欢的意思，自然是，培养你这么多年，你不至于连个助理的工作都做不到吧。助理的工作当然不难做，但要做沐安澜的助理，却也不是分分钟说做到就能做到的事情。

要做沐安澜的助理，自然就得来找沐安澜。但她到了沐氏的大厅，就进不去了。沐氏迎接客户贵宾的地方当然有，但现在不是时机，她也不是贵宾，保安让她进了大门，大概只是因为她看起来像是来上班的白领，但沐氏的电梯居然是打卡的，她根本按不开，然后笑容标准仪态万方的前台小姐很礼貌地过来请她去卡座坐一会儿，要找谁她可以帮忙通报。

沐氏的前台小姐蓝语还算是训练有素的，说话好听也会看眼色，一听说肖嘉宝找的人是沐安澜总裁，送上来的咖啡都变成了手磨巴西咖啡，还仔细询问了她要加一颗糖还是两颗糖。甚至拿来了几本时装杂志，小声地告诉她，总裁上班一般比较晚，所以可能要麻烦她多等一会儿。

"谢谢你，蓝小姐。"肖嘉宝看了一眼那个女孩的名牌，把她的名字记下了。聪明又会来事儿的女孩，放在身边慢慢教可以用。

"不客气。我就在那边，有什么需要你可以随时叫我。"蓝语笑得很真诚，她刚毕业，在沐氏这种顶级企业找到了这份前台工作很不容易。眼前这位小姐那帅气利落的气场简直强大到了偶像级别，举手投足间都透着股潇洒不凡的气派。

沐安岩几乎一走进大门就发现肖嘉宝了。他是一个目光锐利的人，一眼就看出来了平时看到他就毕恭毕敬的保安在分神看玻璃倒影里的肖嘉宝。沐安岩顺着那目光看过去，看到肖嘉宝修长俏丽的侧影的时候，忍不住微微地挑了一下浓眉。

"蓝小姐，那一位是？"沐安岩没像以往那样径直走向管理层专属电梯，而是走向了前台。

蓝语一看总经理居然知道自己姓蓝，很是激动，但也没忘记自己的本分，小声说："那位小姐姓肖，是总裁的客人。但是，总裁今天还没有来公司。"

"谢谢。"沐安岩得到了想要的答案，面无表情地走向了电梯，电梯门关上的时候，他又看了肖嘉宝一眼，嗯，气质是挺特别，好像还有点儿眼熟。

他应该在什么地方见过她。沐安岩飞快地在脑海中搜索有可能与沐安澜有关的女子，模特？不，她这样的东方面孔不多，若是模特明星，不会记不起来。沐安澜的女友？近三年的调查里，并没有关于沐安澜曾经交往过女友的记录。

那她是谁？

肖嘉宝一直等到上午十点四十五，大清早就把林宁浩叫起来上早班的沐安澜才出现在沐氏门口。比较高调的他与素来低调的沐安岩不一样，沐安岩一般都是自己把车开进停车场，然后走步梯上大厅再乘坐电梯上27楼。这样显得比较亲民。但沐安澜一般都是把跑车乱停在沐氏大厦门外，自己下车进门，林宁浩再认命地开车绕一圈帮他去地下停车场停车。

门口保安一看到沐总裁的拉风跑车停下，赶紧迎了上去。

"总裁好！"保安九十度鞠躬迎接无所谓地摆摆手以示礼貌的沐安澜，早已感受到肖嘉宝不高兴的前台小姐蓝语也一路小跑着过来："总裁，今天您有一位客人——肖小姐，她在那边等着您。"

肖小姐？这一个"肖"字，让沐安澜微微地眯起他那双因为眸子是浓浓的琥珀色而显得明亮魅惑的眼睛。他随着蓝语的手指望过去，果然看到了已经觉察到这边动静而站起来朝他看过来的肖嘉宝。

肖——嘉——宝。

她好像又长高了些，脸上似乎没有什么变化，作为一个女人为什么要把头发剪得那么短？模仿男人装酷的女人很讨厌好吗？

"哦。"沐安澜似有若无地哦了一声，也没打算向肖嘉宝走去，就站在那里，似笑非笑地望着肖嘉宝。他今天穿了一身灰粉色的合体西装，时下正流行的别人穿起来特别显矮的九分西裤居然让他一米八九的身高更显逼人。

第三章 让他看不惯的助理

肖嘉宝平复一下似漏掉了一拍的心跳，确认自己脸上清冷的面具完美无缺后，半秒钟也没有犹豫，步伐轻快地朝沐安澜走了过去："沐总裁你好。我是肖嘉宝，我来应聘总裁助理。"

"哦？"沐安澜露出了一个令蓝语这种小女生差点呆滞的微笑看向蓝语，"蓝小姐，我们有发招聘广告吗？"

蓝语其实好想回答有，但她自然不敢当着总裁的面撒谎："过去几天没有。但听说总裁办公室的叶小姐离职了，不知道接下来会不会招人。"

"我不需要招聘助理。"沐安澜很愉快地做了这个决定，然后他抬腿要走，却被肖嘉宝伸手拦住："沐总裁，请稍等一下。"

沐安澜看了一眼拦在自己面前那修长的手臂，特别是袖口露出来的那一小截肌理细腻的白皙手腕，然后很惨痛地记忆起了这手腕蕴含着的暴力："说吧。"

肖嘉宝沉默着看了一眼蓝语，蓝语赶紧远远避开，自动为两个人清场。肖嘉宝嘴角微扬，露出一个有点儿坏的微笑，算是向蓝语致谢。蓝语一颗心顿时怦怦直跳，这位肖小姐自带一股颇具震慑力的磁场，让人不由自主地被她牵着鼻子走。幸好她是个女人，如果是个男人，得帅成什么样。

2

"照片。"肖嘉宝盯着沐安澜完美得多一根嫌浓少一根嫌淡的眉毛，稍稍整理了一下自己等待了三个半小时的糟糕心情，慢条斯理地说了两个字。她说的是沐安澜十六岁生日尝试喝酒结果喝断片，抱着树跳脱衣舞的照片。那曾经是她威胁沐安澜的法宝，每试必灵。

"你为什么不敢看我的眼睛？"沐安澜一双浓琥珀色的眼眸极为锐利，居然看出了肖嘉宝貌似在看自己的眼睛，但事实上并没有接触他的眼神，"是因为心虚吗？那些照片，早已经没有了，对吗？"沐安澜说完，在肖嘉宝微微的错愕中嘴角勾起一丝嘲讽的笑，侧身越过肖嘉宝走向电梯。想用他年少时的出糗照片来要挟他？他早已不是爱面子的少年了好吗？

肖嘉宝在内心只差没翻一个白眼了，不过仍有些莫名地心虚，那些照片，确实在某一天不翼而飞了，她有点儿不敢对视他那双清亮的眼眸。

"游泳。"肖嘉宝对着沐安澜的背影又吐出两个字。

"肖嘉宝，你省省吧。"沐安澜丝毫不打算停止自己的脚步，潇洒地按了总裁专属电梯的按钮，"看来六年过去，你退步不少。我呢，付给心理医生的那些钱，也算没白花。"照片威胁不成，又想用他的水体恐惧症来恐吓他？没门！为了克服这个弱点，他整整看了五年心理医生好吗？

沐安澜这油盐不进的样子，令肖嘉宝的心脏突突地跳了起来，不过不是因为心动，而是因为久违了的除了他之外无人能够激起来的愤怒。

肖嘉宝居然没回话，沐安澜正有点不解，刚要转身，手臂却忽然被人抓住，肖嘉宝不但自己闪身进了电梯，还用力将他拖进了刚打开门的电梯里："喂！肖嘉宝！你想干吗？"

"没想干吗。"肖嘉宝的声音很平静，嘴角的微笑却有点勾魂的邪气。

大厅里的保安和随时注意各处动态的前台蓝语，都从缓慢合拢的电梯门里看到了刚刚强硬地把总裁抓进了电梯的肖小姐很无辜地摊开双手微笑，仿佛真的什么都没有做的样子。但在电梯门最后合拢的瞬间，不知道是眼花还是什么原因，好像看到肖小姐白皙而又有力的拳头虎虎生风地向总裁的俊脸招呼了过去。

电梯门在27楼打开的时候，肖嘉宝一条长腿屈起顶着沐安澜的下腹部，一手扣着沐安澜的肩膀，另一手扣着沐安澜的喉咙正在使力，而眼角已见乌青的沐安澜完全被压制住，肖嘉宝那张五官深邃透着股冷艳气息的脸离他只有三厘米的距离，让接近窒息的沐安澜很清楚地看到了她脸上肌肤底下正突突跳动的微细血管。

电梯门忽然打开让肖嘉宝有些意料不到，一双俊俏凤目看向来人的时候分明带着腾腾杀气，而被电梯里的一幕吓得眉毛连续地跳了好几下的沐安岩好几秒才回过神来："抱歉，我正打算上楼向总裁汇报几项工作。我走步梯，你们继续忙。"然后，沐安岩伸手扯着瞪大了眼睛几乎被眼前一幕惊吓到神志全无的柳秘书转身走向了安全步梯。

电梯门再次缓缓合上，肖嘉宝逼近沐安澜的脸三厘米外的位置："沐总裁，你看，我可以做你的特别行政助理了吗？"从头到尾，她手上和腿上的力道丝毫没减，反而随着问话渐渐施压。

走上楼梯的时候，沐安岩的脑海里电光石火般闪过了一些画面：九年前，一间着火的酒吧的后巷。一个瘦高个儿男孩拿着一把电锯硬生生地将酒吧的排气窗连墙切开，将里面受困的沐安澜救了出来。

原来是"他"。她并不是一个男孩。只是当时看起来更像是男孩而已。

她出现，是要帮沐安澜的吗？但看起来，她与沐安澜的关系，似乎也没有那么友好。

不错。事情越来越有意思了。

大感兴趣的沐安岩快步上楼，到达后特意站在电梯外和两个小助理一起等待电梯门打开。

电梯门打开，刚才不管是眼神还是身体都胶着的两个人已经彻底分开了。高挑俊美而又气质绝佳的肖嘉宝一身米白色的裤装显得特别干脆利落。而一身粉灰修身西服的总裁，衣服看起来有点儿皱，领带有点儿歪，眼角和嘴角好似还有难以忽视的瘀青伤痕，而且脸上的表情实在与往日的云淡风轻差了十万八千里。

"总裁早安！"两个小助理训练有素地说着不是早安的问候，当然，这是总裁之前要求过的：不管总裁什么时候来上班，只要是当天第一次来，就一定是早安。

"各位，这位是肖嘉宝。以后她就是我的特别行政助理。"沐安澜全程黑脸地说完这句话，径直走进总裁办公室甩上了门。

而肖嘉宝对在场的人露出得体的微笑："大家好，我是肖嘉宝，从今天开始我是总裁的特别行政助理。请大家多多指教。"她嘴上说着"指教"，行动上却完全没有想要大家指教的意思，说完便转身直接找到了刚刚离职的叶秘书的位置，伸手按了总裁通话键："总裁你好，总经理要汇报工作进度，是直接进办公室还是去会议室？"

"滚！"电话里很粗鲁地蹦出来一个字。肖嘉宝不以为意地按断，然后转身对着沐安岩和柳秘书微笑："不好意思，总经理，总裁昨晚没睡好，现在状态不太好，您看您是不是下午再上来？"

沐安岩面露笑意，眼神里闪着感兴趣的光芒："好的。谢谢肖特助。那么，我下午再来。"

"总经理您慢走。"肖嘉宝也笑得无懈可击。

空气中仿佛上演了一场无声的刀光剑影，跟着沐安岩离开的柳秘书还好一些，两名小助理面面相觑，不安得手脚都不知道往哪儿放才好。

"请两位带上总裁前一周和后一周的工作行程跟我到会议室开会。"肖嘉宝从桌上拿了一个空文件夹和一支笔，然后朝两个小助理勾了勾手指。她的态度完全不像一个办公室新人，可非但不让人讨厌，还让两个小助理忽然有一种办公室女王驾临的既视感。

沐安澜在办公室里等了老半天，发现在自己说了一声"滚"之后，外面就真的悄无声息了。莫非肖嘉宝那么听话，让滚就真的滚了？不可能吧？而且自己脸上的伤这么明显！作为特助，不是应该拿着药箱滚进来问一声要不要去医院吗？

又过了几分钟，沐安澜终于忍耐不住按了对外的通话键："肖特助！给我一杯咖啡！"

外面悄无声息。

总裁办公室的门悄悄地打开了，沐安澜假装要出门的样子，望向偌大的总裁办公室，但秘书的位置上没人，两个副助理的位置上也没人。正想吼一声"人都死哪儿去了"，却看到总裁会议室的门打开了，两个小助理还有上楼后就被叫进会议室被肖嘉宝安排了一堆工作的林宁浩，全都像换了个人一样快步走出来奔向自己的位置，后面则跟着气质冷然的肖嘉宝。

一看到肖嘉宝，沐安澜眼底刚刚熄灭的火苗腾地又旺了起来："肖特助！给我一杯咖啡！"说完他转身回办公室，进门的时候忽然又回过头来强调："需要你亲自煮！煮好给我端进来。我有事要你做。"

"知道了，总裁。"肖嘉宝的声音清清冷冷，表情冷冷清清，语气坦然自如，并无任何可挑剔之处，但沐安澜就是觉得自己被噎得一口气差点儿就上不来！

沐安澜"砰"的一声关上总裁办公室的门，两个小助理的心脏都被吓得颤了颤。肖嘉宝扫了一眼被摔得颤抖的门，一边走向茶水间一边很淡定地吩咐助理们："按照刚才说的马上去做吧。遇到什么问题直接找我，或者总裁。"

她说"或者总裁"的时候，语气好像有点儿不一样。两个小助理都是因为很会察颜观色才被沐安岩暗示调来总裁办公室的，哪里有不懂的道理：肖小姐的意思是说，所有的事情都要经过肖小姐，再由肖小姐交给总裁呢。

进口咖啡豆，来自牙买加的蓝山。烘焙研磨，半颗方糖，三勺奶。肖嘉宝做得很熟练。玩咖啡机这件事情，好像真的过去很久了。但不知道为什么，这些年再忙，她偶尔还是会给自己这样煮上一杯咖啡，而且过程与配料从不变化。这是挑剔的沐安澜喝咖啡的习惯。

她熟悉他所喜欢的味道。

她，也怀念他所喜欢的味道。

肖嘉宝敲门的时候，沐安澜原本懒洋洋地靠在椅子上的身躯坐直了："进来。"

沐安澜闻到了自己喜欢喝的咖啡的味道。但他对咖啡特殊的爱好从来不曾告诉过包括肖嘉宝在内的任何一个人。

"总裁，你的咖啡。"肖嘉宝将咖啡放在沐安澜的左手边，沐安澜精致的浓眉微不可见地挑了一下：她是记得他是个左撇子，还是无意中就放在了左边？

沐安澜故意用右手拿起咖啡来喝，眼睛一眨不眨地盯着肖嘉宝。嗯，从这个角度看，她的排骨身材并非毫无可取之处，还颇有点女人味，或许是她的那位恋人或者丈夫的功劳。

"请总裁收收心。"肖嘉宝几乎一眼就看穿了沐安澜的有色心思,"我不喜欢在别人的想象里乱来,我的拳头尤其不喜欢。"

肖嘉宝的直接让沐安澜一口咖啡差点儿喷了出来:"哈!肖嘉宝,六年不见你的自作多情倒是长进了!你确定你是女人吗?"

"与你对自己的性别认知是一样的,我对自己的性别认知也没有出现过错乱的情况。"肖嘉宝站得笔直,这让一直坐着的沐安澜有一种自己必须仰视她的错觉:"去那边,沙发和茶几上所有的报表和资料,下班之前整理好给我。"

"是,总裁。"肖嘉宝毫不在乎地朝茶几上堆成了山的文件堆走了过去,三下两下在堆满文件的沙发上清理出一个位置之后,十分高效地开始工作,先将杂乱的文件分类,然后一一过目整理,再按照日期及紧急程度分批放好。

沐安澜喝着咖啡,看着有条不紊地忙碌着的肖嘉宝,觉得自己的心情总算愉快一些了。

3

肖嘉宝只用了半个小时就把一堆杂乱无章的文件分类好了,随后她将两个助理和林宁浩都叫了进来,当着沐安澜的面将他们可以做的工作分配出去,她自己也打算抱着其中最难做的一部分回到位置上去尽快完成。

沐安澜看她干脆利落的样子,简直就像看着一根刺刺进自己的眼睛一样:"肖特助!"

"总裁。"肖嘉宝抱着一大摞文件,面向沐安澜站定,"总裁还有什么吩咐吗?"

"我指的是,这些工作必须由你自己一个人来完成。"沐安澜给了肖嘉宝一个没有温度的微笑,"我不放心将这些工作交给你以外的其他人。"

"可以。请总裁即时下令将外面的三个助理辞退吧。"肖嘉宝微微挑起好看的眉宇,非常配合地回给沐安澜一个与他那般皮笑肉不笑的微笑,"我一个人完全可以胜任所有工作。为了避免公司的人员浪费,我会积极配合总裁的决定。"说完,肖嘉宝将手里的文件往沐安澜面前一放:"那么总裁,我现在就出去让他们三位收拾东西走人吧。"

沐安澜瞪着肖嘉宝的样子,眼睛里真恨不得燃起三昧真火,把她整个人都烧成灰烬。他用力把咖啡杯扔在桌面上,也不管那咖啡溅开,迈开长腿就离开了公司。他走进电梯的时候,瞪了一眼正埋头于文件的林宁浩,但一向作为跟班的林宁浩

假装"我好忙"的样子，根本没敢看他一眼。

沐大少爷开车上了海城的环岛公路，油门踩到了一百码，发动机尖厉地轰鸣着，沐安澜仍嫌不够，把油门当成肖嘉宝般踩着。到了山顶，一阵微凉的海风吹了过来，沐安澜才一个激灵醒过神来：他又被肖嘉宝影响情绪了！他竟然还是没能在肖嘉宝面前控制住自己的情绪！

是什么时候，肖嘉宝让他变得无法控制自己的情绪的？

沐安澜从记事时起，便知道自己的妈妈表面看起来温柔似水，但骨子里是一个十分强大的女人。她从不惧怕任何事情，看到虫子不会吓哭，水龙头坏了会直接关掉阀门去买一个回来自己换好，雷雨夜停电会在桌子上点好蜡烛然后教他背诗。他们母子遇到过很多倒霉的意外，小时候的沐安澜会被吓哭，但他妈妈从来不会，向来都是说，没有什么好害怕的，慢慢来，一样一样来，我们总能把麻烦解决。

有一个坚韧如丝的母亲的结果就是，他小小年纪就拥有了洞察人心的本事，他慢慢地学着控制自己的情绪，慢慢地明白"能够控制自己的情绪的人就能控制自己的人生"这句话是真理。

所以他慢慢地知道了，自己总是遭遇一些"意外"并非天意而是人为，他学会了巧妙地躲避那些意外，有时候甚至能在意外发生之前就"解决"它们。

直到那一天，瘦得像根竹竿一样的肖嘉宝似一支箭一样冲过来将他压在了墙上，那只原本会落在他脑袋上的花盆在地上分崩离析，沐安澜才第一次注意到了肖嘉宝——一个根本不像女孩子的女孩。

肖嘉宝那时候为了挣一点儿勤工俭学费，课余时间会帮校工扛纯净水到各班去。沐安澜其实在肖嘉宝认识他之前，就已经认识肖嘉宝了，只可惜，是印象十分不好的认识。

十四岁的沐安澜，已经长成了一个具有大男子主义的少年。他觉得肖嘉宝真是哪哪都让他看不惯。虽说新时代男女已然平等，但女生总要有个女生样。最好能穿裙子，非要穿裤子不是不行，但不要学着男生骑那种巨大的单车，还骑得飞快，所经之处，都能刮起一阵风。明明与其他女生一样留着丸子头挺好看，非要剪成男孩一样的短寸，穿了紫不紫蓝不蓝的校服，更是非男非女，再扛着一桶水往楼上跑的样子，真是……让人怎么看怎么不舒服。

再然后，就是她冒充他们班的男生下场打篮球，还赢了沐安澜他们班。初二年级输给初一年级，本就已经够丢人的了，偏偏初一年级里，还有一个是女生。

虽然肖嘉宝怎么看怎么像个男生，但她确实是个女生没错。

再然后，她就救了他。再然后，她就讹上了他妈妈，让他妈妈帮她交学费，帮她医治她爸爸的病。当然，救人一命是好事，但是做好事应该是自愿，而不是条件交换不是吗？再后来，肖嘉宝出现在他身边的时间变多了，理由都是，你妈给我钱，让我确保你的小命不会意外丢掉之类的。

现在回想起来，完全没有一件是令沐安澜心情好的事情！真是糟糕透顶！

沐安澜越想越烦躁，在山顶上吹了几个小时的风，午餐也没吃，傍晚又开着他的跑车风驰电掣地回到了公司。

正是下班时间，陆续下班的沐氏员工猛然看到新总裁那辆拉风的亮橙色跑车甩着尾巴停在了公司大门前，而他们的总裁一身灰粉色的合体休闲西装帅气难挡地下车走了进来。总裁的俊脸上不知道为何带着几处明显的青紫，但他似乎毫不介意，进门的时候利落地将车钥匙扔给保安，人便一阵风般进了总裁专属的电梯里。

经过几个小时的紧密工作，肖嘉宝已经将过去这一段时间沐安澜积压的工作处理得差不多了。看到两个小助理和林宁浩都一副被高强度工作压得一脸灰败的样子，肖嘉宝嘱咐他们可将剩下的工作搁置，明天早点过来收尾，今天可以先回去。

他们走后，偌大的办公室就只剩下了肖嘉宝一个人，她打算冲杯咖啡，把剩下的活做完。刚站起来，"叮"的一声轻响，电梯门打开了。面色冷傲的沐安澜从电梯里走了出来："肖嘉宝，到我办公室来一趟。"

沐安澜大步越过肖嘉宝走向总裁办公室，关门前又丢出来一句："顺便给我煮杯咖啡。"

肖嘉宝挑挑眉，微微耸肩，走进了茶水间。当她煮了两杯咖啡走进总裁办公室的时候，只见沐安澜正把账目之类的文件大摞大摞地从文件柜里搬出来，看到肖嘉宝进来，他扫了一眼她手里的两杯咖啡，挑了挑眉，露出了一个坏笑："两杯咖啡正好，我想你今天很需要它们。"

肖嘉宝淡定地看着那一堆已经堆得高高的账本，将咖啡轻轻地放在茶几上问："总裁今天晚上是打算加班吗？"

"没错。"沐安澜的声音十分愉快，仿佛加班是一件世界上最轻松幸福的事情一般。

半个小时之后，他在总裁休息室的柔软大床上，呼吸平稳地睡着了。而肖嘉宝则坐在他的办公桌后面，面对着几大摞的沐氏账目埋头苦干。

沐大总裁是这样吩咐的："你既然是我的特别助理，当然要知道我面临的是什么状况。首先要做的，就是理清公司这三年来的账目情况，收支与盈亏，各部门的优缺点，你都要清楚。看完账目之后，我希望你可以做一份详细的发展计划书给我。毕竟，我需要你帮助我在两年之后仍然可以坐在总裁这个位置上。"

沐安澜说完之后，看着肖嘉宝结冰的脸，以及周围似乎瞬间降温的气氛，他的心情开始持续好转："我昨晚没睡好，我就先去休息了。不过，你可不要趁我休息的时候偷懒哦。毕竟我陪你在公司加班也很不容易。你要懂得感恩，并且努力工作，回报我对你的信任。"

沐安澜说完之后，似看到一抹剑光从肖嘉宝的眼底闪过，他有些期待她会发怒，但肖嘉宝一句话也没说，甚至连眉毛都没动一下。沐安澜并不失望，他很潇洒地当着她的面走进总裁休息室，还很不厚道地大开着房门，仰面舒服地倒在大床上，没几分钟就真的睡熟了。梦里，他的嘴角都是微微扬起的，小样儿，六年不见，一见面不是威胁就是暴打，不折腾折腾你，你都不记得爷叫沐安澜！

肖嘉宝在煮第四杯咖啡的时候，沐安澜醒了。

总裁休息室的房门是大开着的。窗外天色昏暗，但办公室的灯仍亮着。沐安澜翻了个身，抬手看了一眼手表，四点五十。再瞄了一眼门外，办公桌电脑前的肖嘉宝喝了一口咖啡继续敲打键盘，那张五官精致眉宇间却带着英气的脸丝毫不见疲色。

沐安澜看着办公桌上那些高高堆起似乎能把她整个人都淹没在其中的文件，心里好似划过了一丝类似内疚的情绪，不过他很快就把它们甩走了。他从床上起来，将领带扯掉甩到一边。习惯早上起来沐浴的他觉得有点儿不舒服，当下也没打算忍着，走进浴室之前，他对外面的人说："肖嘉宝，去我家给我带一套衣服过来。"

然后，稍微有点洁癖的沐少爷一身清爽地从浴室里出来的时候，居然看到肖嘉宝仍然坐在办公桌旁没动，他心里那点昨晚刚熄灭的情绪火焰又噼噼啪啪地烧了起来："肖嘉宝！"

"什么事？"肖嘉宝手指继续在键盘上翻飞着，眼都没抬一下，语气也很敷衍，"总裁的衣服已经挂在床边的衣柜里了。"

他才洗个澡她就去他家拿来了衣服？沐安澜有点儿不相信，走过去打开衣柜一看，果然里面挂着两套他平时穿的衣服。

"我在换衣服。别进来。"沐安澜取过衣服往身上套，肖嘉宝刚巧抬起头，从她的角度，是没有办法直接看到正站在衣柜前换衣服的沐安澜的，但是，衣柜对面的镜子却正对着休息室的门。

世界排名第一的顶尖男模的身材，嗯，好像也还行吧。

肖嘉宝多看了两眼，在沐安澜穿好裤子即将转身看到镜子的时候，她快速低头继续自己的工作："总裁，以后换衣服的时候最好记得关上门。"

沐安澜转身看到正对着衣柜的镜子同时也映出正坐在办公桌后面的肖嘉宝的时候，愣了一下，随即笑道："肖嘉宝，怎么，才离开你丈夫两天，就按捺不住开始觊觎我了？"

说到"丈夫"这两个字的时候，连沐安澜都感觉得到，自己的发音有些咬牙切齿。

她是否真的已经结婚嫁人？只是听母亲隐约提起，他并没有刻意去证实过。在过去的六年里，他也不知道以自己的个性，为什么不去探究清楚，但是，在听到妈妈说她为了一个男人决定离开的时候，他的心莫名其妙地觉得裂开碎成了碎片，一直到现在都没有完全拼凑完整。

"总裁对自己太自信了。"肖嘉宝头都没有抬一下，"有时候自信是件好事。但有的时候，太自信就会变成自作多情。"

"肖嘉宝！"沐安澜的情绪又失控了，他几乎是咬着牙齿蹦出了她的名字，他怒气冲冲地盯着镜子里淡定地继续工作的女人，浑身都充满了跳起来冲过去捏死她的欲望。

Chapter 04 第四章
只有她会发光

人群中，似只有她会发光。仿佛即使沧海桑田尘埃散去，仍会只有她，一直在闪闪发光。

1

肖嘉宝淡定地敲完最后一个字母，将文件保存备份，站起来整理文件夹准备离开。她好似根本没有感受到沐安澜散发出来的杀人气场一样："工作已经完成。总裁没有什么吩咐的话，我就下班啦。"但她清楚自己心里现在特别想揍沐安澜的小怪兽已经在蠢蠢欲动了。

"我有说你可以走了吗？"沐安澜眯起双眸，利落地套上衬衣，一边扣着扣子，一边从休息室走出来，因为刚沐浴完毕，他赤着脚，脚底的皮肤一步一步地踩在上好的手工波斯地毯上，陌生的触感让他稍微平复了被肖嘉宝轻而易举挑起来的坏情绪，"账目全都看过了？计划书做好了？"

"做好了。"其实她只是拍照上传了账目资料，以及稍微修正了一下软件给出的规划书。当然，她不会告诉沐安澜，去年，她与几个国际精算师和几个软件爱好者朋友发明了一款精算软件，叫作项目精算规划。拍照上传即可计算出差额盈亏，有问题的账目就会标注出问题所在的数字，提醒精算师寻找数据之外的原因。甚至可以在人工操控下按照数据生成新的规划书。这款软件暂时还只在内部调试阶段，不过用来对付沐安岩送上来的那些无伤大雅的已经经过专业精算师核准的账目，显然绰绰有余。在他睡觉时，她甚至预料到了他睡醒后可能会找事，还抽出空给林宁浩打电话，让他送来了沐安澜的衣服。

"我要看你的计划书。"父亲出事之后三年的账目，他花了一个多月才弄出点眉目，她一晚上就看完并且做出了计划书？他要是信了才怪。

"E盘。总裁计划书。密码tyuiop。"肖嘉宝说完，目不斜视地经过散发出慵懒性感气息的沐安澜，头也不回地走出了总裁办公室拐进了电梯间。电梯门关上之后，她缓缓地伸手抚了一下额，工作并不累，累的是，她要面对的人是沐安澜。

尽管她并不害怕熬夜，但是看到他睡了一觉并且舒服地洗了个澡之后，肖嘉宝身体里的洁癖因子蠢蠢欲动，真想直接在总裁休息室洗个澡，在他刚用过的那张床上睡一个小时了事。不过，为了避免更多的尴尬，她还是走为上策。

沐安澜看着肖嘉宝的背影消失，不知为何有半秒的愣神，他并没有立即打开电脑去看计划书，而是返回休息室穿好了衣服修整了仪态，然后才坐回到办公桌前。

椅子上仿佛还留有她的余温。沐安澜对着打开的电脑，却没有看计划书，而是陷入了深思。

肖嘉宝，六年前，你为何不告而别？而现在，又为何突然出现，还非要做他的助理不可？是因为又与他的母亲交换了什么条件吗？肖叔叔早已去世，她这次又是为了谁接受母亲的安排？

　　肖嘉宝在八点半准时回到总裁办公室，此时沐安澜已经把计划书看完了，正坐在总裁会客厅的沙发上，一边吃着林宁浩从法国餐厅打包回来的三明治早餐，一边玩手机游戏。

　　两名小助理和林宁浩一看到肖嘉宝出现，立即站了起来，很恭敬地问候："肖特助早。"

　　"早安。大家把昨天做好的活儿拿过来吧，今天继续加油。"肖嘉宝坐回办公桌前，根本没有过去与沐安澜打招呼的意思。

　　每个人都乖巧地去干活，谁也没表现出有意见的神色。肖特助虽然昨天才出现，但是她似乎连总裁都不放在眼里，也不知道她是哪一位大人物派到总裁办公室的，谁有胆量去得罪她呀，现在是非常时期，自然是表现得越安分越好。

　　沐安岩从27楼上来继续汇报昨天未能进行汇报的工作，电梯门一打开所看到的便是过去两个多月来闲散成风的总裁办公室人人一副忙碌模样。当然，如果除了还瘫在会客室沙发上那位只露出两条标志性大长腿的总裁的话，总裁办公室真是一片欣欣向荣。但话说回来，在早上九点刚上班的时间，总裁大人能出现在总裁办公室，也不是一件"正常的事情"。

　　看来，才刚来一天的肖特助很不一般。

　　"肖特助！"两个小助理忙得都没空像往日一样恭敬地列队迎接沐安岩的到来，沐安岩似乎并不介意，他径直走向肖嘉宝的位置，"肖特助，麻烦你通报一下总裁，我来继续讨论昨天没有讨论完的工作。"他说得真的像没有看到总裁的长腿正在会客室的沙发背上搁着一样。

　　"好的。"肖嘉宝也没有避讳，站起来领着沐安岩就往会客室走，"总经理这边请。"

　　她竟连通报都省了。沐安岩轻扬浓眉，跟在她的身后往会客室走。她用的是什么牌子的香水？貌似与其他时髦女孩不太一样。也是，她原本便连气质都与其他女孩迥异。遥想九年前初见，完全是像男孩一样的女孩。

　　"沐总经理，不要当着我的面打我助理的主意。毕竟我对你的柳秘书并没有什么兴趣。"沐安澜从手机镜头里都觉得沐安岩微眯着眼睛带着笑意看肖嘉宝的样子十分讨厌，所以根本没打算给他面子地出言不逊。

　　"你！"沐安岩成功地被他气到，但毕竟他是老练之人，很快调整了情绪继续摆上微笑，"窈窕淑女，君子好逑。肖小姐未嫁我未娶，我们公司并没有明文禁止办公室恋情。"他不但反击了沐安澜的无理，还大方承认了对肖嘉宝有意。

沐安岩原本想气得沐安澜跳脚，沐安澜却笑了，当着沐安岩的面扬声对外面工作的助理们说："杨小姐！王小姐！请进来一下！"

总裁有请，而且以前的顶头上司总经理大人也在，两个助理立马进来听候吩咐："总裁，总经理。"

沐安澜面露微笑，和颜悦色道："杨小姐，还有王小姐，你们在总裁办公室的表现非常出色，不幸的是总经理办公室的工作需要更出色的人才，所以总经理刚才提出要我放你们去总经理办公室为他工作，你们愿意吗？"

"什么？"两个助理上来的时候，明明得到总经理的亲自吩咐，要协助叶小姐并且督促总裁"早日"成为沐氏的顶梁柱。现在，又让她们回去，是什么意思？

"好了。就这么定了。你们出去收拾东西吧。等我和总经理讨论完工作，你们就跟着总经理下去好了。我也舍不得你们，但是总经理更需要你们，我只能割爱了。"沐安澜说得似乎真的有些许不舍，望向一脸寒冰的沐安岩时却依然一脸明媚，"总经理不用谢我。想向我要人而已，随时说一声就行。毕竟我们除了上下级关系，还是亲堂兄弟。我不会拒绝你的。"

"你……"请问你到底是哪一只耳朵听到我说向你要助理了？而且还是两个？沐安岩气急败坏地想。

"肖特助，以后除了你之外，总经理向总裁办公室要什么人，你直接给他就行了。人事调动就别让我操心了。做总裁有好多工作，真的好累的。"沐安澜在冷着一张脸瞪着自己的沐安岩的目光下，又继续愉快地向肖嘉宝交代了几句。

"好的，总裁。"肖嘉宝有样学样，将一件沐安澜睁眼说瞎话的事情落实了下去，"我这就出去叫人整理杨小姐和王小姐调到总经理办公室的人事资料。"

肖嘉宝很认真地配合完沐安澜走出会客厅之后，沐安岩气极，但原本握紧了的拳头反而一点点地松开了：他终于开始了，原本便不应该小瞧了他。这不，看起来胡搅蛮缠，但事实上却将总裁办公室里的耳目给清干净了。好，沐安澜，你果然没有看起来那么好对付。

"那么，我就谢谢总裁了。虽然我并不知道总裁是从哪儿知道我很需要总裁办公室里的两位助理小姐。"沐安岩装作愉快地接受了沐安澜的"慷慨"，"那么，我们可以开始工作了吗？"

"当然。"沐安澜将一直未离手的手机随意地扔在一边，屏幕上还未退出界面的手机游戏还在荧荧闪动。沐安岩用眼角余光看了一眼，一抹疑惑不易察觉地闪过了眼底：作为从沐氏的游戏开发公司基层做上来的高层，沐安岩一眼便看出了那是进行中的游戏，而且不是新手，还是买了会员在玩的那种痴迷玩家。

沐安澜没打算遮掩，反而似乎有点儿气愤地笑："这个游戏是你开发的吧？很赚钱吧？动不动就要玩家充值。黑心死了！"

"是我负责游戏公司时开发的。需要的话，我可以叫他们给你一个内部测试账号。"沐安岩笑，不管他是真玩还是假玩，喜欢玩的人总比不喜欢玩的人好对付。

"不需要！谁知道你会不会有什么阴谋。"沐安澜语气很差地拒绝了，"不是说谈工作吗？快谈吧。"

沐安岩只好把试图判断他是真孩子气还是假孩子气的念头放下，将手里的文件摊开开始谈工作。

两个小时之后，一身藏蓝修身西装的沐安澜和一身黑色小西装的肖嘉宝出现在一片繁忙的建筑工地前。

"肖特助，我作为沐氏的总裁，一没有桥梁工程师执照，二没有建筑设计师执照，三不是专业的建筑工人，为什么我需要亲自来这种建筑工地视察工作？"沐安澜戴着帅气的飞行员墨镜，完美的下巴微微扬起，很是嫌弃周围的环境。

"第一，这是你与总经理定下的工作。第二，如果你不喜欢这样的形式主义，你可以从自身开始改革。第三，我建议你最好把安全帽戴上。"肖嘉宝从身旁一个工程负责人的手里拿过安全帽，递给一脸嫌弃的沐安澜，"安全帽是很影响形象，但如果你不想在事故频发的工地出什么意外的话，最好还是戴上它。"这个男人对于容貌的计较，真是十几年如一日不曾改变。中学时就因为讨厌运动后男生们的汗臭味而提前跑回教室喷香水，小小年纪就浮夸又娇气，到现在都没半点改变。

"肖特助，你的眼神写满了对我的鄙视。而且你这么说，会让我认为你安排了一些让我吃苦头的意外在等着我。"沐安澜极不情愿地戴上了他认为很是影响他形象的安全帽，还回过身很认真地问那几个全都因为长期待在工地而穿着西装也有点灰头土脸的工程主管："怎么样？像不像乡下来的隔壁家二蛋？"

"噗……"其中一个年轻些的工程师没忍住笑了出来，早就听说新总裁之前是国际男模，只是没想到，真人是这样的……风格。

"好了。既然我已经打扮得像隔壁家二蛋，那我们就走吧。"沐安澜说完，示意其他人领队，他穿着米色休闲皮鞋的脚大步踏了出去，他算准了风向，那一脚扬起的灰尘刚巧飞向了肖嘉宝。

只可惜肖嘉宝没有让他的恶作剧得逞，顺手用文件夹下意识地遮挡住迎面扑来的灰尘，也迈开长腿跟着他走了进去。两个人都身高腿长，步伐出奇地一致。肖嘉宝今天穿的黑西装有点偏向男装，她又留着利落的短发，其他人一时没分辨出她是男是女，只当她是个男助理，谁也没表现出来一点儿爱护女士的意思，遇到障碍，大家攀爬跳跃就过去了。肖嘉宝也没吭声，一一越过障碍，甚至姿势与动作比他们更矫健灵活。

2

这是一处拆迁工地。有一户钉子户不肯迁走。户主是一位老太太，而且这户人家只有这位老太太一人。

在总裁办公室里，沐安岩是这样说的："我去过很多次，甚至承诺为她养老送终，都被拒绝了。现在每逾期一天，沐氏的损失便是以千万计的。虽然说沐氏也算家大业大，但这样一个大漏洞一直拖下去，怕是对总裁两年后的正式上任很不利。也许总裁可以通过这次事件让股东们看看总裁更优秀的一面。"

"不用看，我也比你优秀。"沐安澜怎么会不知道沐安岩这是丢了一块硬骨头给自己啃，不管啃得下去还是啃不下去，这"骨头"他是吃定了。

"当然。"沐安岩假装无意地看了一眼时间，"好了，我就不打扰总裁工作了。现在已经快中午了，谈着谈着沐氏已经损失了五百万。唉。这都怪我没能把事情处理好。只能靠总裁了。"沐安岩站起来往外走，丝毫不想给沐安澜拒绝的机会。

然后，沐安澜与肖嘉宝匆忙解决了午餐，就到了拆迁工地。

在一片狼藉的断壁残垣里穿行了十几分钟，总算来到了一幢仿欧式小洋楼前。

看到那幢小洋楼的时候，肖嘉宝眼底闪过了一丝错愕，脑海里的往事似电影画面般一帧一帧翻过，巨浪一样冲击着她的思绪。但幸好，错愕只是一瞬间，她很快就掩饰了自己的情绪。这一点儿快如闪电的眼神变化，没能逃过恰巧正在看她的沐安澜的眼睛。他摘下自己的安全帽之后，不知道为何也觉得肖嘉宝脑袋上的安全帽很是碍眼，走近伸手也把她的安全帽摘掉，交给旁边的工程负责人："你们走远点等着。我和肖特助进去就行。"

"是，总裁。"显然吃过苦头的负责人爽快地答应，但还是很有良心地提醒了一句，"那个，总裁，这位陈老太太的脾气不太好。您和肖特助一定要注意安全。"

"知道了。"沐安澜挥挥手让他们快走，他的眼睛几乎没离开过肖嘉宝的脸，他不想错过她的任何表情。特别是一向脸上除了特意训练出来的假笑之外没有什么表情的肖嘉宝。她刚才为什么流露出惊讶的神色？她认识这房子？认识这房子里的人？她和这房子里的老太太有关系？

"一起进去？"沐安澜勾起嘴角微笑，从拆迁工地走了过来，两个人的鞋上都沾上了灰，只不过他的鞋子是浅色，没有肖嘉宝的黑色牛津鞋明显。

"如果总裁觉得自己可以搞定，我也可以不用进去。"肖嘉宝很淡定地接下了沐安澜抛过来的试探。

"肖特助身为我的特别助理，当然要全力协助我完成工作。"沐安澜勾人地微笑，做了一个女士先请的动作。肖嘉宝也没礼让，几步走近，伸手轻敲那一眼便看得出年代久远的雕花铁门："你好，我们是沐氏公司的工作人员，请问我们可以进去吗？"

里面似乎有什么击打在地上，随即一道黄影从屋里飞蹿而出，猛然扑在铁门上汪汪地狂叫起来。那是一只金毛，体形十分壮硕，铁门被它撼动，刺耳地响着，尖利的牙齿差点就咬住了肖嘉宝的手。肖嘉宝下意识地灵活后退到安全距离，却意外地撞进一个温暖的怀抱里，沐安澜低声愤然道："为什么没人告诉我有狗？"

"我们都听到了它在屋里。"肖嘉宝解释道，狗被人下令不准出声后压抑的呜呜声，沐安澜和几个主管都听到了。

"我听不到，你不知道吗？"沐安澜在肖嘉宝耳边低声说道，几乎是不可抑制的，他明显地感觉到自己的坏情绪又被肖嘉宝释放出来了。

"知道了，请问总裁能放开我了吗？"听到他那句"我听不到"，肖嘉宝心里无由地软了软，但很快又因为他靠得太过逼近的动作警惕起来：这不科学！明明自己一米七九的身高在他面前只是矮了十厘米，为什么被他揽在怀里的时候，她会感觉自己比较娇小？这不科学！

"你以为我想搂着你呀，你跟个男人似的，我才没兴趣。"沐安澜嘴上说得十分刻薄，内心的感受却是：肖嘉宝的腰还挺细的……

"走吧，她不会搬的。"沐安澜的手一放开，肖嘉宝便轻快利落地迅速退至离他一米开外，然后转身往回走。

"就这么放弃？连进去见个面都不用？"沐安澜觉得自己认识的那个肖嘉宝可不是这样的人，她做事从来都有完美的A、计划合理的B、计划替补的C计划、还有必需的D计划，她要做的事情，从来不会放弃。

"你想进去被臭骂一顿也。"肖嘉宝停下脚步，回头双手抱胸看着沐安澜，"总裁你自便，我这个人脸皮比较薄，禁不起别人骂，我就在这里等你好了。"

"你？脸皮薄？"沐安澜长腿迈开与肖嘉宝擦肩而过往回走，"肖特助你这是在逗我玩儿吗？笑话很冷哦。"

肖嘉宝耸耸肩跟上他往回走，没搭话。一来懒得和他斗嘴，二来她确实也在睁眼说瞎话。在沐安澜面前，她还从来不是什么脸皮薄的人。不过脸皮厚一点儿也不算什么，在沐安澜这样的上司面前，你脸皮不够厚都觉得有点不好意思。

比如，几个工程负责人一看到连总裁大人都铩羽而归后，脸上的失望与沮丧简直遮都遮不住：怎么办？那老太太不肯搬，整个工程就没有办法进行下去，对上头就没法交代。虽然面前站的也是领导，但这个总裁明显是个绣花枕头！

"找间办公室开会。把建筑师、工程规划师，还有园林设计师全都叫过来。"沐安澜装作不经意地掸了掸一直站在他身边沉思的肖嘉宝肩膀上并不存在的灰尘，在肖嘉宝横过来的冷眼中，微笑迷人地对满眼失望的主管们说，"啃不下去的大骨头，就把它做成装饰品好了。"

半个小时后，临时板房整理出来的会议室里，沐安澜坐在简陋的主席位上，修长的手放在桌面上轻轻地敲了一下，正当众人屏住气息要倾听总裁大人的高论的时候，总裁大人说出口的却是："肖特助，你给大家说说我们的初步计划。"

肖嘉宝面色平静地看着一脸期待的微笑的沐安澜，眼神里恨不得射出刀子将他千刀万剐！

什么初步计划？谁的初步计划？谁和她讨论过什么初步计划？她听到他说的最后一句话，就是二十分钟前的那句："肖特助，我们去开会吧。"再往前，就是半个小时前那句："啃不下去的大骨头，就把它做成装饰品好了。"

这么胸有成竹地叫人来开会，等到这屋子里黑压压地集齐了顶尖的建筑师规划师园林师预算师各种专业人才之后，就给她来了这么一句："说说我们的计划。"

请问沐总裁，你什么时候跟我说过你的计划？

面对肖嘉宝利刃一般的质询眼神，沐大总裁毫不慌张十分坦荡地回望她：不是你自己坚持要做我的助理吗？做我助理就得有这点本事，没计划你也得临时给我整个计划出来。而且，还不能太差。否则你就卷铺盖走人！

肖嘉宝微眯了一下眼睛，压住内心那头想揍沐安澜的小怪兽，收回刀一样的眸光，神色慢慢恢复冷静从容。

她伸手拿起桌子上唯一的一支记号笔，走上了临时架起来的白纸板前："出于人权以及人文关怀的考虑，我们决定接受陈老太太的拒绝搬迁。但因为陈老太太不搬走，园林设计与工程建设都无法按照原计划执行，如此一来，沐氏每天的损失以千万计，长期下去所造成的亏损是我们不愿意看到的。所以，总裁决定，将陈老太太的房子纳入我们的社区规划中来,也就是说,在原地原貌保留陈老太太房子的情况下,我们要她的房子尽量完美地纳入我们的社区规则里,这样一来,我们要做的事情就多了。社区建筑的设计,道路的增设,景观与建筑的完整性、合理性以及美观性,以及做了以上改变之后我们工程预算的损耗都要重新做规划。总裁初步的计划是这样的,第一……"

肖嘉宝说一点,便在白板上标注一下,她的字不是十分漂亮,但字体刚劲流畅,分点说明也十分简要明了。整个计划下来,完全没有依靠电脑与文件的帮助,却简明扼要地将事情讲得分外清楚明白,听得底下的设计师们频频点头赞同,同时又蠢蠢欲动地想要挑战这个高强度、高难度的大型项目。

沐安澜左手放在桌子上,右手轻抚线条完美的下巴,整个人就像是一幅画。他也在专注地听肖嘉宝的陈述,很显然肖嘉宝说出来的计划与他内心所设想的相差无几。但他惊讶的事情正在于此,为何肖嘉宝也与他一样毫无准备,他甚至在仓促间决定召开这个会议并且把她推出去的时候,存了故意为难她的意思。

他不是不知道肖嘉宝非同一般,但此刻的肖嘉宝优秀得似由内而外散发着让人难以移开目光的光芒。人群中,似只有她会发光。仿佛即使沧海桑田尘埃散去,仍会只有她,一直在闪闪发光。

3

回程的路上,沐安澜开车一路无话。肖嘉宝闭目养神,时差还没有倒过来就被沐安澜折腾通宵加班,随后又来了一通临时会议之后,她难以抵抗疲惫,没一会儿就睡了过去。

"肖嘉宝。"沐安澜叫她的名字时,声音很低。为的只是确定她是否真的睡着了。

良久没有得到回应之后,沐安澜松开油门将车减速,第一次,在可以飙车的高速路上,他将超跑开到了最低限速的60迈。进了市区之后,肖嘉宝仍然没有醒,沐安澜想了想,似乎他并不知道肖嘉宝现在的住处,于是,沐大总裁直接将肖嘉宝带回了他的家。而且是可以将车直接开进有私人车库的郊外别墅的家,而不是需要下车走电梯的位于市区有顶层豪宅的那个家。

郊外别墅比市区公寓要远,车程多上半个小时左右。

停好车之后,沐安澜摘下墨镜,转头看向副驾驶上仍然熟睡的人儿。从她露出的光洁额头,到她难掩英气的眉宇,再到她笔挺高直的鼻梁,还有棱角分明形状完美的嘴唇,再到修长优美的颈线……沐安澜不自觉地喉结滑动抽了一口气,但他随即忽然大声喊出她的名字："肖嘉宝！"

肖嘉宝自然是被他惊醒了。在睁开眼睛之前，她好看的眉很不爽地微微锁起，在睁开眼睛的瞬间，那一抹星眸里闪现的寒光让沐安澜不禁打了一个激灵："喂！我到家了，你该走了！"

肖嘉宝深吸一口气，让自己快速清醒过来并且迅速地判断出了自己的位置："车钥匙留下，你可以下车了。"

"这是我的车，我没有同意要借给你开。"沐安澜十分愉快地笑，"我建议你走五公里，那里有可能打到出租车。"

"这是哪儿？"

"滨海。"沐安澜真的挺难忍住自己内心的愉快情绪，来别墅真是一个正确的决定，让肖嘉宝走五公里去打出租回市区，似乎也是一件很不错的事情。

"送我去打出租。"她是有点儿疲惫，但最主要的是她不想走路，更不想看到沐安澜那种以折磨她为乐的小欢喜。

"就不。"

"要么送我去打出租，要么把车钥匙留下。"肖嘉宝短睡过后的声音有点儿懒洋洋的，不知道为什么，听在沐安澜的耳朵里，不是威胁，反而有点儿性感，他很愉快地摊手拒绝："抱歉，我两样都不选。"

"沐安澜。"起床气渐渐浓郁的肖嘉宝已经不再称呼沐安澜为总裁而直接叫名字了，她内心那只这两天就一直想揍沐安澜一顿的小怪兽已经收紧了气势摆好了姿势，但沐安澜似乎没有什么觉悟："怎样？"

"这样。"肖嘉宝的起床气瞬间爆表，一记漂亮的右勾拳直接招呼上了沐安澜线条优美的下巴，沐安澜是试图要躲的，但这是在空间有限的超跑内部，肖嘉宝和他一样，都是长手长脚型的，所以，很遗憾，他又中招了。

三分钟后，脸上再次挂彩的沐安澜被人一脚踢下他的跑车，一脸愤慨地看着他的爱车以一个漂亮的急速倒车然后转弯，再以一个完美的甩尾消失在他的眼前。

沐安澜真是一个长相绝佳的男人，那样挺拔的个子，多一分嫌多，少一分嫌少的完美身材，即使穿着正装也能感觉到他浑身均衡的肌肉的力量。

他站在一个婚纱橱窗前对她微笑，完美的唇角扬起，那双深琥珀色的眼眸闪着迷人的光，他向她伸出了手，那手指修长而有力，他说："肖嘉宝，来。"

她一步一步地走过去，明明好像是很短的距离，她却走了好一会儿都走不到。天空中忽然掉下一架巨大的钢琴，垂直地正对着微笑着向她伸手的沐安澜砸下来！

第四章 只有她会发光

"沐安澜！快跑！"肖嘉宝一边惊叫着，一边飞快地跑过去要救他，而他竟然似根本听不到她的话那般，依然毫无察觉地站在原地对她微笑……他听不到！她忘了他的听觉很微弱！怎么办？眼睁睁地看着那钢琴的尖角砸中沐安澜的头的瞬间，肖嘉宝尖叫着醒了过来。她修长的身体忽然坐直，明亮的双眼在睁开的瞬间仍然透着无助的惊恐，白衬衣式的睡衣因为剧烈的挣扎而歪到一边，露出了一角光洁圆润的肩膀。

好一会儿，肖嘉宝才缓慢地从梦中回到现实，半是鄙视半是叹息地"呵"了一声，伸手轻拍了自己的脑袋一把。她一定是疯了，为何会梦到与婚纱有关的沐安澜？

二十分钟后，一身浅杏色职业装的肖嘉宝精神饱满地站在了化妆台前，在粉嫩与自然色的口红中间，她舍弃了粉红选择了自然色。镜子里倒映出来的，是一个妆容精致面色淡然的职业女性，她高高的个子散发着冷冷的气场。肖嘉宝对这样的自己还算满意。

"丁零零，丁零零……"电话响了，肖嘉宝拿起手机，扫了一眼那个号码，眸光一沉马上接起："你好。"

"嘉宝吗？今天中午有空吗？我去沐氏附近找你，我们见个面吧。"梁晚欢的声音一如既往地温柔动听，却听得肖嘉宝心里一沉："好的。中午您到了以后，请给我电话。"

总裁办公室里，肖嘉宝先到，昨天刚刚收到调令的蓝语随后而至，负责叫总裁起床上班但无功而返的林宁浩姗姗来迟。肖嘉宝花五分钟开了个简短的会议，将工作分配下去之后，才给沐安澜打电话。

第一次没接，第二次挂断，第三次干脆关机了。

这对已经跟了沐安澜三年多的林宁浩来说，沐总裁的表现很正常呀，天才的方式就是从不按时上班，却总是能把事情做好，要知道总裁昨晚在壹号会所和公子们又开发了新花样游戏，忙到凌晨四点才回家呢。

"林助理。"肖嘉宝没打算再给沐安澜打电话，而是将林宁浩叫了过去，"因为连续一周以来，你作为总裁特别助理，都没能让总裁按时上班，所以本月你将没有奖金发放。"

"肖特助，我……"林宁浩觉得自己好冤呀，可是……算了，反正晚上跟着总裁出去混光捡零头都比奖金多好几倍，忍了吧。

肖嘉宝没错过林宁浩根本不在乎的表情，她的眸光深了几分："还有，以后你不用负责总裁的上下班时间了。但是，我很不高兴看到办公室里有人不务正业。"

在我这里，好好做事，工作才能长久。"

"是。"肖嘉宝说话语气并不严肃，甚至还带着点类似温柔的笑意，但一番话就是让林宁浩的后背有些发凉：他是不是做错了什么？站在总裁那边，好像是站错了队？看起来这位肖特助比起总裁难缠多了呀。

与此同时，沐安澜的公寓里，沐安澜一脸睡意地打开卧室门："妈，你能中午再来找我吗？"他每天忙着赚钱，不但让沐影进行各种投资，还与海城的公子哥儿们在壹号筹谋新项目，无所不用其极地赚钱。

"中午我有事呢。最近很忙？"梁晚欢看着沐安澜一脸的睡意，问话也很无意，"肖特助没能帮上忙吗？"

"帮上了。很大的忙。"如果再算上打他、欺压他、不把他这个总裁放在眼里的话，那简直是此"恩"不共戴天的大忙。

"很显然对嘉宝不满意呀。"梁晚欢笑道，一双眼睛闪闪地盯着儿子的眼睛看。六年前，她从儿子眼里看到的那种只有见到肖嘉宝时才会出现的眼神不会是假的，这六年之中，儿子绝口不提肖嘉宝可能也说明了一些问题，只是不知道，现在他对肖嘉宝的"特别"是否已经变了。

"没有，她很优秀，很引人注目。"肖嘉宝成为他的助理这一周以来，不管是雷厉风行地清理了他总裁办公室里的外人，还是接手沐安岩丢过来的"麻烦"，或者是她做的沐氏发展计划，她样样都做得很好，总裁办公室里也不再有堆积如山的文件，虽然他辛苦了一点儿，但只动动笔签名真不算事情。

"满意就好。"梁晚欢依然温柔地笑，"那么，你去上班吗？我正好要去你们公司附近和朋友见面。如果你现在上班，能捎我一程吗？"

"妈，你自己有车。"沐安澜无奈地看了母亲一眼，"好吧，看在你终于肯抛下老爷子抽空来看你可怜的儿子的份上，我就捎你一程吧。"

大中午的，公司里人人都去午餐的时候，沐总裁却到公司里上班来了。总裁专属电梯叮的一声响的时候，差点把蓝语手里的便当吓得掉了下去："总裁好！"

"蓝助理。"沐安澜微微点头，眼睛却盯着空空如也的肖嘉宝的位置，"肖特助呢？"

"肖特助出去吃午餐了。"蓝语诚实回答，总裁对肖特助真是依赖呀，每天一进办公室都是第一时间找肖特助，第一句问话也一定与肖特助有关，"那个，总裁你吃午餐了吗？要不要我通知肖特助给你捎一份？"

让肖嘉宝给自己带午餐？沐安澜浓琥珀色的眼眸一闪："好。"

Chapter 05 第五章
带刺的职场玫瑰

她像一朵自在开放的玫瑰：有刺，芬芳，夺目，吸引人，却又提醒人不要随意靠近。

1

梁晚欢一进餐厅,第一眼吸引她的便是一身浅杏色职业套装的肖嘉宝,发型短得接近男士的发型,耳边的发角处甚至隐约露出了头皮的颜色,脸上的妆很淡,五官都很好看,眉宇间又有一种挥之不去的英气。她的个子很高,整个人散发出来的气质,便在美与帅气之间,似自由切换,又似两者兼具。

"梁小姐。"肖嘉宝也看到了梁晚欢,她站起来迎接,甚至用男人的绅士礼仪帮她拉开了椅子。

"嘉宝,好久不见。"梁晚欢坐下,示意肖嘉宝坐下,很温柔地对她微笑。时光真是神奇,十多年过去,当初那个难以分辨出是男孩还是女孩,像根竹竿般瘦高的孩子,竟然变成了眼前这个气质超然又美丽帅气的女子。不管是过去还是现在,梁晚欢都很欣赏肖嘉宝,她喜欢肖嘉宝对自己的态度,尽管两个人是契约关系,更深一点儿说,她是她的金主。但肖嘉宝对她从来很尊敬,但不卑不亢。

"是,梁小姐最近还好吗?"肖嘉宝示意服务员上菜,"我点了您习惯吃的牛排。听同事说附近的餐馆,这家餐厅人气最高。"

"谢谢,我很好。过去这二十多年,今年感觉最好。"梁晚欢说得很真诚,她的内心也确实是如此感觉的。内心无比骄傲的她年轻时对于沐彦之居然为了沐氏放弃自己和儿子真是极度愤慨,一直以来都难以释怀,甚至想过摧毁沐氏作为报复。但所有恨意在得知沐彦之出事昏迷时慢慢瓦解了。三年过去,她等到了他醒过来,于是那些恨也消散了,就只剩下了越来越温柔的真心。

"很为你高兴。"肖嘉宝不是太明白梁晚欢与沐彦之之间的爱恨纠缠,但她知道,梁晚欢多年来花大量金钱与精力培养自己,肯定不是因为她喜欢自己这么简单。

"谢谢你。这些年你一个人在外面,辛苦了。"梁晚欢也没打算再客气,与她温柔美丽的外表并不相符的是,她的性格十分果敢决断,而这也正是肖嘉宝尊敬她的原因,"这些年,我相信你也学了不少东西。你回来已经一周多了,你觉得两年之后,安澜能顺利接手沐氏吗?"

"总裁今天上午没有来公司。"肖嘉宝说得比较委婉,但她知道梁晚欢这样聪明的人,一定听得出她的意思:并不是我觉得他能怎么样就能怎么样,一个不上班的总裁,要想顺利收服沐氏上下成功坐稳位置,并不是一件容易的事情。

"你会有办法的。对吗?"梁晚欢对肖嘉宝很自信,她从包里拿出一个U盘放到肖嘉宝面前,"这是我收集到的能够帮助到你和安澜的一些资料。我先生的身体状况需要我随时在身边照料，而我的能力也不会比你更强，所以，安澜的一切就拜托你了。如果可以，我希望我们至少一周能通一次电话。我并不太了解自己的儿子。我有些担心他。"

"好的。我会尽力。"肖嘉宝听明白了梁晚欢的意思，她需要肖嘉宝确保沐安澜巩固他在沐氏的地位，两年之后能够顺利接下沐氏，而且，她虽然并不在场，却需要以她为耳目掌握沐氏和沐安澜的情况。

总裁办公室里，沐安澜一脸嫌弃地盯着肖嘉宝带回来的比萨外卖："我不喜欢吃这个。"他对这种上面放了菜和芝士的烤饼十分嫌弃。

"那说明总裁并不饿。"肖嘉宝并不生气，而是干脆利落地盖好盖子欲把外卖盒拿走。

"肖特助对我很有意见？"沐安澜倾身过来伸手将盒子按住，一双浓琥珀色的眼眸直勾勾地盯着肖嘉宝毫无表情的脸，两个人的脸隔得很近，他的眼神幽深似海，让肖嘉宝觉得有些危险，她眼神微闪，不着痕迹地站直，而沐安澜却忽然笑了，"肖特助，你长了一颗痘痘！"

"总裁的冷笑话并不好笑。"肖嘉宝暗暗松了半口气，转身走出去，不打算再与这位表现得很幼稚的总裁再有工作以外的交集。

沐安澜的目光一直追着肖嘉宝的背影，直到她走出去关上了门，他的目光才闪现了寒意，盯在外卖盒子上那个并不明显的 logo 上。

与母亲去的是同一间餐厅。是否母亲要见的朋友就是肖嘉宝？为何见面？又谈好了什么条件吗？

十九岁那年，他又"意外"地遇上了一场街头斗殴，他从没打算惹事，但显然混混们都目标一致地想惹他。既然跑不成，他干脆就不跑了，捡起一根棍子开打，无奈双拳难敌四手，他渐渐不支，正后悔气盛没早早逃跑的时候，肖嘉宝又出现了。

十八岁的肖嘉宝，就像拥有格斗天分一样，不管是柔道老师还是拳击老师都对她赞誉有加，而且练习极为勤奋和刻苦，身手自然比起他来要好很多，两个人合作终于跑了出来。十九岁的他拉着十八岁的她的手，奔跑在洛杉矶午夜的街头。两个人个子都不低，腿也长，跑得也快。他听得见自己的心脏在快速跳动的声音，也听得见她喘息的声音，他和她的脚步敲打在深夜的路面上，特别响。她的手指修长而又纤细柔软，掌心有一点儿微微的茧，他能感觉到她的血管在微微跳动的暖。

"肖嘉宝，谢谢你来救我，我很高兴……"他那时候还不知道自己要说些什么，只是觉得自己很需要对她表达那一刻的开心和……幸福感。

对，她出现了。他觉得幸福。

"沐安澜，明明知道这儿不安全，你就不能天黑就回家好好在家里待着吗？"肖嘉宝尚带着些许稚气的面孔满是冰寒，"说真的，如果不是你妈帮过我，我答应了要护你周全，我很乐意看到你被那些混混收拾。"

沐安澜当时沉默了好一会儿，才勉强控制住自己的情绪问她："如果不是与我妈交换了条件，你是不会救我的，对吗？"

"对。不管是以前、现在，还是以后。你，沐安澜，就是一个大写的麻烦。明明知道不安全还不安分，你以为你是谁？防身术也不好好学，你以为你有九条命吗？还是觉得反正我会拼死救你，所以打架也无所谓？"

她的冷酷像冰川一样冻结了一切。

沐安澜这样安慰自己：肖嘉宝的冷酷与无情，肖嘉宝对自己的厌恶，你很久以前就见识过。所以，即使她现在又与自己的母亲有了新的交易，也不必太过惊讶。

这么一想，再看桌上曾经被自己期待的午餐，便觉得索然无味。索性起身离开办公室，开门出去的时候，正好遇见手拿文件正要敲门的肖嘉宝："我要出去吃饭。"肖嘉宝愣了一秒，侧身让开："还有四十分钟就要开会了。"

"我不饿着肚子开会。"沐安澜冷着脸走进电梯，肖嘉宝看了一眼桌上原封未动的比萨，眼底闪过了一抹无奈："希望总裁在开会前赶回来。"

事实上，沐安澜不但没赶回来，还把手机关机了。自然，下午的社区改建项目会议上，总裁的位置一直是空的。

看着沐氏各大主管铁青的脸色，蓝语吓得都有点不敢说话了。肖嘉宝倒是很冷静，她走上展示台，简单交代了总裁忽然身体不适去了医院，今天的会议由她代为说明主持，接下来便开始讲解和演示。她声音清朗，思维冷静清晰，面对质疑有条不紊，不骄不躁，在没有沐安澜的情况下，会议也进行得很顺利。

肖嘉宝在台上讲解的时候，台下的沐安岩一直没有说话，有一个可以为难肖嘉宝的问题在嘴里转了几次，最终却忍住了没有说出来。

作为已经在职场上浸淫多年的沐氏高层，沐安岩见过各式各样的职业女性，就他身边的职场女子来说，强势如他的姑姑沐慧，细致如他的秘书柳小姐，美貌如刚被开除的叶秘书，甚至像是卢赫拉那样的财团女继承人，他都见识过。但是，她们没有一个能像肖嘉宝这么特别，她看起来很冷很有气势，却又并不惹人不快，她的反应很快，思维冷静而清晰，好像不管遇到任何问题她都有很多种解决的方案，她像一朵自在开放的玫瑰：有刺，芬芳，夺目，吸引人，却又提醒人不要随意靠近。

第五章 带刺的职场玫瑰

会议在肖嘉宝一一解决了各部门主管的质询之后结束，沐安岩是最后一个起身要离开的，他几乎与肖嘉宝同时走向会议室门口，肖嘉宝放慢了脚步，示意他先走。沐安岩也没有客气，只是走过去两步之后，又停下脚步回头，对肖嘉宝问了刚才他一直想为难她的问题："当你为了陈老太太而要沐氏全盘改变建筑规划迁就她的时候，就等于将以后的类似事件推入了更难以解决的境地。毕竟沐氏如果能为一位老太太妥协，也会为其他人妥协。肖特助想过吗？"

肖嘉宝点头微笑，语气却丝毫不让，更没有慌张："谢谢总经理提醒。总裁有考虑过这个问题，并且已经制订了应对方案。刚才我解释了一部分，如果总经理还有兴趣，请总经理到总裁办公室详细了解。"

回到总裁办公室，肖嘉宝冷冷地盯着林宁浩，盯得林宁浩都恨不得去死，她才问了一句："今天下班之前，我要知道总裁的具体坐标。"

于是，在接下来的一个小时里，林宁浩一直在点头哈腰地打电话，求爷爷告奶奶地问各位海城阔少是否见到了自家总裁，最后只差没急得上蹿下跳了，总算在下班前一分钟打听到总裁在林少爷家参加泳池派对。

2

林少爷家的别墅有一片私人海滩，并且有两公里的私人道路，一身黑色皮装的肖嘉宝骑着哈雷机车出现在门岗处的时候，那气势强得保安都没敢阻拦。

肖嘉宝的机车一路骑到了泳池旁边，已经引得在场的女孩们都忍不住地喊好帅，当她一条长腿撑住机车摘下头盔的时候，那张不施脂粉的脸俊美逼人英气勃发，冰冷澄澈的眼神让女孩们的心脏都不禁颤了颤，沐安澜身边的那个电影女明星都禁不住问："这女人是谁呀？是哪一位少爷的女友，真是帅到没边儿了。"

沐安澜原本躺在躺椅上，对周围的喧闹毫无兴趣。他答应来参加派对，不过是因为不想去上班，也不想见到肖嘉宝而已，而且，和少爷们厮混正是他现在要做的工作，他漫不经心道："不用关心别的女人，反正不会是我的女友。"

女明星立即娇笑："那你的女友是谁？我可以吗？"

"很明显。"沐安澜依然闭着眼睛，丝毫没察觉气势逼人的肖嘉宝已经走近，"你是我今天的女伴。"扮演纨绔贵公子这种工作，他熟练至极，至于说甜言蜜语，那看他愿不愿意而已，他想说的话，他相信没有一个女人逃得了他的手掌心。

"总裁的女伴很漂亮。"肖嘉宝长身玉立在沐安澜的头顶处，她说完这句话，在沐安澜听到她的声音猛然睁开双眼的瞬间，快速伸出长腿使劲地踢了一脚，沐安澜便连人带椅子滑入了泳池里！

好一会儿，椅子漂上来了，但沐安澜却不见影子。站在岸边的肖嘉宝微微地眯起了眼睛，盯着在灯光下闪着美丽波纹的池水看。

又过了一会儿，沐安澜还是没冒出来。肖嘉宝脑海里闪过沐安澜多年前因为水体恐惧症遇险的样子，虽知道沐安澜无比狡诈，但她忍了两秒还是没忍住，咬着牙齿骂了一句，扔开手里的头盔跳进了水里。

肖嘉宝刚入水，便感觉到双腿被人迅速抓住用力往下拉，她心里一惊，随即反应过来：沐安澜！

肖嘉宝放松了身体，任由沐安澜拉她下沉。她下水之前沐安澜已经在水下憋了至少一分钟，她倒要看看，谁憋得更久。

泳池上的灯光透过水体幽幽地照在两个人的脸上，沐安澜的眼睛里满是怒火，肖嘉宝的眼睛里亦不遑多让，如果此刻眼神的热度可以化为实体的话，泳池里的水大概都要沸腾起来了。

两个人就这样互相盯着看了几秒钟，沐安澜忽然笑了起来。

幽暗的水波下，沐安澜的微笑美得有一点儿诡异，肖嘉宝正防着他会有什么坏主意，忽然就被他大力拉近。水的阻力让肖嘉宝的反应不够迅速，于是，猛然撞过来的沐安澜成功地吸住了她的嘴！

没错！是吸！不是吻不是咬！

肖嘉宝瞪大眼睛，双手猛然用力将沐安澜推开的时候，她憋着的一口气已经被沐安澜吸走了，因为用力与惊慌，她被呛了一口水，这就是沐安澜的目的，肖嘉宝暗骂。

两个人几乎同时冒出了泳池，沐安澜肌肉线条完美的胸膛闪着水珠，俊脸上是一个大写的得意的笑容。肖嘉宝一张俏脸上则挂着似能把整个泳池冻起的寒意。

肖嘉宝深吸一口气，强忍着内心翻腾的怒火，只用眼神"杀死"对面那个笑得得意的男人："总裁，我想泳池派对你玩得差不多了。我们回去商量一下工作的事情可以吗？"

沐安澜邪气地笑着，烧包地抬手看了一眼表："现在才八点，派对才刚刚到高潮呢。"

"总裁，你知道我没耐心的时候会怎样吗？"肖嘉宝的语气平静到都快结冰了，心里那只为揍沐安澜而生的小怪兽已经蓄势待发，偏偏沐安澜很不长记性："怎样？"

"这样。"肖嘉宝带着水珠的右勾拳虎虎生风地向沐安澜的俊脸招呼过去，沐安澜多少是有点防备的，双手猛然推动水波避开了，但他忘记了，肖嘉宝从来都是一个聪明缜密得可怕的家伙，她在拳头挥过去的同时，穿着靴子的脚也踢过去了，并且准确地踢中了他的下腹——虽然水波的阻力稍微保护了一下他，但沐安澜还是痛得哇地大叫一声，差一点儿就沉到水底。肖嘉宝逮着时机还恶狠狠地补上了一脚，将他直接踢到池底去了。

沐安澜呛了好几口水，恍惚觉得自己又被巨大的恐惧包围。当他半是挣扎着浮出水面的时候，一身被水浸透的皮衣更显身材修长玲珑的肖嘉宝已经发动了机车离开。她那背影只能用一个"酷"字来形容。

在场的众人都被两个人突如其来的这场交锋惊呆，集体倒抽了一口冷气，还是那个初始坐在沐安澜身边的女明星最先开口："沐少爷，这是你女朋友吗？好大的醋意呀！"

女明星的声音娇娇俏俏，在一片寂静的现场清脆得很，其他人心有同感地点头，同情地看着在众人面前被"女友"揍了的沐大少爷。而沐安澜强忍着身体的剧痛，笑嘻嘻地说："我的女人，当然比普通人辣一点儿。"

"沐安澜！这不是辣！这是凶悍好吧？"派对主人林少爷自然也没有错过沐安澜出糗的精彩一幕。

"哈哈哈哈……"其他人十分配合地笑了起来，"目测刚才那一脚威力十足，要不要给你叫医生……"

沐安澜十分配合他们的嘲笑，无奈地摊手，他无辜的样子让在场笑得开心的少爷们根本来不及防备接下来的惯例游戏里遭遇的"意外"。于是，接下来不管是玩什么，沐安澜都在用情场失意商场得意的姿态和各位少爷谈他的投资生意，当然，在利益分配方面，见他因"女友"失了面子，少爷们都默许合作中给他适当让利。

深夜，五官清秀但肤色有些暗的沐影将状似已经喝断片的沐安澜扶上了车。林少爷站在门口相送，他眼睛盯着沐影手里那只被塞得满满的手袋，眼神里闪过了一丝轻蔑：暴发户就是暴发户，做投资而已，别人都是转账或者支票，只有他，不管到哪儿都喜欢带现金。

沐影今天开的是轿车，沐安澜歪在后座，直到沐影把车开到了空旷的路上，他才慢慢地坐直了身体。

"天亮开盘之后，将手里的A股全抛出去。"沐安澜伸手拿过后座上的文件袋打开细看，"目前这投资公司的收益太低了。换到房产投资方面去，市场今年之内会再翻一倍。"

"是。"经过过去三年来的相处，沐影对沐安澜除了服气还是服气，不愧是老爷和夫人的儿子，情商、智商、财商简直登峰造极，虽然他目前还不知道少爷这几年来疯狂敛财的目的是什么，但很明显，有钱总比没钱好，就算赚钱只是个爱好，也是个不错的爱好不是吗？

"你以前见过肖嘉宝吗？"沐安澜看似专注于文件，冷不丁却问了沐影这一句。

"肖小姐吗？"沐影在记忆里搜索对肖嘉宝的印象，"见过四次。"

"哪四次？"沐影竟然见过肖嘉宝四次！虽然沐安澜知道沐影曾经奉父亲之命悄悄地到美国保护过他一段时间，但不知道沐影竟然也与肖嘉宝认识。

"肖小姐的父亲去世时见过一次，肖小姐和你在美国玩赛车时见过一次，酒吧火灾那天是第一次见，四年前你在看完心理医生遇袭时见过一次。"沐影说完，又解释了一句，"我在暗处，肖小姐并不认识我。"

"四年前？"沐安澜停顿了一下，继续问，"她为什么会在那里？一个人吗？"自她不告而别后，他决定减少自己的弱点，于是开始去看心理医生。那时候，他的水体恐惧症已经很严重了，到了看到泳池之类的水体都会眩晕感觉缺氧的程度。肖嘉宝在的时候，他没感觉那么恐慌，但当她彻底离开他的生活之后，他又感到一股强烈的不安。

"是。她一个人。"沐影想说，她好像是悄悄地去看你的，但是他没敢说，虽然跟了沐安澜三年，但他还是没能准确地猜测他的心思，害怕说错，还是不说的好。

"我遇袭的时候，帮我的，是你还是她？"

"我。"沐影说完，从后视镜里似乎觉得少爷的脸色猛然沉了下去，又解释了一句，"我先出手帮你。肖小姐大概觉得她不必出手了。"

后座上的沐安澜一页一页翻着文件，一张俊美无比的脸上没有任何表情，一路都没再说话。

泳池派对玩到凌晨，回家后又工作到清晨，第二天沐安澜自然没有去上班。

肖嘉宝以"总裁身体仍不适"为由代开了三个会议，见了两拨客户，又送走了几拨上来"汇报工作"的重量级主管，紧接着就迎来了同时出现的沐安岩和沐慧之。

3

沐慧之美艳高傲的面孔出现的时候，肖嘉宝扫了一眼时间，三点二十。这个时间段总裁没有出差却不在办公室里，显然很不合理。

"听说总裁病了。我们就上来看看。"沐慧之自然知道沐安澜不在，但她上来就是找碴的，当然不会轻易让肖嘉宝过关，"肖特助上班没多久，总裁就病了好几天。叶秘书在的时候可没出现过这种情况。听说肖特助不是人事部门招聘过来的，沐氏虽然大，但是如果员工不做事，把上司累病，可不是什么好事。"

"副总裁说得是。刚才王经理、陆经理在总裁办公室等了两个小时，明明知道总裁病了不在办公室还非要见总裁，时间都给浪费了。我跟他们说，沐氏上个月的利润被他们俩负责的酒店和商场拉低了许多，才把他们劝下去上班的。"肖嘉宝脸上微笑着，嘴里说出来的话却一句比一句气人，王经理和陆经理都是沐慧之的人，这么说，等于硬生生打了沐慧之的脸。

果然，沐慧之的脸差点没扭曲掉，但美容针打多了的结果是她的表情变化有限，只剩下一双眼睛里喷着要扑过去把肖嘉宝撕碎的光芒："肖特助很受总裁的倚重吗？这态度不像个助理呀。"

沐安岩是知道姑姑的脾气的，微笑着伸手揽过姑姑的肩膀："姑姑，安澜年纪小爱玩，玩起来不分日夜的，免疫力难免差些，这天气又反复，生病也难免，你跟他的助理置什么气？肖特助，我是上来拿昨天的文件的，总裁如果已经看了的话就拿给我吧。麻烦你了。"

"是，总经理。"肖嘉宝不卑不亢地去拿文件，沐安岩示意姑姑少安毋躁。

下班的时候，总裁连日不来上班，总裁特助脾气乖张恃宠而骄的小道消息便在沐氏上下传了开去，蓝语上个洗手间都听到不少，回到总裁办公室却发现肖嘉宝居然面色如常像半点没受影响，她与一脸"我没种问"的林宁浩对望一眼，开口了："肖小姐，那个……"

"今天的事做完了就下班吧。"肖嘉宝还在文件堆里忙碌，头也没抬，短发下眉目俊雅的脸一片平静，蓝语和林宁浩有些忐忑不安地收拾东西下班了。

总裁办公室的灯一直亮到了晚上九点二十。沐安岩看着映在对面大楼玻璃上的28楼的灯熄灭，起身拿起外套，出门走向电梯。

电梯门在27楼打开，沐安岩扬起浓眉表情愉快地说了声"肖小姐，真巧"走进来的时候，肖嘉宝好看的眉微不可见地动了一下，微笑地点头回应："总经理好。"

"肖小姐吃过晚餐了吗？没吃的话，不如一起？"沐安岩说得十分自然，他也身形高大，肖嘉宝穿了五六厘米的高跟鞋，两个人看起来身高相仿。

"好呀。"肖嘉宝很爽快地答应了，沐安岩没能掩饰自己的惊讶，因为他已经做好了会被肖嘉宝拒绝的准备，"抱歉，我以为会被拒绝。"

"只是吃个饭而已，有什么不可以吗？"肖嘉宝得体地微笑，沐安岩是狐狸没错，但她也不是什么小白兔。

"肖小姐喜欢吃什么菜？"沐安岩很愉快地笑，"听说肖小姐刚从国外回来，今晚就当我做东为肖小姐洗尘。"

"我对食物没有特殊要求。"其实有，但是她不会告诉任何人她的弱点。

"那就请肖小姐迁就我的口味了。"沐安岩也没打算太过客气，毕竟，肖嘉宝看起来就与那些用金钱可以追求到的女人不一样。

沐安岩把肖嘉宝带到了一家气氛十分浪漫的法国餐厅，桌子大概都是为热恋情侣准备的小桌子，两个身高都不低的人坐下，双腿差点碰到一起。沐安岩看了一眼肖嘉宝，却没从她脸上看到丝毫尴尬，心里不禁闪过一丝玩味。

沐安岩点完菜的时候，有一个身材娇小的女子走了过来，她很不客气地拉了一张椅子在旁边坐下，笑着说："沐学长，好久不见。"

她有一张巴掌大的小脸，五官很是精致，气质介于妖艳与清纯之间，似乎还带着一些与生俱来的霸气，让人过目难忘。

肖嘉宝微笑着对她点头表示友好。这样的一张脸，她即使只是见过照片也不会在此刻认错，卢氏集团唯一的女继承人，卢赫拉，近年来商场上最难缠的年轻人之一。当然，也是很多高官豪门的迎娶目标。

其中包括沐安澜。虽然有可能沐安澜自己还不知道这件事。

在梁晚欢给的资料里，可以让沐安澜稳坐沐氏总裁位置的其中一个筹码，就是与卢氏集团的卢赫拉联姻。

那么有钱了为什么还需要联姻？但事实却是，就是因为有钱，才更需要联姻。联姻能巩固家族势力，令沐氏的商业地位更牢固。

"好久不见，卢小姐。"沐安岩礼貌地打招呼，他眼底闪过的一抹不自然没能逃过肖嘉宝的眼睛。

"新女友吗？"卢赫拉扫了一眼肖嘉宝，"显然你的口味变了不少。"

"人总是会变的。"沐安岩回答得十分冷静，但肖嘉宝却分明嗅到了他与卢赫拉之间的硝烟——而且不是商场上竞争关系的那种硝烟。

"那我就不打扰你约会了，拜拜。"卢赫拉起身离开，沐安岩看着她的背影，好一会儿才收回眼神。

沐安岩倒是直接,三言两语明确表示自己并不希望沐安澜接任沐氏。因为沐氏需要一个强者来领导而非长子长孙。随后暗示,以肖嘉宝的能力,做一个小小的总裁助理十分屈才。沐安岩说得很直接,丝毫没有掩饰自己的野心,却又不是令人厌恶的表达方式。

肖嘉宝没有直接回答。吃完饭之后,沐安岩提出送肖嘉宝回家。肖嘉宝仍没有拒绝。车开进肖嘉宝所住的公寓的小区时,沐安岩忽然问:"肖小姐可以考虑与我交往吗?"

肖嘉宝看向沐安岩,那张俏丽与英气并存的脸庞上,似笑非笑,似怒非怒,半是嘲讽半是清冽,一双幽深黑亮的眸子看得沐安岩心里都有些发怵:"抱歉,我好像唐突佳人了。"

"我只是没看出来总经理是为了个总裁位置出卖色相的人,谢谢晚餐,再见。"肖嘉宝说完,动作利落地开门下车离开。

隔着车窗,沐安岩看着肖嘉宝高挑修长的背影走远,渐渐不见,脸色也慢慢地沉了下去。

清晨,厚厚的窗帘给简约奢华的卧室营造出了一种黑夜感,床上的男人睡得极熟,只是眉宇轻锁,似在做一个很不开心的梦。

沐安澜梦到自己的十七岁。

十七岁的沐安澜无论从哪个角度看肖嘉宝都看不惯。她是个瘦子很难看,她长得很中性很讨厌,还有她的英文发音也让人难以忍受,甚至她努力练习防身术也是一种错误,更不用提她借着救过他两次,便带着有病的父亲像水蛭一样缠上母亲从国内跟到了国外。

那时候的肖嘉宝就已经很影响沐安澜的情绪了。因为只要肖嘉宝一出现,沐安澜就觉得心里各种不舒服。

他经常出言讥讽、甚至侮辱她,最可恨的是她竟然越来越懒得反击他的挑衅。

肖嘉宝和她生病的父亲离开之后不到两周,他就发现一直以来盼望的没有肖嘉宝的生活忽然间失去了所有的乐趣。于是他喜欢上了开车,还参加了一个当地小有名气的赛车俱乐部,经常去玩赛车。那种地方鱼龙混杂,有各种各样的人,也有各种各样的危险,这让他本来就不断地会发生各种各样的"意外"的生活变得更刺激了。

肖嘉宝意外地出现了,并且又"意外"地赢了他,最后甚至不出意外地对他进行了一次反击，在所有人的哄堂大笑中，沐安澜只觉得此生的骄傲都被她践踏在地上碾得粉碎。他追了上去，约她再比一次。当时，肖嘉宝那张十六岁的稚嫩的却冷漠无比的脸，很不屑地问他："要是我赢了你，你可以从此在我面前闭嘴吗？"

笑话。他怎么可能让她赢？他像赴一生中最重要的约定一样准备那场比赛，倾尽所能地改装了自己的车，亲自研究过每一个细枝末节，甚至想过输的话要不要立一张字据，唯一没有想过的就是她竟然会爽约。

肖嘉宝放他鸽子了。那是她第一次放他鸽子，在过去很长时间里，虽然他们互相看不顺眼，但她总会在关键的时刻出现，从来没有缺席过，更不用提失约。

但肖嘉宝没来。他被他特意约来见证自己赢的人们无情地嘲笑了。当然，在今天看来，那些嘲笑一文不值，但在十七岁的当时，真是每一个字都割肉剜心地让他觉得愤怒与疼痛。

那时候，沐安澜比现在更加自私而冷漠。除了母亲，他谁也不在乎，因为遭遇的"意外"太多，他看谁都像居心叵测的人。

他知道肖爸爸有病，而且不好治。只是不知道，那么快就会去世。而且，病情是在他们离开肖家后恶化的。现在想想，当时的肖嘉宝去参加赛车俱乐部的赛车比赛，也不过是为了奖金。

只是当时的他并不知道。

再见肖嘉宝，已经是怒火积压的两周之后了。肖嘉宝独自提着行李箱出现在他家门口，他强忍着一脚把她的行李箱踢飞的冲动，问她："怎么？在外面混不下去了又来找我妈要求报恩吗？我怎么就那么倒霉被你救了呢？真怀疑当时的意外是不是你制造的。你和那帮劫匪是同伙吗？"

肖嘉宝那天似乎又瘦了许多，送她来的好像是一个叫罗比的男生，长得跟只兔子一样白得难看又讨厌。他听不懂中文，但是他感觉到沐安澜在欺负肖嘉宝。

可笑的是，沐安澜当时竟然和罗比在自己家门口打了起来。当然是他赢了。但事实上他输了，因为肖嘉宝在最后时刻为了护着罗比，踢了他一脚。

真是没有什么样的女生比那时候的肖嘉宝更可恨了。肖嘉宝扶着罗比走进屋里去包扎伤口的时候，他心里简直恨得要吐血："肖嘉宝！"

然后，梦中的沐安澜听到肖嘉宝冷冷地回了他："我不知道总裁这么挂念我，做梦都在叫我的名字。但似乎听起来不是什么好事，我在梦里做错了什么吗，总裁？"

沐安澜猛然坐了起来，柔软的被子滑落，露出了他完美精壮的上半身。

当他看到一身浅银灰色套装的肖嘉宝竟然真的站在床边,用一种似笑非笑的神情看着自己的时候,沐安澜有半分钟的时间将梦境与现实再次混淆在一起,分不清楚此刻是梦境还是现实。

半分钟之后,沐安澜看到肖嘉宝有些不自然地转过头去不再看自己,嘴角勾起了坏坏的笑:"不知道肖特助一大清早来我的卧室,有失远迎,请问肖特助这么早进入我的卧室,是因为垂涎我的美色吗?"

沐安澜说到"垂涎"两个字的时候,特别重地强调了音节。

他的声音在浓睡未消的清晨低沉好听,再加上他刻意放低的语调,以及话里很容易引人想歪的语句,卧室里的气氛瞬间上升到了暧昧不明的级别。

Chapter 06 第六章
不曾忘记的回忆

在她消失的六年里,他仍时常会想起她,虽然并不是十分美好的回忆,但从不曾忘记。

1

　　沐安澜不要流氓还好，他这么一说，原本还打算回避的肖嘉宝反倒慢慢地转过身来，刚才好似还有些尴尬的脸上又恢复了她惯常冷淡的似笑非笑的高冷表情："你如果不介意，我很乐意欣赏男模的身材。"肖嘉宝说得淡定，眼神也似乎没有什么变化，她用尽全力抑制血液蹿到脸上，假装冷静依旧，心里已经骂了一连串：不要脸！下流！一大早就耍流氓！

　　"抱歉，我很介意。"沐安澜手一扬，被单旋转着向肖嘉宝袭过去，肖嘉宝快速地避开了，但被单太大，还是不可避免地搭在了她的肩膀上。

　　他的气息隐约传到鼻端，肖嘉宝稳住心神，抬眼却只看到了沐安澜的背影走向了卫生间，进门之前，还没忘记多说一句："其实我更怕你会扑过来，你这种一看就很凶猛的女人，说不定会因为垂涎我的美貌而凶性大发的。"

　　沐安澜进了卫生间后立即反锁上门，果然，刚关上的门替他挡住了力道奇大地砸上来的被揉成团的被单。

　　沐安澜打开沐浴开关时，丝毫没有察觉自己嘴角在高高扬起。

　　门外的肖嘉宝在砸出被单之后，深呼吸了两次，才稳住了被沐安澜轻易就挑战到底线的情绪。

　　沐安澜愉快地出浴的时候，卧室里的人已经换成了脸上写着"我只是炮灰"的林宁浩，他手里拿着一个电话很是恭敬地递给沐安澜："总裁，肖特助的语音消息。"

　　沐安澜接过："她人呢？"

　　"在楼下，车里。"林宁浩很仔细地斟酌语句，"肖特助说她等你一起去上班。"

　　"等我一起？"沐安澜俊眉微扬，示意林宁浩出去等着。等林宁浩关上门之后，他才按下了肖嘉宝的语音消息。肖嘉宝的声音又清冷又无情又残酷："我只等十分钟。十分钟后务必请总裁准时出现。"

　　"十分钟如果我没下楼呢？会怎样？"沐安澜将手机扔在床上，慢条斯理地开始穿戴。

　　十分钟之后，他还在刮胡子。听了听外面，似乎没有传来开门的声音。十五分钟之后，他走出去，客厅里果然只有林宁浩一人，沐安澜好看的嘴角再次勾起微笑："林助理，我要吃早餐。"

　　"哦好……但是总裁，肖特助在楼下等你。"林宁浩小心翼翼地提醒。

　　"我是总裁。肖特助是助理。"沐安澜坐在餐桌前，拿起平板电脑边浏览新

第六章 不曾忘记的回忆

又二十分钟之后,门铃响了。林宁浩愉快地去迎接外卖小哥:"你好,辛苦了,这是小费。谢……谢……"

外卖小哥逃也似的跑了,林宁浩看着手里拿着外卖盒子的肖嘉宝,也想逃跑。但他不知道应该往哪儿跑才好,只能眼睁睁地看着肖嘉宝像拎一件武器一样拎着早餐穿过玄关走向了餐厅。

总裁,您自求多福吧。虽然肖小姐没有对我做过什么,但是,她的气质就像猎豹,我们这些小土猫就像出于动物本能一样害怕她呀。

"总裁,你的早餐。"肖嘉宝语气挺平静的,沐安澜抬头看她,一张脸笑得很是灿烂,但下一秒,那张坏坏的笑脸就被肖嘉宝的右勾拳打飞了:"我说过,十分钟后务必请总裁准时出现在楼下一起去上班。"

"肖嘉宝!你别以为我不敢还手!"沐安澜有点狼狈地伸出手臂挡住肖嘉宝恶狠狠地又招呼过来的第二拳,但他话还未说完,肖嘉宝的第三拳又破风而至了。

"喂!肖嘉宝!你能不能不打脸?"

"谢谢提醒。"

"肖嘉宝!"

餐厅里上演的全武行,林宁浩只敢偶尔往里瞟一眼。沐安澜有多记仇,他再清楚不过了。要是他被肖特助揍的样子被他这个唯一的目击者传出去,他就是不死也会被扒层皮。所以,"夫妻"打架他还是不要看的好,咦……为什么会觉得总裁和肖特助是"夫妻"……形容词很怪,但是好贴切呀……

早上八点五十九分,沐安澜出现在沐氏大厅。他戴着巨大的墨镜,掩饰了眼睛与鼻梁上的新伤痕,但下巴与嘴角还是毫不留情地暴露了他刚刚被人揍过。

保安和前台就不说了,惨的是几个因为各种原因踩着点儿来上班即将要迟到的沐氏职员,全都被总裁吸引了注意力,进而忘记了时间,然后悲催地集体迟到了。

虽然这点小伤无损他整个人的俊美,但所有人都知道,总裁受伤了。至于是怎么受的伤,要不要去看医生之类的,谁也没敢多问一句。因为据说特别受总裁器重的肖特助就在总裁身边,就算有人很想拍个马屁去问一问,也没人敢上前去真的实行。因为总裁的脸色很难看,而肖特助的脸色更冷,更难以接近。

两个小时之后,"总裁竟然按时来上班了"和"总裁果然身体不舒服受伤了"的小道消息便在公司里传得火热,还有好事的花痴女职员在言论较为宽松的公司内部论坛里上传了偷拍来的美男总裁的最新照片,照片里一身藏蓝修身西装的沐安澜侧颜精致，正迈开他的逆天长腿走向电梯，肖嘉宝几乎与他并肩，一身灰色的中性西装也是帅得没有边界。

帖子的题目叫作"有一个脸受伤了都这么帅的总裁，你好意思不努力工作期待升职吗"。

帖子很热，在午餐间隙更是让公司的服务器差点儿瘫痪。消息自然也到了这三年来都能随时掌控沐氏全局的沐安岩那里，他只看了一眼柳秘书递过来的平板电脑，便继续埋首于文件："不必理会。"

公司的内部论坛本来就是给职员们消遣用的，新总裁让大家多了一种解压方法，又何尝不可？就他自己，现在也还是论坛里所传言的海城最炙手可热的黄金单身贵族之一。

强行无理地推掉了商务午餐，声称早上没有睡够需要在办公室里补觉的沐安澜躺在沙发上，正在兴致勃勃地翻看刚才林宁浩给他推荐的公司内部论坛。

论坛是由电子部的几个职员一时兴起做来内部交流咨询用，后来渐渐成为缓解职场压力的后花园，有时候甚至成了各部门"宫斗"的现场。高层们默许了论坛的存在，也是为了能时时"体察"民情，与属下同乐。像沐安岩那种，属于"体察民情"；而沐安澜这种，就纯粹是要"同乐"了。因为他正在手指翻飞地回复一个帖子。

竟然有人回复说："总裁是不错，但是肖特助不是更帅吗？真是巾帼枭雄不让须眉！"

还有没有眼光了！一个女人有什么好帅的！真是一群眼皮浅的花痴！

沐安澜就那么躺在沙发上与人讨论到底是总裁帅还是肖特助帅，一直讨论了一个小时，已经与客户进行完商务午餐的肖嘉宝一进办公室便看到不管是蓝语还是林宁浩都在盯着电脑屏幕偷笑。

两个人看到肖嘉宝，脸上的笑意凝在脸上，林宁浩赶紧关闭网页假装开始工作。

蓝语愣了一下，到底情商比林宁浩要高一点儿，将手里的笔记本屏幕往肖嘉宝的方向一转，示意肖嘉宝过去看。

肖嘉宝一看，早上她示意蓝语发在公司内部论坛的帖子已经成了首页热帖，回帖分成了两个阵营，一边是"总裁好帅要努力工作每天见总裁"，另一边则是"肖特助才帅炸！肖特助是外貌与实力兼具的巾帼枭雄！"

蓝语很上道儿地把一个网名叫"总裁"的人发的帖子点开了给肖嘉宝看，并看了一眼总裁室，知会肖嘉宝，那些"肖特助不男不女！""肖嘉宝是个男人婆！"

之类的帖子都是里面那位总裁大人所发。

　　肖嘉宝知道，沐安澜一向都挺幼稚的，只是不知道，他还能幼稚到这种程度。那么多的文件，那么多的计划书，他不去做不去看，居然花时间在这里上网和花痴女职员们吵架！

　　"总裁。"肖嘉宝在敲门的同时走进了总裁办公室，沐安澜横躺在沙发上，还在继续在论坛上骂肖嘉宝。肖嘉宝的声音让他不知怎的有点慌神，但他也没打算把平板电脑藏起来："忙着呢。没事不要打扰我。"

　　"你想骂我的话，当着面骂就可以。"肖嘉宝直接走近，拿过他手里的平板电脑，瞟了一眼后随意扔在茶几上，"毕竟打字也挺累。"

　　"男人婆"这个词要用来骂她几年？骂人的词十几年都没长进！真是幼稚！

　　"当着你的面骂你，我不要命了吗？"沐安澜笑嘻嘻的，双手垫到沙发扶手上，换了个舒服的姿势仰面躺着。他从躺着的角度往上看冷着一张脸的肖嘉宝，一般人被人从这个角度看都会很不好看，甚至会五官变形像怪物，但不知道为什么，沐安澜竟然觉得从这个角度看肖嘉宝也不难看，甚至还有点儿性感。

　　"总裁，请收起你猥琐的眼神。"肖嘉宝半垂着脸稍加整理手里的文件，以便一会儿给他讲解稍后的会议纪要，她要学会对他的"美色"免疫。

　　"我疯了吗？我需要对一个男人婆猥琐？"沐安澜闭上眼睛，很好地掩饰了自己的尴尬，"你出去吧，我要睡觉了。"

　　"恐怕你睡不成了。二十分钟后你需要开会。"

　　"不开。"

　　"总裁，请不要为难我。"

　　"我就为难你，怎样？"

　　"也许大家还是觉得总裁现在的脸太帅了点儿，需要做一点儿毁灭性的修整。"肖嘉宝很平静地将手里的文件夹放到原木茶几上，慢慢地优雅地将袖口往手臂上整了整，"要么现在就看会议纪要，要么我来动手帮你。好吗，总裁？"

　　"肖嘉宝！"沐安澜睁开眼睛坐了起来，咬牙切齿，"我未必打不过你。"

　　"总裁要试试吗？"肖嘉宝眉宇微扬，一副十分欢迎沐安澜动手的样子。

　　"不试！"沐安澜很是恼怒。不管他是否打得过她，他都不想和她动手！但他现在的问题就在于他也不知道自己为什么不想和她动手！虽然他有不打女人的原则，但他明明就没把她当女人！

2

两个小时后，对沐安澜来说，完全属于折磨性质的会议在肖嘉宝强大的掌控能力下终于开完了。

他冷着一张带伤的俊脸回总裁办公室，心情恶劣得连他周围的空气似乎都飘浮着"别来惹我"几个字样。

走在后面的沐安岩看着沐安澜的背影，眼神略有沉思：身为一个在会议上受了指责的纨绔总裁，沐安澜臭着一张脸从会议室走出来并没有什么不对。毕竟任谁被为难了都不会高兴。但是，新总裁的情绪，似乎没有之前那么稳定了。之前不管什么事他都像没事人一样笑嘻嘻，现在，情绪外露了。

看来，那位肖特助，果然对他的影响不一般。

沐安澜的心情确实不太好。他很烦这样的会议，与其说是开会，不如说是针对他的批斗大会。各怀心思的主管个个老谋深算，沐慧之和几个她的"党羽"唯恐天下不乱地推波助澜，沐安岩则胸有成竹地坐山观虎斗，一个小小的开发案，都能牵扯出新总裁是否有能力处理不如交给总经理这样的问题来。

如果不是肖嘉宝非要他参加，沐安澜根本不屑于参加这样的会议，他原本的目标就是使用外力做空沐氏的股票，再制造机会大量收购，用钱来给这帮老家伙证明他够不够资格。这个方法虽然难度大，但简单直接粗暴，而且不用被这样的无聊会议折磨，更不用看沐安岩那张自以为是的脸！

以前，他还觉得无所谓。但当看到肖嘉宝像一块挡箭牌一样站出来，一一回击那些主管的质疑，巧妙地避开沐慧之甩出来的短板时，他就是觉得心里很不爽！

为难他可以！敢让肖嘉宝为难！那帮老家伙是活够了吗？

沐安澜这么气呼呼地想着的时候，完全没有意识到，他现在的情绪和六年前毫无区别：他欺负肖嘉宝可以，但其他人免谈。

肖嘉宝十九岁考入商学院的时候，沐安澜已经是商学院里的传奇了。

这个外貌让人惊艳的东方男子聪慧无比，他充满了好奇心与创新能力，似乎愿意尝试一切，而且很少失败，很多著名的投资人都盯上了他，据说他早已赚到了人生的第一桶金，很有可能就是未来华尔街著名的金手指。

特别是他俊美绝伦的外形，让很多对亚洲人的外貌有意见的欧美人都惊叹不已，但也只能暗暗惊叹。有人传说沐安澜是邪魅的毒蛇，不管是赞美他的外表还是厌恶他的外表，都会像受到诅咒一样遭遇厄运。但也只是传言，没有人敢去证实。因为沐安澜看起来很无害，他好似从不曾情绪失控，总是礼貌得体，绅士而又幽默，但当你靠得太近的时候，你却能从动物的本能里知道他其实很危险。但危险又让他多了一种更特别的魅力。

肖嘉宝好像是专门为了打碎沐安澜的完美面具才来商学院的。肖嘉宝入学的第一天，沐安澜就失足掉到了学校的湖里，然后被人救上来后病了一周。肖嘉宝入学第二个月，沐安澜就引发了一场校园斗殴，还惊动了警察，差点吃了官司。肖嘉宝入学第三个月，学校的实验楼忽然着火，最后沐安澜自己出来承担了责任，随后被学院开除。

肖嘉宝随后成了学院里的另一个传奇，她在学业上出类拔萃，人也非常努力，身高外貌几乎雌雄难辨，气质复合，有着她独特的俊秀与英气，而且身手了得，她不但令男生们钦慕，也令女生们着迷。

可惜，她只在商学院读了半年就转学走了。历年来商学院出过很多人才与精英，但也许是短暂的辉煌似繁华乍现即逝更让人难忘，两年前沐安澜因故回去见一位教授，教授还提起了肖嘉宝。

虽然肖嘉宝在他的生活里消失了六年，但也许是因为这六年之前，肖嘉宝在他的生活里的烙印实在是太深太重，在她消失的六年里，他仍时常会想起她，虽然并不是十分美好的回忆，但从不曾忘记。

不知道为什么难忘，可就是忘不了。

不知道为什么生气，可就是不允许除他之外的人为难她。

所以，沐安澜气呼呼地回到总裁办公室之后，就给一直被他当牛使的沐影下了一连串的任务：他需要沐慧之和她那几个同伙老头在未来三个月内都没有时间和精力在公司的高层会议上为难他和肖嘉宝。

接到沐安澜指示的沐影很想问一句："少爷，你是真的想要沐氏吗？这种方法说白了简直是杀敌一千自损八百好吗？"

但经过三年的相处，沐影也知道，沐安澜决定要做的事情，最好还是马上去做，因为阻止是没有用的。

第二天一早，当肖嘉宝七点半出现在沐安澜的公寓的时候，忙了一夜几乎没合眼的沐安澜刚刚入睡。

肖嘉宝从林宁浩那里得到的消息是总裁在壹号会所和一帮少爷玩，大约四点才回家。

所以，她冷着脸拉开了卧室里所有的窗帘，然后毫不留情地扔掉沐安澜的被子，将沐安澜暴露在被她开到最低冷气的风口下。唯有更冷酷，才能让她更清醒地认

第六章 不曾忘记的回忆

识到沐安澜与她是什么关系。

十五分钟后，当气定神闲地坐在窗边的沙发上的肖嘉宝将沐氏高级餐饮酒店忽然爆出洗黑钱的丑闻消化得差不多的时候，床上缩成一团的人打着喷嚏被冻醒了。

"肖嘉宝。"沐安澜瞪着坐在沙发上逆着光像一个男人一样无视自己的肖嘉宝，心里不知道为何，对她竟然能够视若无睹他的存在，感觉不到丝毫紧张和危险而无端地觉得愤怒："给我滚出去！"

"我只在外面等十五分钟。"肖嘉宝倒也没有坚持，站起来往外走。她今天又走男装风，穿了帅气的黑西装，衬衣扣上有细致的米黄色刺绣，不知道为何让沐安澜觉得心里一动，有一种想剥开她的西装外套看看她衬衣全貌的冲动，或者还可以看更多……

沐安澜不愧是男人，想法不太纯洁之后，连日来只睡了几个小时的他忽然来了精神，决定好好跟肖嘉宝去上班。

早上八点四十分就出现在沐氏的美男总裁与帅气有型的总裁特助，毫不意外地引起了刚上班的员工，特别是女员工的一阵骚动。

沐安澜径直走向了专用电梯，顺手把走向普通员工电梯的肖嘉宝给拉了进去，肖嘉宝并没扭捏地推辞，脸色依然地站在沐安澜身边。电梯门准备关上的时候，一只手忽然伸了进来，沐安岩出现在电梯外："我可以进去吗？有很紧急的工作需要与总裁讨论。"

沐安澜没作声，但表情很明显：总裁专属电梯，顾名思义，只有总裁可以用。你看，这个世界就是这么不公平。

"总经理请进。"肖嘉宝却与他态度不同，一部电梯标出来的阶级，有时候是好事，但也有可能是敌意。

"总裁，姑姑的事……"电梯门关上后，沐安岩便开口了，昨晚半夜才流出来的消息，而且是竞争对手放出来的消息，对方如果没有证据，不会这样招惹沐氏，他得到消息的第一时间就已经派人去处理，但是，一早还是看到了有关的新闻。

"姑姑怎么了？"沐安澜问得很无辜，也很倨傲，反正这个姑姑一向不待见他，他自然也不会对这个姑姑的消息有什么兴趣："姑姑要结婚了吗？"这句问话如果被沐慧之听到，大概要跳起来撕他吧，问一个五十岁的未婚女人是不是要结婚，听着更像是讥讽而不是关心。

沐安岩此刻也不想多说，于是简要地将沐氏高级连锁餐饮酒店涉嫌洗黑钱的新闻以及相关影响说了说，随后要求沐安澜给出解决方案。

第六章 不曾忘记的回忆

沐安澜的反应是，摊摊手："既然姑姑没有那么做，报警不就行了吗？让叔父打个招呼，有关部门一定会彻查，给沐氏一个清白的。"

刚刚被指使去煮咖啡的肖嘉宝听到这句话，简直要在心里给沐总裁翻上一堆白眼：这样装白痴真的好吗，总裁？你很聪明，但沐安岩也绝对不是笨蛋，他既然没有自己去处理这件事情而是来找你商量，就代表他一定有目的。

"总裁，这件事情处理不好有可能整个沐氏都会受到摧毁性的影响。"这种消息不可能是空穴来风，沐安岩根本不相信沐安澜连不能报警都不知道，而且更不能扯上他的父亲。父亲现在正处于关键时期，无论如何也不能受影响。对于父亲来说，沐氏与他是一荣俱荣，一损俱损。

"知道了知道了。你下去吧。稍后开会再说。我昨晚没睡好，困得没头绪。"沐安澜说困的时候真是无比真诚，让沐安岩差点就相信了他真的只是一个花花公子。尽管知道花花公子不可能只读了两年商学院就被各位教授夸奖，虽然中途意外退学，但仍然被奉为后辈的榜样。当然，比他大四岁的沐安岩并没有与他同期，但同为校友，在他特别注意沐安澜的情况下，校友间的风闻，他多少还是知道一点儿的。一个人外表会产生变化，性情也有可能会转变，但本质不会变。既然那两年的沐安澜是危险的毒蛇，现在的沐安澜就不可能是无害的毛毛虫。

沐安岩走后，沐安澜掉头走进了总裁休息室，只给肖嘉宝丢下了一句话："我睡觉，你做事。"

沐安澜美美地睡了六个小时，在这六个小时里，肖嘉宝为大局着想，决定与沐安岩站在一条战线上，新闻在早例会上被草草带过，随后与沐安岩分头行动处理后续，力求将事件对沐氏的影响降至最低。

沐安澜醒来的时候，肖嘉宝还在总裁会议室里与沐安岩一起讨论接下来的对策，她已经将西装外套脱下了，米白色的衬衣十分中性，唯一女性化的地方是袖口处并不显眼的浅杏黄刺绣，衬衣配着西装长裤，让她修长的身材更显得纤合有度，她思维敏捷而冷静地分析形势的时候，散发出一种令人着迷的果断利落的气场，让原本专注于工作的沐安岩都有点儿走神。

补充完睡眠精神饱满超级想找碴的沐安澜推开会议室的门看到了这一幕：长身玉立的肖嘉宝双手抱胸站着说话，而沐安岩则坐在椅子上专注地看着她，那幽深的眼神泛着柔柔的涟漪，似要把肖嘉宝给吸进去！

"肖嘉宝！我饿了！"沐大总裁用了很幼稚却也很直接的方式宣示他对肖嘉宝的主权，"我要吃饭。"

肖嘉宝用"你是巨婴吗"的眼神扫了沐安澜一眼，然后继续与沐安岩的对话。沐安澜也没恼，只是直接走过去拿起桌子上所有的文件放进沐安岩的怀里："如果什么事情都需要总裁室全部处理的话，你这个总经理不就可以辞职不干了？所以，现在肖特助要和我去准备参加今天晚上的宴会。你做完事也请早点出发。听说今晚卢家的晚宴上会出现很多美女。也许，有合你心意的某一位。"沐安澜的微笑看起来十分真诚，却有不容拒绝的力量："肖特助，现在我们要去吃饭，并且要准备参加晚宴的礼服。你不是说，今天等于我的相亲约会，一定要重视吗？走吧，吃完饭就去试礼服。"

沐安岩用一种"这确实就是一个巨婴"的眼神望着认真得近乎幼稚的沐安澜，心里此刻真的觉得自己有可能高看沐安澜了。除了他对肖嘉宝的特别态度，沐安澜就是一个标准的任性少爷，丝毫没有值得成为他的对手的本事。

肖嘉宝在听到"相亲"这个词的时候，眼中似乎闪过一抹黯然，但谁也没来得及发现，因为沐安澜拿起了她搭在椅子上的外套扔给了她："快点！我饿死了！"

事实上他介意的并不是饿，而是肖嘉宝居然是在沐安岩的面前脱掉外套的，尽管肖嘉宝除了脖子其他地方连皮肤都没露，但沐安澜还是觉得沐安岩的眼神十分猥琐。

肖嘉宝在晚餐时间给沐安澜讲参加卢家宴会时需要注意的地方，最后她忽然想起了在办公室里沐安澜对沐安岩说的那句意有所指的话："你知道沐安岩曾经与卢赫拉交往过？"

"我入学时他们是毕业分手的著名情侣之一。"沐安澜也没打算隐瞒，肖嘉宝从他的一大堆废话里听出了关键，他隐瞒也没有什么意义。

"以你的男性魅力，让卢赫拉答应和你结婚有几成把握？"肖嘉宝问这话的时候，完全就像在谈一件公事。

"我为什么要和她结婚？"沐安澜反问。

"很显然以总裁现在的形象、能力，还有努力，都不可能在没有联姻的情况下顺利接手沐氏。"肖嘉宝也毫不留情。

"肖嘉宝，你真的很毒。"沐安澜笑嘻嘻，并不否认。

晚七点半，位于滨海某海边豪华别墅的巨大庭院里，海城上流社会的名流巨贾云集。

第六章 不曾忘记的回忆

今晚是卢氏集团的独女，这两年来在商界崭露头角的继承人卢赫拉的生日晚宴。有心结交的，有意求娶的，世交相好的，沾亲带故的，自然都不会错过这种可与卢家交好的机会。

沐安澜到的时候，在女宾里引起了小小的轰动，因为作为城中新贵炙手可热的沐氏新总裁居然没有携带女伴！不带女伴就算了，还带来了一位俊俏风流与沐总裁不相上下的美男子。两个人一黑一白同款礼服，看起来十分登对，哦，不，是十分养眼。特别是那位穿着白色礼服的美男，看起来虽然相较于沐总裁的高大结实瘦弱一些，但是气质超凡脱俗，有冷冷的杀气，又有亦正亦邪的魅气。

沐安澜脸上带着迷人的微笑，心里却有着一张黑脸。一个小时前去试穿礼服的时候，他穿戴整齐正在期待肖嘉宝穿低胸礼服出来的时候，肖嘉宝回报给他将近二十分钟的等待的，却是一套与他相差无几的男装。

当然，他见惯了肖嘉宝穿男装的样子，穿礼服的肖嘉宝顶多也就是更帅气有型一些而已，并没有什么惊奇。但问题就在于此好吗？他明明在期待她穿女装作为他的女伴去出席那个晚宴！她居然穿着男装对他说："你去相亲，为什么要带女伴？"

谁说他要相亲了？要他去和沐安岩泡过的女人相亲，这种国际玩笑说说就好了可以吗？

"沐总裁，谢谢你能来。两位今晚真是风采卓绝，有好几位小姐向我打听你们有没有女伴呢，沐总裁，这位是……肖小姐？"卢赫拉素来能力卓越又八面玲珑，沐安澜既然出现了，她自然要亲自过来招呼一下，看到肖嘉宝的时候，她愣了一下，以她的老辣，很快便记起了只在餐厅里见过一面却没有说过话的肖嘉宝，"肖小姐……真是令人难忘。"不管是在今晚，还是那次的遇见。当时沐安岩明显就在追求她，现在却陪着沐安澜来参加她的宴会，这其中，有什么好玩的地方她错过了吗？

"卢小姐过奖。我们总裁思慕卢小姐已久，今日下令我不得穿女装，以免卢小姐误会总裁已有女伴，不肯给总裁一个共舞的机会。"肖嘉宝点头微笑，将一番假话说得极有诚意。即使她盲目相信沐安澜有顺利接管沐氏的能力，沐安澜不必与卢赫拉交好联姻，也绝不能将沐氏与卢氏的关系搞砸。

"哦？是吗？能得到沐总裁的垂青真是太幸运了。我许多朋友都在床头挂你的海报。"卢赫拉所指，当然是沐安澜作为名模时的海报。她这么说，明明有嘲弄的意思，手臂却热情地挽上了沐安澜的臂弯："那么，沐总裁给我一个机会，

让我带着你在她们面前炫耀一下吧！"

沐安澜耸耸肩，十分乐意的样子。在离开时却给了肖嘉宝一个"算你狠"的眼神。肖嘉宝微笑着向他举起手里的香槟，回给他一句无声的"别客气"。沐安澜与卢赫拉的背影看起来无比相配，肖嘉宝微微垂下眼帘，很仔细地看手里的散发着迷人光泽的香槟酒。

"全场没有一个女人像你这样，像发光体。"沐安澜的身影刚消失，沐安岩的声音便从肖嘉宝身后响起，他的声音刻意地低沉，在这灯红酒绿中，却听得尤为真切。

"总经理不介意吗？"沐安岩借着避开经过的侍应的机会，靠得很近，肖嘉宝也并未慌张躲避，而是十分自然地问出了很是尖锐的问题，"听说总经理与卢小姐曾经是情侣。"

沐安岩大概没想到肖嘉宝会这样直接，愣了一下，随后微笑："怎么？吃醋了？"

"吃醋的，显然并不是我。"肖嘉宝看着远处挽着沐安澜的手臂与几个名媛交谈的卢赫拉，没有错过她扫过这边并发现了沐安岩与自己在一起时短暂停驻的眼神。

肖嘉宝太聪明又太难以对付，沐安岩也没打算回避这个问题："那么，你介意让这醋意更大一些吗？"沐安岩说这句话的时候，嘴唇几乎都凑到了肖嘉宝的耳朵上，即使这个位置的灯光并不是十分明亮，但他仍然很清楚地看到肖嘉宝白皙的皮肤下隐约跳动的脉动："你用的是什么香水？很特别。又或者你并没有用香水，只是一种……女儿香？"沐安岩说女儿香的时候，语气的暧昧又深了一层。

"不，这种香水叫迷魂香。是从男人的骨头里提炼出来的。"肖嘉宝既不慌张，也没躲避他的暧昧，而是似是而非地回答他的问题，"看过吗？那部一个女炼香师为了炼制这款香水而去勾引男人，并且在他们动情时刻杀死他们的电影？"问完这句，肖嘉宝盯着沐安岩的眼睛，眼神微微地闪过杀气，"我用的，就是那种香水。"

直到肖嘉宝已经转身离开，沐安岩才回过神来，半是自嘲地微笑着喝了口香槟，随后将眼神转向了仍亲热地挽着沐安澜与名媛们谈笑的卢赫拉，再回头时，肖嘉宝早已不见了踪影。

沐安澜摆脱了名媛们的纠缠后，第一时间就直奔出口走向地下停车场。像这种宴会，客人们的豪车都是直接开到主人家门口再由侍应生开去停车场，散场时再由工作人员开到门口交还。卢家这种豪宅地广人稀，肖嘉宝既然不在宴会上，除非她步行几十公里下山，否则最有可能就是在车里等他。

沐安澜这会儿心里的那张黑脸已经挂在脸上，特别是想到刚才沐安岩似乎在吻她耳朵的画面之后，他心里有什么好像不受控制地炸开了，比以往被肖嘉宝挑起情绪时更难以控制。

"肖嘉……"沐安澜快步走到车边，伸手打开车门的瞬间却忽然住嘴减缓了开门的力道。

因为，他看到正坐在副驾驶上的肖嘉宝似乎睡着了。所以他连最后那个"宝"字都没有说出来，而是在停顿了两秒钟之后，轻轻地打开车门，悄悄地坐进了车里。

坐好之后，沐安澜并没有发动车子，而是仔细地看着肖嘉宝靠在椅背上的脸，看了好一会儿，沐安澜嘴角忽然勾起一个微笑，伸出了手，缓慢而准确地袭向了肖嘉宝长而浓密的眼睫毛。

在沐安澜的手离肖嘉宝的眼睫毛还有两厘米的时候，"睡着"了的肖嘉宝却忽然说话了："总裁，我要是你，就会放弃你现在这个幼稚而无聊的想法。"

第六章 不曾忘记的回忆

Chapter 07 第七章
不情愿的商业联姻

虽然她并不喜欢沐安澜与卢赫拉联姻,也并不觉得沐安澜做沐氏总裁有多重要。但是,她不想看到沐安澜失败。哪怕是一次,哪怕是某个并不重要的方面。

1

沐安澜的手一顿，感觉自己像动漫里的人物一样冰封僵住了。肖嘉宝睁开明亮的眼睛，伸出手很不客气地把沐安澜的手拨了回去："这么早就回来了，看来卢小姐对你没兴趣。"

"是我对她没有兴趣好吗？"沐安澜一脸无所谓地坐好启动车子，"而且我并不需要联姻。"咦，他为什么要向她解释这个？

"显然你不需要联姻就能掌控沐氏这件事情，除了你自己，其他人都不这么认为。特别是令堂，她尤为担心。"肖嘉宝可没沐安澜那么乐观。

"肖嘉宝，六年前你为什么不告而别？"沐安澜忽然问出这句话，毫无预兆得连他自己都愣了愣，随即又勾起嘴角，一脸随意地表露出我并不是很介意的样子问道，"就算你是遇到真命天子或者能给你更好生活的人，就算我们不是青梅竹马不算朋友，作为认识的人，也应该说一声再见吧？"

"说了再见也不会改变结果。"肖嘉宝很冷淡的回答差点儿让沐安澜的冷静再也装不下去，但他到底还是忍住了没再说话，只是脚下狠踩油门，车急剧加速，让车内原本就紧张的气氛更显局促。

肖嘉宝此刻放在腿上的手微微握紧，她不知道沐安澜为何忽然问起这个。

她一直以为，沐安澜会一直很享受没有她的生活，毕竟他是那样讨厌她的存在，每每对她不是冷言讥讽就是嘲弄挖苦，为了不与她在同一所学校读书，甚至愿意背上黑锅从此辍学。

但肖嘉宝一直都明白，已经发生的事情，从来都是不可改变的。比如，不管她尽了多大的努力，父亲还是离开了她。不管她是否乐意成为今天的自己，她还是成了这个"只要梁晚欢一句话，就能放弃一切回到沐安澜身边"的人。

很多事情发生了，很多事情好似又从来没有发生过。

车在夜晚的道路上飞驰，车内的两个人都没有说话。

沐安澜忽然方向盘一拐，一个急刹把车停在了路边："肖嘉宝，你为什么要回来？"你六年前既然已经决定那样离开，既然已经找到了人生幸福，为什么不好好陪在那个男人身边却要回来招惹他？

"梁小姐叫我回来的。"肖嘉宝并不太明白沐安澜的怒气来自何处，但她能确切地感受到沐安澜生气了。她的解释诚实直接又言简意赅。

"别人叫你回来你就回来？不是因为她给出了你无法拒绝的条件？肖嘉宝你少来。我妈给了你多少钱，让你回来做我助理？"沐安澜说到这儿，自己都觉得有点可笑,他追究这个做什么,有意义吗?

"很显然是无法拒绝的价码。"她明明是无力抗拒回到他身边的机会。

"你为什么还这么需要钱?"沐安澜有些咬牙切齿,"那个男人不是给了你更好的生活吗?"

"如你所见,显然不会比现在好。"肖嘉宝停顿小半晌,决定还是解释一下,"没有人给过我更好的生活。"

沐安澜一下就愣住了。什么意思?那个男人没有钱让她过得很糟糕,然后她还不顾一切不告而别去投奔他?然后因为过得很惨,所以才回头接受梁小姐的条件来做他的助理吗?她当他是什么?收容所?但是,谁欺负肖嘉宝就是和他沐安澜过不去:"他是谁?那个罗比吗?"天知道她走之后,他连她与谁在一起都不敢去打听!

肖嘉宝被他问得有点蒙,转头看向沐安澜,正好对上他那双似幽幽地闪着怒火而更显魅惑的深琥珀色眼眸。

"你的丈夫!那个男人!我记得他叫兔子!是英国人!给我他的全名!"他要让他生不如死!

"我没有丈夫。"肖嘉宝冷冷地回答,随后问他,"你到底要说什么?既然你对卢小姐没有吸引力,我得回去给你制订一些计划。所以请开车。"

"你……没结婚?"沐安澜问出这句的时候,连自己都觉得有点傻傻的。她没有结婚吗?为何他会一直认为她结婚了?

肖嘉宝看了一眼沐安澜,眼神明白地写着"你这个白痴到底要说什么"。

沐安澜完全愣住了。

六年前,她刚进入商学院学习,风采独特。学校里确实有几个男生在追求她,特别是那个外号叫兔子的英国人罗比,简直就像一只水蛭一样黏着她。沐安澜那时候很不喜欢她,更不喜欢那个英国人跟在她的身边,所以,就做了不少现在看起来很幼稚,但是如果让他回到过去他仍然觉得应该做甚至有可能会做得更完美更没有漏洞的更过分的恶作剧,包括在罗比的实验课上做手脚,之后引发了连环反应烧掉了整个实验室那样的事情。那次失火事件,学校成立了调查小组,最后按照沐安澜故意留下的线索查到了肖嘉宝和罗比身上。

纵火在美国是非常严重的罪名,开除学籍算是最轻的处罚。但奇怪的是,他并没能感受到肖嘉宝即将被清理出自己视线的兴奋,反而被一种巨大的失落感包围。

其实当时他自己也不知道为何会在最后时刻主动去承担了全部的责任,并且接受了被开除以及随后长达十二个月的义工服务作为惩罚。但就是感觉比看着肖嘉宝被开除好多了。

两周之后的某天,当他去一家养老院清洗完厕所回到家的时候,他母亲告诉他肖嘉宝搬走了。他当时很是错愕,立即跑到她的房间去看,一切都还在。

只是,她的衣服和她那个又旧又大又丑的行李箱,以及她与她父亲的照片,统统不见了。他被突如其来的离别打击得愣了许久,不愿承认心底不断翻涌而出的失落。

肖嘉宝走得很彻底。他去了学校,顾左右而言他地向认识的同学打听她的下落,听到的说法是:"不知道呀,但是罗比跟着她走了,罗比好痴情。"

梁晚欢说:"她的父亲去世了,她自己也已经成年。她有选择自己要过的生活的自由。也许她选择的生活,更能让她觉得有安全感并且快乐。"

肖嘉宝走了。她和那个该死的兔子在一起了。

这句话像病毒一样,让他这六年来不能不想起肖嘉宝。一想起,就不自在得要命,就痛得要命。

那个时候沐安澜的内心失落得他自己都不能相信,很长一段时间,他都没能从没有肖嘉宝的生活里解脱出来。

他没有享受到生活中没有她的喜悦,反而确认了她已经在自己的人生中不可或缺的事实。

但那又如何?她走了,去过她想要的生活。狠得连告别都不屑于和他说一声。事实上还真没有什么好说的。毕竟他从没与她好好说过话。毕竟他一直表现得很讨厌她。毕竟他经常说"肖嘉宝你到底要在我家骗吃骗喝到什么时候"之类的话。毕竟他不知道世界上居然还有一种表达喜欢一个人的方式叫作"特别地讨厌她,讨厌到全世界只有她最特别"。

六年来他窘得连再去仔细打听她的消息的勇气都没有。

"肖嘉宝,我……"沐安澜没能说下去,他的电话响了,是他的母亲梁晚欢的:"安澜,你来一下医院,你爸爸晕倒了。"

沐安澜的脸一下冷了。

到了医院门口,沐安澜等不及电梯。九楼,他是一口气跑上去的。体能一向很好的肖嘉宝跟在他的后面,几近全力才跟上他的脚步。

沐彦之在出事之前,就有严重的头痛症,出事的时候脑部受了撞击,脑袋里的肿瘤也受到了影响，在半植物人昏迷的三年里，一再恶化，演变成癌症。

沐安澜到病房的时候，第一时间走到发愣的梁晚欢身边，伸手把她搂进怀里："别怕，会没事的。"

肖嘉宝离他不远，听得出他的声音低沉，看得到他琥珀色的眼眸暗了下去。有那么一瞬间，肖嘉宝感觉到自己好不容易冷酷的心，一点点地软了下去，为眼前这个与以往看到的都不一样的沐安澜。她有些挣扎，提醒自己不能被他迷惑，为他沉沦，却又有些甘之如饴。

肖嘉宝最终恢复理智，她只愣了几秒钟，然后便转身出去打电话。罗比是非常好的脑外科医生，他的博士生导师是世界上最顶尖的脑外科专家。

肖嘉宝竟然给自己打了国际长途，并且求助于自己，罗比哪有拒绝的道理？当即就联系组织了专家小组，并以最快的速度安排去中国。沐彦之从昏迷中醒来的时候，罗比十万火急求来的专家团已经包机起飞了。

梁晚欢冷静下来后，肖嘉宝便开始与她商量做手术的事情，并且将罗比带来的专家团成员一一给梁晚欢仔细介绍，很冷静地分析成功率与利弊，完全没有察觉到一旁的沐安澜听着听着，脸就彻底绿了。

但又碍于冷静如肖嘉宝，考虑的肯定是最佳的治疗方案，总不至于因为那只"兔子"而置父亲的生死于不顾，于是只能忍着心里的怒火。离开医院的时候，沐安澜的脸已经绿得不像话了。

但肖嘉宝根本无视沐大少爷的心思，很干脆地说"我自己回去"就钻进一辆待客的出租车里走了！

2

第二天一大早，肖嘉宝冷着脸走进沐安澜的卧室的时候，被肖嘉宝也被自己气得一夜未睡的沐安澜刚刚萌发睡意。

肖嘉宝走近拿起床头柜上的空调遥控器调低了空调温度，随后伸手要揭开沐安澜的被子的时候，沐安澜的手忽然快速地擒住了她的手腕，猛然发力，将毫无防备的肖嘉宝拉到了床上，并且，正好躺进了他的怀里。

虽然隔着被子，又隔着她一向没什么颜色款式变化的淡色系套装，沐安澜还是被身上真实的重量压得舒服地想叹一口气，虽然不知道为什么会觉得舒服，但总之就是舒服。

肖嘉宝没吭声，也没反抗。她有一瞬间的震惊，为沐安澜怀抱的温暖与厚重感，但她毕竟是肖嘉宝，瞬间的迷惑过后，她也迅速地冷静了。正当沐安澜想伸手继续抱一抱她的时候，肖嘉宝忽然像一条蛇一样滑开，一条长腿飞快而爆发性地用力，穿着高跟鞋的脚一脚就踹在他的腰眼上，在他刚刚想为巨大的疼痛惊呼时，另一脚及时补上，成功地把沐大总裁从舒服的床上踢到了地板上，虽然有地毯，但因为疼痛而来不及做出反应的一米八九的大高个，还是被摔出了一声难以忍耐的闷哼。

二十分钟后，被接连而至的疼痛刺激得睡意全无的沐大总裁先去公司开了早会。随后又去了医院与国际脑外科专家团见了面，虽然整个见面过程他做的唯一一件事情就是在罗比企图要拥抱肖嘉宝的时候，非常及时地将肖嘉宝拉到身后并用自己代替了肖嘉宝："罗比！好久不见。家父就拜托你们了！"

"好久不见，沐安澜。"罗比在见到肖嘉宝与沐安澜一起出现的时候，眼底闪过了一丝失望。作为一个喜欢了肖嘉宝许多年的男人，他能敏锐地感觉到，眼前这个时尚界顶尖男模对于肖嘉宝来说是举足轻重的存在。他不会忘记这个男人在六年前曾经落在自己脸上的拳头。虽然他输了，但罗比一直知道六年前那场架其实是一场抢夺肖嘉宝的爱情权的战争。

"你放弃吧。再执着，你最后一样会输。"沐安澜在罗比的耳边，用英文说得很轻。

"过去这六年我和她的生活里可没有你沐安澜。"罗比笑着，说的却是中文。其实这句话他说得很没有底气，毕竟过去六年他表白无数次均被拒绝，大胆求婚还差点儿成为一个笑话。

"六年过去了她依然单身，说明再过去六十年你依然没有机会。"只要不是面对肖嘉宝，沐安澜一向智商在线精明如斯。

罗比被沐安澜噎住，放开他时脸都快挂不住了："别忘了你父亲手术时我会在场。"

"那又怎样？"沐安澜笑道，唇红齿白，眉眼灿若星辰，妖孽一般。罗比却气结了：是。作为一名医生，他还真不能怎样。

沐彦之的手术很成功。

作为动用了家族影响才组成了一个全球顶尖的医科专家团，还动用了父亲的专机飞来中国，只为能见到肖嘉宝的罗比，这一趟跑得真的有点儿冤。因为自从手术的第一天他见了一次肖嘉宝之后，直到手术结束一周后，确定病人恢复良好他要返程回国，肖嘉宝都因为忙碌的"公事"而没有露面。甚至打她的手机都是

第七章 不情愿的商业联姻

沐安澜接的,在清晨七点,沐安澜睡意浓重,半哑着声音说:"她睡着了。有什么事情明天再说好吗?"

罗比简直是一边在心里吐血,一边登机回国的。

肖嘉宝确实睡着了。不过,没有罗比想的那样暧昧,她只是连日来被"忽然觉得需要奋起上进"的总裁交代的工作没日没夜地忙累了睡了一会儿而已。

沐安澜知道今天罗比回国,前一天他白天拉着肖嘉宝去工地,晚上拉着肖嘉宝回公司加班,安排的工作一直做到了凌晨四点后,他还支使肖嘉宝去给他买了夜宵加早餐。六点,他很"好心"地让肖嘉宝进总裁休息室去睡一会儿。

他坐在这儿不睡,其实就是专门等罗比的电话的。别说肖嘉宝没有和他结婚,就是曾经嫁给了罗比,现在肖嘉宝在他身边,想抢回去?痴心妄想,绝无可能!

沐安岩和沐慧之早上十点去总裁办公室的时候,发现两个总裁助理都在默默工作,而总裁则歪在沙发上,似是睡着了。令人奇怪的是,最近一向都与总裁焦不离孟的肖特助不见踪影,正纳闷着,总裁休息室里传出一声闷哼,几秒钟之后,肖嘉宝带着火药味的声音从里面传了出来:"沐安澜!"

肖嘉宝的声音响起之后,沐安岩进门前,蓝语的三次通报都没叫醒的沐安澜睁开了眼睛,但他嘴角勾起的微笑在看到沐安岩和沐慧之之后收了回去,表情也变成了"你们来这儿做什么"的样子。

"总裁,我和沐副总来商讨一下前些天不实新闻报道的事。"沐安岩首先开口了。这次的事情对姑姑打击很大,不但是公司的事情,在她私人的事情上,被最信任的爱人落井下石的滋味真是不好受。

"你处理不就行了吗?因为这事肖助理和我昨晚忙到天亮,你想把我们累死吗?"沐安澜没好气,在所有人眼里,沐安澜是一个不学无术的空降兵,他所有的刁难与无理都合情合理,"我那么卖力工作,两年后这总裁位置还不一定是我坐,你们偏偏一个两个老是出事!"

"总裁,这件事情我可以解释一下……"沐慧之真没把沐安澜放在眼里,连商学院都没念完就辍学的家伙,能懂什么。

"解释什么。出去出去!我爸做手术,公司事又这么多,你们还不省心。还是我姑姑哥哥呢,什么忙都帮不上!烦死了。快出去!我要睡一会儿,下午还要去约会。"沐安澜很想知道屋里的肖嘉宝为什么还不出来,于是很不耐烦地开始轰人。

肖嘉宝睁眼看时间的时候,因为懊恼与窘迫,她在下床时撞到了桌角。沐安

澜竟然趁她睡着的时候拿走了她的手机并关掉了她的所有闹铃！而她居然在总裁休息室里，在外面还有助理上班的情况下，一下子就睡到了早上十点多！

这对肖嘉宝来说简直是奇耻大辱！她要杀了沐安澜！

沐安澜那张迷人的俊脸在总裁休息室门口出现的时候，被一个飞过来的枕头迎面撞上了。

沐安澜接过枕头，枕头上似乎还有肖嘉宝头发上独特的香味。他毫不掩饰脸上的得意，嘴角的微笑扬得更高，看着消失在卫生间门口的肖嘉宝的背影，暗琥珀色的眼眸里闪过一抹遗憾：唉，下次动作一定要快点，毕竟他还没有见过浓睡刚醒并且好像情绪有点崩溃的肖嘉宝的样子。

他走过去打开衣柜，将里面一件浅米黄色三件套西装拿出来，转头对卫生间里的人高声说："肖嘉宝，要不要把衣服给你送进去？"

卫生间里传出来的那个"滚"字带着清晰无比的杀气。沐安澜心情很好，将他几天前专门定做的衣服放在床上，转身走出去关上了门。肖嘉宝看起来真的生气了。为了看她穿上这套衣服的样子，他决定在出席今天中午卢氏的商务酒会之前不再惹她了。

如果说蓝语在看到肖嘉宝穿着一身质料尺寸绝佳、每一个细节都完美贵气透着脱俗不凡的三件套从总裁室里出来的时候，勉强还能维持淡定的话，在看到穿着同样款式甚至连鞋子颜色都与肖嘉宝是一个系列的沐总裁也从总裁室里出来的时候，蓝语就真的没有办法淡定了：总裁和肖特助连穿衣服都要这样搭配得相得益彰，到底什么情况？

如果说蓝语只是眼神惊艳尚存理智的话，那么情商一向不在线的林宁浩就简单直接多了："总裁你和肖特助要穿情侣装去参加卢氏的午餐酒会吗？"

半个小时之前出来后就一直在忙碌的肖嘉宝听了这话，才忙里偷闲扫了眼正在对林宁浩一脸灿烂的沐安澜，看到他身上的西装后，她脸上的表情也有半秒的凝滞，不但因为他与她相似的服装，还因为他逼人的帅气。好在最近她也被沐安澜的不按常理出牌折腾惯了，她也就继续冷着脸忽略了。

沐安澜对林宁浩这句"情侣装"十分满意，给了他一个鼓励的眼神。但林宁浩看了一眼肖嘉宝继续忙碌好似根本没听到自己的话的样子，还是拿不准要不要继续说。最后他看了一眼一向说话做事都八面玲珑的蓝语，发现她根本没有评论的意思，他也识相地闭上了嘴，讨好总裁得罪总裁都不怕，但是，肖特助还是少惹为妙。

蓝语望向肖嘉宝，用眼神询问她要不要再拍几张照片放到论坛继续让总裁做红人引发关注，肖嘉宝用眼神冷冷地对蓝语示意不必。

虽然今天蓝语没拍，但沐安澜和肖嘉宝在午餐时间离开公司的时候，还是被公司的女职员们拍了无数侧影放到了公司内部的论坛上，"总裁和特助谁更帅"和"总裁和特助简直绝配"这两个话题又在论坛里热闹了沐氏的整个午餐时间。

话题里的两位主角在卢氏的周年庆午餐酒会上，同样出尽了风头。

沐安澜是沐氏新任的空降总裁，属于近期商圈里的话题人物自不必说，更何况他还有着超级男模的身份，上过在场的富贾贵妇们都热烈拥趸的所有顶级大牌的海报，甚至在秀场上还曾近距离地接触过他，甚至被他的非凡魅力倾倒的女人比比皆是。

一个男人，凭外在能成为风靡全球的顶级男模，凭家世能是国内百年财团企业的继承人，这样的沐安澜自然是绝佳的豪门踏板，备受适婚女性的追捧。

所以，几乎是进入会场与卢氏总裁卢明林以及卢氏独女卢赫拉寒暄过后，沐安澜便进入了名媛淑女的包围圈，难以脱身。

3

肖嘉宝也没能逃脱小姐们善意的搭讪。她与沐安澜同去，虽然沐安澜没有介绍肖嘉宝是哪一位公子，但是作为女主人的卢赫拉对肖嘉宝的态度十分友好，能得现今最炙手可热的女继承人的青睐自然不会是无名之辈，说不定是哪一家以前在国外读书没有回国的富家少爷，适婚女孩们自然不想错过认识的机会。

第二个来搭讪的女孩被肖嘉宝的冷脸吓跑之后，沐安岩拿着两杯香槟走近，递了一杯给肖嘉宝，然后站在她的旁边，与她一起看向远处被名媛们"围攻"的沐安澜。

"今天总裁和肖小姐的穿戴很是醒目。"肖嘉宝和沐安澜两个人穿着同色系的同款礼服出现，知道肖嘉宝性别的人觉得两人真是绝配，比如卢赫拉和沐安岩，不知道他俩性别的人则觉得两个人都俊美帅气得难分伯仲，比如在场的名媛们，都难以忽视他们的存在。这两人实在太炫目了，想不惹人注目都难。

"总经理若是吃醋了，想穿这套衣服与总裁相映成趣，我可以与你换。"肖嘉宝说完，脑补了沐安岩穿上这套衣服站在沐安澜身边的画面，眼底不禁扬起一个恶作剧的笑意：一米八五的沐安岩比一米七九的她高不了多少，她这套衣服十分合身，大概是沐安澜特意吩咐了尺寸，身材较为壮硕的沐安岩穿上之后最多比较紧身，扣不上扣子而已。

"还是不了。作为兄长，也不好打击弟弟的恶趣味。"沐安岩脸上没有什么表情，眼底却有着轻松，肖嘉宝非常聪明，说冷笑话也很特别。

"总经理这么爱护弟弟，真是让人感动。"肖嘉宝并不打算与沐安岩交好，但也不想得罪他，"总裁知道了一定很欣慰。"

"会欣慰吗？"沐安岩看着终于逃出包围圈，脸带微笑却眼含杀气地向这边走过来的沐安澜，脸上的笑意更大了，"我怎么觉得总裁会很生气呢？"说完，沐安岩似为了证实自己的话一般，迎着沐安澜杀人的目光，忽然伸出手揽住肖嘉宝的肩膀，脸也十分暧昧地靠近肖嘉宝的耳边，状似吹气："肖小姐，你说我弟弟会为了你打架吗？"

"总裁会不会为了我打架我不知道。"肖嘉宝微微转身用鞋跟狠狠地踩向沐安岩的脚，与此同时手肘也向后快速出击撞向了沐安岩的肋间，在沐安岩疼痛的闷哼中，肖嘉宝收势站好，脸上的微笑又淡又冷，"但是，谁要是惹我不开心就会挨打。"

想占她便宜？别说门了，窗户都没有！

沐安岩痛得微微弯下腰的时候，沐安澜刚刚到达，他当然没有错过肖嘉宝的动作。此刻他对肖嘉宝的表现极为满意，眼睛里的怒火也演变成笑意，还十分好心地伸手扶了一下沐安岩："哥你怎么了？"面对他的"好心"，一向老谋深算的沐安岩自然不会在这样的场合与他难堪，只是搭上沐安澜的手微微用力以表达他内心的愤怒。

在外人看来，沐家两兄弟真是亲近呀，根本没有传说中的那样水火不容，哥哥沉稳持重，弟弟俊美不凡，怎么看都是兄友弟恭的样子呀。

只有站得很近的肖嘉宝知道，这兄弟两人表面客气，背地里却早已刀光剑影，势必会争个你死我活。

"肖小姐。"穿着一身宝蓝色短礼服的卢赫拉走了过来，一张俏丽明媚的脸上笑意满满，看起来很亲切友善，但肖嘉宝很明确地感受到了她的敌意。从戴着面具做人这件事情来说，卢赫拉绝对是高手中的高手，她那一张美丽无害的脸，让人根本猜不出她真正的悲喜。

"卢小姐。"肖嘉宝微微颔首，隐约猜出卢赫拉对自己的敌意很有可能是因为刚才她对沐安岩下手了。就这么一个别人都没发现的动作，卢赫拉却发现了，是否说明，沐安澜与卢氏的婚姻路被打上了死结？甚至很可能的是，沐安岩也在

第七章 不情愿的商业联姻

想与卢氏联姻。

而卢赫拉，很明显虽然对沐安澜十分友好，但关注点却在沐安岩身上。

看来，联姻并没有想象中那么容易。

想到了这一层，肖嘉宝的眸色彻底地冷了下去：就沐安澜现在在沐氏的形象与口碑，想撼动沐安岩进入沐氏七年来所建立的威信与根基本来就已经格外艰难，如果沐安岩再搭上卢赫拉，沐安澜干脆别等两年后了，现在就直接走人好了。虽然她并不喜欢沐安澜与卢赫拉联姻，也并不觉得沐安澜做沐氏总裁有多重要。但是，她不想看到沐安澜失败。哪怕是一次，哪怕是某个并不重要的方面。

偏偏沐安澜根本不考虑这些，笑容愈加迷人地一把揽过肖嘉宝的肩膀走开，给卢赫拉和沐安岩创造独处机会："我饿了，我们去找点东西吃。"

沐安澜愉快地吃着点心，还很满意地递给肖嘉宝一块："味道还好。"

肖嘉宝并没有如沐安澜所期望的那般就着他的手吃了那块小蛋糕，而是接过了叉子才吃。她的嘴唇好像只上了一点点的粉色唇油，显得又软又亮，舌尖是粉红的，比蛋糕更诱人——沐安澜浓琥珀色的美丽眼眸随着想象更浓了，肖嘉宝却在很认真地看着那边角落里似乎交谈并不是太愉快的卢赫拉和沐安岩，思考着如果沐安岩真的与卢赫来联姻，她接下来应该怎样应对。无数计划在她的脑海里飞快地转动，根本就抽不出空来察觉沐安澜的心思。

"卢赫拉不会嫁给我的。"沐安澜倒是看出来了肖嘉宝的想法，"就算要嫁，也是嫁给沐安岩，而不是我。"

肖嘉宝提醒沐安澜道："就算卢赫拉对你无意，看在沐安岩不想你好过的分儿上，总裁从今天开始，也给总经理添点儿堵吧。"

不管沐安岩对卢赫拉有情还是无意，只要他想娶卢赫拉，就会介意沐安澜追求卢赫拉的行动。只要他有介意的人和事情，找他的漏洞自然就容易多了。

"让我出卖色相你心里不堵吗？"沐安澜并没反驳，只是似是而非地问了一句，"毕竟我最属意的人是你。"

肖嘉宝告诉自己沐安澜百分百在开玩笑，但心还是莫名地为他那句"最属意的人是你"动了动。但她还是很快地恢复理智，冷静的表情就像根本不接受他无聊的调戏，她优雅地放下手中的餐具转身离开，并很快与一位前来搭讪的名媛"愉快"交谈上了。

沐安澜继续吃着第二块蛋糕，眼睛盯着长身玉立风采翩然的肖嘉宝，想着她心心念念的都是帮自己把这个总裁位置坐稳，心里还是颇感欣慰。奇怪了，六年

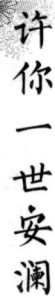

前他为什么不明白欣赏她比讨厌她更能令自己觉得愉快呢？

高高兴兴地想去实行"勾搭"卢赫拉的计划的沐安澜的愉快心情维持了没多久，当他与卢赫拉翩翩起舞的时候，忽然发现肖嘉宝在阳台角落与沐安岩又搭上了！而且沐安岩脸上的笑意令他按捺不住不断升腾的怒火，更不用说沐安岩那只居然有意无意想搭上肖嘉宝肩膀的手了！而且他靠得那么近，和刚才没有什么区别，肖嘉宝为什么还没有揍他？

沐安澜虽然心里气得要死，但脸上还是带着温柔迷人的笑意和卢赫拉说着在美国时的事情，为了继续吸引卢赫拉的注意，他说的当然是与沐安岩有关的事。卢赫拉对沐安澜所说的话题很感兴趣。

沐安澜盯着那边与肖嘉宝状似卿卿我我的沐安岩，一个计划忽然从脑海里闪了出来。

沐安澜与卢赫拉全程相谈甚欢，肖嘉宝与沐安岩亦然。宴会在皆大欢喜的抽奖中结束，随后是卢总裁招待股东的晚宴时间，而年轻人则去了卢赫拉旗下的海城最烧钱的壹号会所，继续灯红酒绿。

肖嘉宝与沐安岩并排站在舞池边，看沐安澜与卢赫拉在贴身热舞，沐安澜曾是当红超模，自然是派对公子。而且他有身高外貌优势，看起来十分养眼。卢赫拉身高只有一米六，但她穿着亮闪闪的八厘米高跟鞋，而且身材比例十分完美，看起来与沐安澜颇为相配。

沐安岩的眼神十分冰冷，但那冰冷的眼神下闪过的火焰，肖嘉宝看到了。此刻的肖嘉宝内心有点矛盾，她既希望沐安澜如计划好的那般追到卢赫拉，顺利与卢氏联姻，并一举保证这桩婚姻所带来的利益，让他在总裁位置坐稳，又希望沐安岩与卢赫拉都对对方真正有情并最终在一起，让沐安澜逃脱联姻的命运。

毕竟，他再纨绔，也不应该与一个并不喜欢的女人度过一生。

但是她为什么要去管他与谁度过一生？这与她有关系吗？她只需要去履行与梁晚欢的合约，实现对她的承诺，保证他安好，保证沐氏在他手上不就行了吗？

但如果沐安澜在政治联姻里伤了心，是不是也不算一种安好？

"肖小姐，与我交往吧。"内心正交战着的肖嘉宝被沐安岩忽然说出来的这句话吓到了，她转头看了一眼在说这句话时眼睛仍然盯着场上热舞的沐安澜与卢赫拉两人的沐安岩，眼底的冷又迅速恢复："总经理提出这样惊人的要求，可是有什么计划吗？"她不会傻到以为沐安岩真的喜欢自己，若真的喜欢，也不过是喜欢她的能力和她现在是沐安澜最信任的助理。

第七章 不情愿的商业联姻

"肖小姐现在没有男友，我没有女友，非要有什么计划才能交往吗？"沐安岩转头看向肖嘉宝，她精致而又略带英气的脸在舞池的灯光映衬下显得更加有距离感，更加迷离，沐安岩忽然将心里一闪而过的话问出口，"或者是，你打算为了沐安澜，拒绝与任何男人交往？"

"总经理的想象力真是丰富。想必若是去写小说或者拍电影，也会卓有成绩。"肖嘉宝回答得十分冷静，如往常那般，每句话都是带着刺的冷幽默，"难不成总经理想引导我通过恋爱无心应对工作，总经理就只用对付总裁一个人了？毕竟我们总裁不管从哪一方面看，都不是总经理的对手。"

不管是语气，还是表情，肖嘉宝与过去沐安岩所认识的那个毫无变化。但沐安岩还是看出来了一点儿不同，肖嘉宝的话变多了。

以往，她完全可以用一句"总经理想象力真丰富"回复就不再搭理他。他就知道，肖嘉宝与沐安澜之间，一定发生过什么，或者，将会发生一些什么。

Chapter 08 第八章
不为人知的交易

多么爽快又现实的女孩。爽快得令人喜欢，喜欢她小小年纪就拥有的魄力与果断。又现实得令人畏惧。畏惧她某一天也会为了现实的利益出卖你。

1

　　场上的热舞，以及肖嘉宝与沐安岩的你来我往，在喝多了的罗家二公子罗海浪忽然拿着酒瓶冲进舞池扬手敲向沐安澜的头的瞬间，惊惶地结束了。

　　在罗海浪扬手把酒瓶砸过来的瞬间，沐安澜已经闪避了，但为了保护卢赫拉，沐安澜肩膀上还是挨了一下，但谁也没想到的是，罗公子忽然掏出了一把刀，再次扬手向沐安澜刺去！刀光闪过的瞬间，在场的人都呆住了，更不用说做出什么反应了。

　　肖嘉宝的反应比身边的沐安岩要快一点点，她扑向了罗公子，而沐安岩则扑向了卢赫拉。在沐安岩将卢赫拉从沐安澜怀里抢入自己怀中的同时，肖嘉宝用在场的人都没来得及看清楚的动作，已经成功夺下了罗公子手里的刀，将他死死地按在了地上。

　　肖嘉宝的动作十分干脆利落，特别是将罗公子反手制住并用脚将他压在地上动弹不得的动作，强硬有力又潇洒漂亮。沐安澜从周围的人群里听到一个女孩悄悄地说：“帅死了！”

　　这三个字让沐安澜的嘴角微扬，但看到在肖嘉宝腿下挣扎着嚷嚷胡话的罗公子后，沐安澜眼眸微沉，快步走过去蹲下。

　　肖嘉宝看沐安澜一个手刀劈向罗公子的后脖的时候，并没打算阻止，毕竟她不愿意一直用脚压制住他。

　　待在沐安岩怀里的卢赫拉有些惊魂未定，沐安岩熟悉的怀抱也让她心神不定，但她到底不是普通的女孩儿，她定了定心神，很镇定地走到场中，十分抱歉地向大家解释说罗家二公子喝多了闹着玩儿呢，让大家不要惊慌，接着玩儿。

　　作为女主人的卢赫拉都这么说了，其他人自然不便多说什么。尽管仍有疑惑，大家还是散了。

　　卢赫拉招手叫闻声赶来却不敢妄动的保安，将被打晕的罗公子抬进了休息室，随后便去处理这件事情去了。比如监控，善后，不流出负面消息影响卢氏，当然这都是她的事情。

　　当卢赫拉十分理智地处理这一切的时候，肖嘉宝看着她，眼神里闪过一丝赞赏。看来在某些方面，卢赫拉与自己是一致的：力求不发生麻烦，但麻烦来了也并不害怕，坦然应对。

　　而沐安澜注意到的却是，在卢赫拉掌控全局之后，沐安岩冷着脸离开现场。

　　自己喜欢的女人表现出特别冷静理智有能力的一面，作为男人不是应该高兴

第八章 不为人知的交易

才对吗？沐安澜有些玩味地想：莫非沐安岩与卢赫拉当年分手的理由就是这个？他不喜欢卢赫拉太能干？这么说，沐安岩还颇有点儿大男子主义？

如果他真是大男子主义，那么他在肖嘉宝面前就更没戏了。肖嘉宝最讨厌的应该就是大男子主义了吧？

沐安澜想着肖嘉宝，肖嘉宝却转身向出口走去："沐安澜，你不走是要留下来给记者采访你为什么会被揍吗？"

"原因。"到了停车场，肖嘉宝确定四周没人之后，停住脚步问紧紧跟在她身后的沐安澜。

"什么原因？"沐安澜眨巴着漂亮的琥珀色眼睛，嘴角轻轻扬起勾人的微笑，一脸的"我不知道，我是无辜的"。

"罗公子为什么会袭击你？"肖嘉宝并不打算假装不知道。他的安危对她来说是非常严重的问题。虽然六年前她在他的身边见过更多更危险的袭击，但是没有一次像今天这样毫无预兆。而且自从三年前他父亲的事情之后，他就没再遇到过这种危险的场面了。

"我不知道。"

沐安澜摊摊手，表示他真的"不知道"。

"要么说，"肖嘉宝对于这件事情不打算用什么耐心，"要么等我动手以后你再说。"刚才看他劈手刀的劲儿，以及沐彦之晕倒的那一天上楼的体力，肖嘉宝很明白沐安澜的身手这些年应该是有长进的，并没有他所表现出来的这样弱："我用尽全力，你不一定能反抗得了。"

眼看着肖嘉宝的拳头已经慢慢收紧，沐安澜在心里为自己叹了一口气，还是妥协了："我与他共同参与的投资失利，亏了点钱。"

"多少？"肖嘉宝就知道不会是什么好事。

"一千多万吧。"沐安澜笑嘻嘻地坦白了，"现款。"

"刚才我不应该阻止他的。"一千多万现款，罗家之前做纺织业，后来也涉及了另外一些赚钱的行业，但是比起卢氏沐氏这样的大财团来说不过是小企业，一千万现款等于他们小半年的利润，罗公子一下就输了这么多钱，罗家不剥了他的皮才怪。他能不恨害他从公子变虫子的沐安澜才怪！

"我自己也亏了呀。"沐安澜摊手，表示这个世界就是这么残酷，要么就别玩，要么就输得起。

"你亏了多少？"肖嘉宝可不太相信他会全陪着罗公子亏了。

"我？我从公司账上划走了七千多万吧。"当然，利润更多，不过那些利润不会再回到公司账上就是了。

"我应该帮沐安岩把你赶出沐氏。"肖嘉宝冷冷地甩下这句话，转身走了。

"喂，肖嘉宝你等等我呀。"沐安澜赶紧追过去，"一起走。"

"我不和败家子一起走。"沐安澜不但是个纨绔子弟，是个花花公子，是个没用的二世祖，明明地位不稳随时可能被人赶跑，他居然还不懂装懂，这么大手笔地做亏本投资！肖嘉宝这么一想，简直要疯了，她要直接跟梁晚欢说"我不干了，因为你儿子就是个扶不起的阿斗，他不但懒散爱玩，还是个可恶的败家子所以你另请高明"吗？

看着肖嘉宝骑上她不知道什么时候叫人送过来的摩托车呼啸着从自己身边经过，沐安澜看着她的背影沉默良久，才嘴角含笑走向自己的跑车。

两个小时之后，已经上床准备入睡的肖嘉宝忽然接到了沐安澜的电话："嘉宝，救我！"肖嘉宝心里一惊，握着电话的手指攥紧，身手利落地从床上跳下来，开始穿衣服："你在哪儿？"

二十分钟之后，肖嘉宝骑着机车风驰电掣赶到现场——一座正在修建的高架桥。

沐安澜正倚在他的橙色超跑门上，嘴里竟然叼着一根棒棒糖，样子很帅气也很是欠揍的吊儿郎当。

肖嘉宝停了车，车灯也没熄，微眯起她即使在夜色里也清亮如水的双眸，带着微微的杀气向沐安澜走过去："车坏了吗？给维修公司打电话没有？"这个时间这个路段，保守一点儿地估计只能是车坏了。

她模特一样的身材在车灯的映衬下显得更加修长，一双长腿似要划出视线之外一样，黑色的机车夹克穿在她的身上更是酷帅至极，沐安澜自己都没忍住向她吹了一声口哨。肖嘉宝听到他轻佻的口哨声，愣了半秒，随即被周围忽然闪亮起来的车灯给包围了。看着笑得像个妖孽一样的沐安澜，肖嘉宝知道自己又被他骗了。他哪里需要人救，不过是因为他在玩！

肖嘉宝离开后，公子们在停车场遇到了沐安澜，约他再去赛车俱乐部玩一场。但在场个个身边都有女伴，只有沐安澜没有。大家想起上次的沐总裁泳池挨揍事件，于是笑话他泡了个"母老虎"，还搞不定人家。沐安澜就打赌说，他能半个小时内把"母老虎"叫来，还能让他的女人赢所有人。公子们自然不信，纷纷嘲弄打趣他，最后还拉来了Game俱乐部的老板，几个公子股东临时开会，硬是让老板

第八章 不为人知的交易

把奖金加到了原来的两倍，如果沐安澜今晚赢了比赛，就可以拿走两倍的奖金；如果沐安澜没有赢得比赛，沐安澜就必须独自负担接下来两场比赛的奖金。所以，沐安澜给肖嘉宝打了求救电话。

公子们的车纷纷发动，此起彼伏地轰鸣，沐安澜一脸讨好地小声向肖嘉宝说明前因后果，将如果她不陪赛一场的话自己将丢脸丢得多么惨，他很是谦卑地请肖嘉宝上车。

肖嘉宝一直没说话，一张俏丽又英气的脸在车灯的映照下冷艳动人，眼睛似笑非笑地看着只差没把脸笑成一朵花的沐安澜。

沐安澜打开车门，用十分期待的眼神看着肖嘉宝。肖嘉宝一直冷着的脸终于给了他一个微笑，然后在看到沐安澜也愉快地微笑的时候，她瞬间冷脸，随即转身回头跨上机车戴上头盔，十秒之内发动，二十秒之后，已经箭一样消失在她来时的黑暗中。

顶级跑车的轰鸣一辆一辆地消声，又一辆一辆地走下人来，在过去几个月里的游戏中被沐安澜碾压无数次的公子们，看着站在大开的车门边一脸无奈倒霉的沐安澜，觉得狠狠地出了一口恶气般，哈哈大笑起来。

沐安澜在哄堂大笑中无奈地摊摊手，想，不知道沐影那里今天的投资收益怎么样？够付俱乐部接下来两场比赛的奖金不？这帮公子应该不会像他这么难搞不接受转账支票只接受现金吧？虽然现金他也不是没有，但是他没想到肖嘉宝根本不给面子呀，他的现金都在市场上帮他赚利润呢。

唉，果然不能意气用事，果然不能把肖嘉宝当成一般女人。

一早，沐安澜被清早来"请"他上班的肖嘉宝用空调冻醒的时候，梦里还晃过了沐影给他转账时脸上悲恸欲绝的样子："少爷，赚钱不容易，请一定要节约着点花呀。"

唉，这个沐影，自从教会他投资赚钱之后，把钱看得越来越重了，不就五百多万吗？至于吗？但是，好像真的也很心痛的。唉，肖嘉宝真是个祸害。

等了十分钟屋里还没有动静的肖嘉宝敲门进卧室的时候，发现沐大总裁钻进被她扔在床角的被子里，已经再度睡着了。

半夜去玩赛车，也不知道玩到几点，难怪每天早上都睡得像死猪似的，虽然是长得比较好看的猪，但在肖嘉宝眼里，不起床工作就是猪！所以，她毫不留情地伸手把这头猪卷着的被子用力抽走了："总裁再不起床，今天又要迟到了。"

睡梦中的沐安澜也没觉得意外，只是顺势滚到肖嘉宝的脚边，嘴里喃喃地问了句:"肖嘉宝你是不是女人呀?你每天看着我这样的美男难道就不心动吗?我这样的,无敌的,全世界女人都在垂涎的美男?"

沐安澜未醒的声音喑哑低沉富有磁性,听起来十分性感。他似乎感觉到自己抱着的修长的小腿僵了一下下,正当他想得意地勾起嘴角笑的时候,便被人一脚踢开:"总裁需要我把你扔进冷水里清醒清醒吗?"

好吧,肖嘉宝还是那个肖嘉宝,一点儿也没有变。沐安澜保持僵硬的姿势,看着肖嘉宝走出卧室,认命地去冲凉水澡,好能清醒地跟着他的大牌助理上班去。

2

沐安澜觉得上班真的很累。肖嘉宝为了重塑沐总裁勤政的形象,将他的日程安排得密不透风,而且她全程跟从,沐安澜想偷个懒都没有机会。最讨厌的,就是听那帮心里老是想着站队的主管们开会,还有看着沐安岩那"一切尽在我掌控中"的模样也很讨厌,最讨厌的就是沐安岩总是想方设法拉拢肖嘉宝,真是讨厌得不能再讨厌了!

电梯里,沐安岩见缝插针地和肖嘉宝讨论公事,顺便还约她一起吃午餐时继续讨论,沐安澜黑着一张俊脸,精神上早已拳打脚踢将沐安岩踢出了电梯。

如果不是肖嘉宝与他要去跟卢赫拉见面,说不定就真的答应和沐安岩去吃午餐继续讨论了。看着肖嘉宝笑容得体地与沐安岩约好晚餐,沐安澜的脸简直黑透了:"肖嘉宝。"

"总裁。"肖嘉宝走出电梯时还很有助理范儿地伸手挡了一下电梯门让沐安澜先行,并低声报告稍后的行程安排,"稍后午餐时间总裁可以与卢小姐谈一下北边那个项目的合作案。我已经带着计划书了。下午如果卢小姐有空的话,你们可以去约会。"

"我和卢赫拉去约会的话,你呢?你去约沐安岩吗?"沐安澜有一种想伸手捏住肖嘉宝修长白皙的脖子的冲动,"这也是梁小姐的安排?"

"我赞同梁小姐的最佳方案。"肖嘉宝知道他介意什么,心里一动,但到底不打算解释什么,她回答沐安澜时脸色如常,半点没有觉得不妥的样子。

"你接吻的时候也会听梁小姐的安排吗?"沐安澜那双琥珀色的眸子盯着肖嘉宝的脸,试图看出她的不同反应,"和谁结婚也可以由梁小姐安排?"

"原则上是可以的。"肖嘉宝心里被他的话引得暗暗倒抽了一口气,但表情冷冷,声音冷冷,她看起来完全无视沐安澜一簇怒火从眸底烧灼起来:"总裁还有什么要问的吗？"

　　沐安澜气结，但猛然转身，无视将自己气得半死的肖嘉宝，迈开长腿走向大门，直接上车轰鸣着开走了！

　　肖嘉宝看着车消失的方向，有三秒钟的愣神，但她很快恢复了一向冷然的表情，转身向公司食堂走去。其实她心里明白，自己吃饭比陪着沐安澜去约会要轻松很多。她越来越不能冷静如初地抵抗沐安澜对她的影响了。

　　下午沐安澜并没有去约会，而是去了疗养院。

　　沐彦之开颅手术之后，梁晚欢一直寸步不离地陪伴在侧，对于儿子的关注，也仅限于每天的电话问候。当然，有肖嘉宝在，就算他不打电话来，她也能知道他在做什么。

　　"梁小姐有了爱情的滋润以后越来越漂亮了。"沐安澜抱了抱相对他而言格外娇小的母亲，当着父亲的面开玩笑，"爸，你们打算给我生个弟弟之类的来帮我分担一下沐氏的重担吗？"

　　"如果你妈妈同意的话，我们可以考虑给你添一个妹妹，不过，我可不会舍得我的女儿去工作，她是公主，你负责保护。"沐彦之笑得很开心，他通过复健已经能拄着拐杖走路了，今天穿着便服，很清瘦，但精神还不错，对于三岁之后就没怎么相处过，而今已经成年的儿子，他有着太多太多的遗憾。所以这话半是玩笑也半是真心。

　　"我感觉整个世界都是偏心的。爸你只想着妹妹也不管我，梁小姐只想着爸你也不管我。我好可怜。"沐安澜高大修长的个子横瘫在沙发上装无赖，漂亮的男人即使撒娇也赏心悦目，逗得沐彦之夫妇很是开怀。

　　沐彦之休息之后，沐安澜揽着母亲在花园里散步，顺便说说他的正经事儿："妈，肖嘉宝为什么会回来做我的助理？"

　　他问得直接，梁晚欢也没打算隐瞒："因为我希望她能回来帮你。"

　　"她为什么要帮我？你给了很高的价钱？毕竟她是各个猎头公司排名前十的红人。"见母亲并不打算隐瞒，沐安澜问得更直接更尖锐，"妈妈手里，有什么让肖嘉宝不得不帮我的东西吗？"以肖嘉宝的冷漠与冷血，她根本不像是会义无反顾回国帮他的那种人。

　　"你说让我找一个人帮你，所以我就找了她。替你挡箭的人选，还有谁比嘉宝更合适吗？"梁晚欢说这句话的时候，特意看了一眼儿子俊美逼人的侧颜，从他有些错愕有些愧疚有些恼怒的眼睛里，梁晚欢似又看到了六年前看到的东西。

第八章　不为人知的交易

看来，六年的时间非但没让他忘记肖嘉宝，有一些感觉反而更清晰了。她狡黠一笑："至于价钱，当然是我付得起的价钱。"

"谢谢妈妈。你花了这样大的价钱，我会好好利用的。"沐安澜脸上的笑意还在，但那双独特的浓琥珀色眼眸却蒙上了一层深深的寒意。

"帮得上你就好。"梁晚欢看着因为心情低落而眼神变得寒意侵人的儿子，忽然想起了肖嘉宝。

六年前，当她提出，需要肖嘉宝暂时在沐安澜的生活中消失的时候，肖嘉宝眼底的寒意，与此刻的沐安澜如出一辙。

六年前，肖嘉宝考上美国最好的商学院，与沐安澜成为学长学妹的三个月之后，沐安澜因为意外纵火烧了实验室而被退学，并且不得不接受为期一年的社会免费服务的处罚。

梁晚欢当时并没有去了解具体的事情是什么。但她明白，退学事件和过去一样，不过是她那个在感情这件事情上晚熟而又幼稚的儿子，为了引起肖嘉宝的注意而做出来的连他自己都有些解释不清楚的"另类举动"。

那一年，肖嘉宝十九岁，沐安澜二十岁。

沐安澜甚至还没有交过女友，确切地说，自从沐安澜的生命里出现了肖嘉宝之后，他从不曾注意过其他女孩，就算注意了其他女孩，也是因为要捉弄肖嘉宝或者与肖嘉宝有关的事情。

青梅竹马不是不好，只是怕他们发生得太早。

而六年前的梁晚欢，有太多太多的不甘难以放开，她需要沐安澜变得更强大，也需要肖嘉宝变得更强大。而因为某些他自己都不明白的事情从学校退学，绝对不是变得强大的方式。

所以，梁晚欢直接对肖嘉宝提出了要求。

十九岁的肖嘉宝在眼底的寒意慢慢散去之后，点头答应了她的要求。之后快速地开始收拾行李，坐当天的飞机去了英国。

在那之前，肖嘉宝没有去过英国。去了英国之后，她需要自己找房子，自己找学校通过考试入学。虽然有梁晚欢的经济支持，但对一个十九岁的女孩来说，一定不是一件容易接受的事情。

但肖嘉宝就是做到了，而且做得很好。这让梁晚欢不止一次深深庆幸，十二年前自己没有看错人。

十二年前，那个十三岁的肖嘉宝，又瘦又高，像一个稚嫩而又倔强的男孩。

第八章 不为人知的交易

她每天除了上学和照顾父亲，还跑去送外卖。就在送外卖的途中，救了自己的儿子。

梁晚欢是非常现实的人，她看出来了肖嘉宝当时生活的困境，她问她，如果她想用物质感谢她救了自己儿子的恩情可以吗？

十三岁的肖嘉宝那双明亮的眼睛很清澈，她看了一眼父亲，又看了一眼桌上的那些药，很诚实地回答梁晚欢："很明显我不会拒绝不是吗？"

梁晚欢喜欢她，这样分明向生活妥协却又在命运面前不屈不挠地顽强抗争的女孩子。梁晚欢当时就忽然冒出了一个念头，何不帮她一把，或许她这样的女孩子，也不会负她的恩情。于是，梁晚欢提出会替肖嘉宝医治她的父亲，但需要她努力成为保护与帮助沐安澜的人。

肖嘉宝当时说什么来着，她说："成交。"

多么爽快又现实的女孩。爽快得令人喜欢，喜欢她小小年纪就拥有的魄力与果断。又现实得令人畏惧。畏惧她某一天也会为了现实的利益出卖你。

但幸好，至少在过去的十二年里，她眼看着肖嘉宝从一个瘦小的女孩，一点点地在汗水与眼泪中坚强地成长为一个能力非凡、坚强内敛又无所畏惧的女子。她从来没有出卖过他们母子。

是呀，这十二年来，肖嘉宝变得太优秀了。优秀得梁晚欢都有点儿不舍得用当初她的承诺再继续困住她的自由，但她又是贪心的，她不舍得把这样优秀的一个女孩子给别人，她如果继续困住她的自由，不惜赔上她唯一的儿子给她，可行吗？

是呀。如果肖嘉宝要她的儿子，她舍得吗？

梁晚欢看着儿子高挑轩昂地离开的背影，心里轻叹：不舍得又如何？十二年过去了，他们都长大了，她已经不再是那个恨意满满的梁晚欢了，也不再是替他们做决定的人了。现在能做决定的人也许会是肖嘉宝，也许会是儿子沐安澜，但不会是自己。

"想什么呢？"小睡了一会儿的沐彦之醒来，看到妻子从窗户看着儿子的背影发呆，便拿了件披肩出来搭在她的肩膀上，"被自己儿子的背影给迷住了吗？"

梁晚欢挽住丈夫的臂弯温柔地笑："儿子并不像年轻时的你。"

"他更像你。他在你身边长大。"沐彦之握住妻子的手，"欢欢，我好妒忌呀。你没有错过他所有的成长时光。"

"幸好你错过了。"梁晚欢想起了儿子小的时候以及他"奇怪"的与肖嘉宝有关的青春期，"你会被气病的。"

"真的？"沐彦之很感兴趣，"走，那边坐着，仔细和我说说他是怎么气你的。"

在父母的闲聊里气人的沐安澜因为走神将车开到了郊外；又因为走神在避开一只小狗的时候而将车开进了一个池塘里，虽然只陷进去了一个轮子，但是再贵的跑车在野外池塘里也不管事儿。幸好车门还能打开。于是，沐大少爷在几只鸭子的围观下从他的跑车里钻了出来，正半身湿漉漉地想打电话求救的时候，天边一个响雷，又送给了他一件此刻十分切合他心情的礼物——暴雨。

豆大的雨点没一会儿就将沐大少爷的衣服来了个彻底的清洗，沐大少爷用仅存的理智告诫自己别跑到树底下找雷劈，坚持跑到了五百米外的一个小亭子躲雨。

信号很差，手机也并不防水。沐安澜唯一一个打通的电话是肖嘉宝的："肖嘉宝，救我。"

3

肖嘉宝在跑步机上接到了沐安澜的电话。这当然不是沐安澜第一次求救了。

但在过去沐安澜的求救里，除了和公子们赛车，再有就是送外卖，还有是在夜场惹了事让她去帮忙打架，甚至有次是堵车了沐大少不爽，但不管是哪一次，他好歹都把去哪儿救场这个重点说清楚了。

这一次，沐大少爷居然连在哪儿都不说了！

肖嘉宝挂断电话，继续跑步，直到当天的十公里跑完之后，才打沐安澜的电话。电话没打通，肖嘉宝扔掉手机本不想理他，但她洗澡出来之后，愣神了几秒钟，最终还是无法将沐安澜那句"救我"从脑海中抹去，她叹息一声，拿起了电话，用卫星定位软件搜索沐安澜手机的位置。

在打出求救电话到肖嘉宝出现的一个小时零六分钟里，在郊外荒地里的小凉亭里，又冷又湿地"享受"着天有不测风云的沐大少爷，深深地懂得了小时候妈妈吓唬自己所讲过的故事《狼来了》的深刻意义：他以后再也不乱叫肖嘉宝救自己了！在过去这几个月以来他对肖嘉宝的所有求助中，今天肖嘉宝是来得最晚最慢的。

当那极具肖嘉宝风格的机车轰鸣声和穿越雨雾的机车灯光在远处出现的时候，沐少爷在心里流着泪决定，以后再也不要滥用"救我"这个真正的救命词了！

又一个小时之后，沐安澜在经历了因为在机车上贴得肖嘉宝太紧，以及双手放到了肖嘉宝腰以外的地方，被肖嘉宝用手肘狠撞了肋间痛个半死之后，终于回到家了！

刚进门的时候，看着一身湿漉漉的沐安澜和一身皮衣虽然也被雨淋了但明显比沐安澜好很多的肖嘉宝，楼下大堂的保安一脸呆滞，连招呼都忘记打了。

进了电梯，保安还在看。沐安澜对保安笑了笑，很友好地问肖嘉宝："你说他在看什么？"

肖嘉宝很认真地上下扫了沐安澜一眼："毕竟这样高大的落汤鸡并不常见。"说完，她冷冷的脸上，勾起了一抹淡淡的笑意。

沐安澜用三分之一秒消化完肖嘉宝的嘲笑，虽然知道自己被讥讽得很彻底，但心情却莫名地很好："不是两个落汤鸡吗？"

"叮！"电梯到达，肖嘉宝没作声，只在走出去时扬起头盔"不小心"撞了沐安澜的肚子一下，痛得他一声闷哼，用嘴型无声地反抗：这个只许州官放火不许百姓点灯、小肚鸡肠睚眦必报的女人！

肖嘉宝按着他的公寓密码头也不回："总裁，在背后说人坏话很容易被揍的。"

沐安澜望着肖嘉宝穿着黑色的帅气机车皮衣而显得更加窈窕性感的背影，居然感觉她说的话就像一个要求颇高的妻子在温柔地教训丈夫似的，这个想法瞬间就把他的心给烫服帖了。

沐安澜从浴室出来的时候，肖嘉宝也刚从客房的浴室走出来。她穿着一件男式的浴袍，露出一截白皙光滑的脖子和修长的小腿，沐安澜扫了一眼她的腰间，想：这腰带也扎得太好了。又想：她里面会不会什么也没穿？

这么一想，沐安澜有点耳热心跳，但他的罪恶感没维持多久便被肖嘉宝刚擦过湿头发的毛巾砸中。

正中脸！好痛。这女人，用这些软绵绵的东西砸人的时候能不能不要揉成"石头团子"呀？

"肖嘉宝，我妈给了你多少钱？"沐安澜又想起了这个令他今天狼狈至此的问题。

"没算过。"她成年能自己赚钱，之前的生活费学费，以及那几年请最好的医生，用最好的药抢救爸爸的性命所花的那些钱，她还真没算过具体是多少。因为是打算这一辈子竭尽全力去还的，所以也没打算去算是多少钱。

"买了你的自由，应该不是小数目。"沐安澜忍耐着心底莫名的愤怒，假装平静，"肖嘉宝，我给你同样的钱，或者可以更多。你可以把你卖给我吗？"

"不可以。"肖嘉宝回答得超干脆。

"为何？"

"你不是梁晚欢。"梁晚欢才是那个一次又一次帮她从鬼门关把父亲拉回来

第八章 不为人知的交易

的人。

"肖嘉宝,你就是个男人!"沐安澜盯着肖嘉宝刚刚洗浴完脂粉不染清丽出尘的脸,还有她那双在梦里气死过他无数次的眼睛,一字一句地控诉,"你简直冷漠得可怕。"

难道你不曾冷漠、不曾无情、不曾幼稚地做过许多令我伤心的事吗?这一串话在肖嘉宝的心里如闪电般划过,但她冷冷地说出口的,只是:"谢谢赞美。"

"肖嘉宝!"沐安澜并不意外自己的情绪又被肖嘉宝掌控了,所以他依然没有阻止自己以压迫的姿势迫近肖嘉宝,大手捏上了她的下巴,另一只手握住她的肩膀,硬生生地将她逼到了墙边,利用身体的优势将她压制住。

他的脸靠得很近,一双眸子里燃烧着怒火,那怒火无声无息地在他的心底烧了六年,把他的心烧成了灰烬,却又在灰烬里重生,他为肖嘉宝不告而别的决绝愧疚难过!也为肖嘉宝六年来毫无音信而伤心绝望!更为重新出现后的冷漠无情愤怒与不甘!最令他恼怒与不安的,是尽管如此,他还是对她有所期望!就像已经确信自己是在沙漠里企图从海市蜃楼里找到真正的水源那般对她有所期望!

并非不能反抗,只是沐安澜忽然显现出来的爆发力,以及他眼睛里疯狂的情绪令肖嘉宝愣住了,她心里有些慌张,她觉得自己就快不能在他面前维持冷静的表象了,她有点儿不确定是否应该继续看他的眼睛。

两个人正眼神交织不分你我的时刻,门忽然打开了,梁晚欢手里拎着保温盒走了进来:"儿子,看我又猜中了你的密码。你就不能……"

看到都穿着白色浴袍,姿势十分暧昧地贴在墙上的两个人,梁晚欢剩下的话都忘了要说什么了。

"抱歉,看来我打扰你们了。"梁晚欢愣了一秒,毕竟是有心理准备的,她还是反应过来了,转过身去将手里的饭盒放在玄关台上,"我这就走,你们继续。"

"梁小姐。"肖嘉宝反应极快,迅速推开沐安澜,并快步向浴室走去,"刚才下雨淋湿了,所以借总裁的浴室用了一下,我马上就走。"她是行动派,在外面的两个人都还没反应过来,她已经换好了衣服快速地走向了门口,并且迅速地说了"再见"然后离开。

门关上之后,沐安澜看着肖嘉宝忘记带走还放在玄关台上的头盔,眼底闪过一抹笑意:她慌了,是不是意味着她其实没有她表现出来的这么理智冷漠?

"被嘉宝迷住了?"梁晚欢笑吟吟地问。沐安澜转身看母亲,一时半刻,他也判断不出母亲对于肖嘉宝是什么样的态度。如果说他自己是一个心思令普通人难以捉摸的人，那么母亲则是一个聪明人都难以捉摸的女人。所以，沐安澜并没有贸然承认："爸爸不需要你陪了？"

"不能只陪老公，儿子也要陪呀。"梁晚欢走到餐桌边，将保温盒里的饭菜与汤水一一摆出来，给沐安澜盛了饭，"很久没吃我做的饭了吧？最近为了给你爸做，我消失的厨艺好像又回来了。"

"其实你厨艺太好是一种缺陷知道吗？"沐安澜使劲儿地夸妈妈，"就因为从小吃你做的饭菜，现在我都很难接受味道将就的食物。"

"得了便宜还怪我了？"梁晚欢瞪儿子，母子俩极有默契地不再提起肖嘉宝，饭后梁晚欢收拾饭盒离开了。出门的时候，她从包里拿出一个文件袋，递给了沐安澜："嘉宝可能是个傻姑娘，也可能是一个很有心计的姑娘。谁知道呢？你自己决定吧。"

那个文件袋里薄薄的一张纸，短短的几行字，却让沐安澜再次为了肖嘉宝睁眼到天明。

"合约书。本人肖嘉宝，为答谢梁晚欢女士对本人父亲的相救之恩，答应保护梁女士的儿子沐安澜先生的人身安全，并在适当的时机尽力帮助沐安澜先生成为一个合格的继承人，直至沐安澜先生完全有能力掌控与守护沐氏家族企业为止。肖嘉宝，2007年10月9日。"

反反复复，沐安澜将这份简单又幼稚的居然还正儿八经地有律师印鉴与肖嘉宝手印的"合约书"看了一遍又一遍，眼睛都恨不得将那上面每一个肖嘉宝亲自用中英文都写了一遍的字烧成灰烬！

世界上怎么会有这样愚蠢的女生？就因为他妈妈出钱给她爸治病（而且没能治好），然后就把自己的一生搭在他身上？

2007年，她才十六岁，还未成年呢，这完全可以当作没有任何法律效用的好吗？可她居然如此愚蠢，为了能保护他拼命地学武术拳击，为了帮助他坐稳沐氏总裁的位置，所以拼命地读书拼命地成为多个专业的精英！

或者是，她就是要这样做，走一条俘虏了沐安澜也就等于俘虏了沐氏的路？

Chapter 09 第九章
竭尽所能保护她

那一刻他觉得,一定要做世界上唯一不管她做什么都竭尽所能保护她不再受任何伤害的男人。

1

　　一大早，肖嘉宝又出现在沐安澜的公寓门口正要伸手按密码的时候，沐安澜从里面开门出来了。

　　他穿一套浅蓝色的修身西装，打扮得如以往那般时尚精致又优雅贵气，只是脸上那种一向玩世不恭的迷人微笑不见了。

　　冷着脸的沐安澜与之前脸上写着"你惹我不高兴了"的沐安澜完全不一样，如果说之前的黑脸是小孩子闹脾气，那么今天冷着脸的沐安澜就是一个成年的男人的气质，让人会莫名其妙地觉得畏惧。

　　"走吧。"沐安澜似乎只用眼角扫了一眼肖嘉宝便朝电梯走去，肖嘉宝愣了半秒，随即默然跟上。沐安澜很不高兴。为何？因为梁小姐说了什么吗？但昨晚梁小姐看起来并不像是极度排斥他们在一起的样子。虽然，他们并没有在一起。

　　肖嘉宝有些摸不准沐安澜的想法，在电梯里，两个人没有说话。在车里，两个人也没有说话。肖嘉宝不说话倒是常态，因为她似乎都随身带着工作，不管在什么地方都在忙。从一定程度上说，因为沐安澜是个甩手掌柜，管理着整个沐氏的她根本没有太多的时间去关注别的事情。比如今天的沐安澜为什么起那么早而且不说话。

　　沐安澜戴着墨镜开车。今天他没有开跑车，而是选择了较为稳重的高档轿车，而且是深沉老气的黑色宾利。他早起了。他没用她叫起床。他一直没有逗她说话。这种改变应该很明显吧？但为什么肖嘉宝这样无动于衷，就像他根本就没有任何变化一样？

　　沐安澜很不高兴，而且对肖嘉宝尤其不高兴，但是，肖嘉宝似乎对此毫无反应，她更关心她手里那沓合同与报表。

　　沐安澜不禁想起母亲的话，她这么努力地工作，是为了帮他坐稳沐氏后彻底离开还是为了利用他掌控沐氏？

　　不管是哪一个答案，都令沐安澜十分不爽。

　　"肖嘉宝。"他叫她的名字，隐忍了一晚的不安与怒火已经接近崩溃边缘。

　　"总裁你说。"肖嘉宝淡淡地问，眼睛根本没离开手里的投标书，最近几个案子都至关重要，必须好好做，沐安澜形象再不好又如何，帮股东赚到了钱就是能力。有了能力一切就好说了。

　　沐安澜没有再说话，他怕他一说出来就像给心里那头情绪怪兽开了门，它会冲出来帮他把肖嘉宝生生捏死。

第九章 竭尽所能保护她

"总裁,今天下午两点五十这个投标案你要亲自去,因为竞争对手是卢氏。"肖嘉宝沉浸在工作中,暂时无暇顾及总裁大人的情绪变化,她在考虑与衡量这份标书的中标与失标的得失以及与卢氏的利害关系,甚至是各种情况出现之后的替补方案。她面色沉静,脑袋里却忙得不可开交。

"达到目的后你打算做什么?"沐安澜还是没死心。让他坐稳了总裁位置或者是通过他控制了沐氏之后,肖嘉宝你要做什么?肖嘉宝你的人生就是一个幼稚的承诺?或者是沐氏代表的权势与钱?

"最好是拿下标书,增加今后最少两年内三个百分点的利润。如果拿不下标书,也要做成顺水人情送给卢小姐的样子。"肖嘉宝非常诚实地回答了与工作有关的问题。

"吱"的一声尖厉的刹车声,黑色的宾利一个急刹车停到了马路边,沐安澜拍了一下方向盘,摘下墨镜,那闪着怒火的眼睛盯着肖嘉宝,一字一句,咬牙切齿:"肖嘉宝!你马上给我写辞职书!到了公司就交给我!"

肖嘉宝慢慢地合上手里的文件夹,将自己的眼神移开,无视沐安澜对她来说莫名其妙的愤怒:"总裁是因为没有吃早餐才心情不好吗?现在还有时间,我们可以先吃早餐再去公司。"

"肖嘉宝!"沐安澜看着她俏丽而又冷漠的侧颜,觉得心里有什么东西被她冷静到极点的冷漠刺得粉碎,"肖嘉宝!我炒了你。你自由了。你十年前写给梁小姐的那份合约书,我昨晚销毁了。"

肖嘉宝听到"合约书"这三个字时,脸上的表情似乎愣了一下,往事似一片刀片般划过她的心房,深呼吸了一次,她很快又恢复了冷静自持,而且转过头来迎接着沐安澜的目光:"合约书在不在,承诺都是有效的。"

在梁小姐出现前一天,医生已经宣判了她父亲的死刑,说不会超过三个月,因为所有器官都在急剧衰竭。但在梁小姐的尽力帮助下,父亲又多陪了她三年。

在很多次父亲垂危时她都在心里向老天发誓,只要让父亲还留在人世多陪她一天,她都愿意竭尽所能去换。

每一次当她这样发誓的时候,父亲都醒过来了。为了感谢那多出来的有父亲的三年,做任何事情她都觉得值得。而且,当她做这些的时候,所为的人是沐安澜,她便更觉得没有任何遗憾。

"但是肖嘉宝,我不需要。"沐安澜狠下了心,情绪也渐渐平静了下来,"我不需要你了。你不要把自己想象得太强大,没有你,我一样能继承沐氏。所以我没有开玩笑。从今天开始，你自由了。"

"我会走的。"肖嘉宝冷静地回答，然后低头继续打开手里的文件夹，"但不是现在。"

"这由不得你。"沐安澜重新发动车子，决定一到公司就签发辞退肖嘉宝的通知。

"沐安澜。"肖嘉宝除了被沐安澜逼得暴走要揍人的时候，基本上都不会叫沐安澜的名字，所以当她冷静地叫自己的名字的时候，沐安澜心里一惊，条件反射般觉得自己根本就拿肖嘉宝没有任何办法！果然，肖嘉宝淡淡地说："你在2005年童子军夏令营的时候，我在湖边救你的那一天，你答应过如果我保守秘密，你将来就会还我一个恩情。"

在沐安澜不可思议的哑口无言里，肖嘉宝淡淡地继续说："不管你十五岁时说的承诺算不算数，今天我都不会辞职。所以，我建议你最好今天用掉它。毕竟，将来我还不知道我会不会提出比较过分的要求。"

"肖嘉宝你……"沐安澜气结，他完全无话可说好吗？为什么肖嘉宝总能轻易地拿捏他的情绪，让他根本不能做出冷静正确的决定？

"要迟到了，总裁请开车吧。"肖嘉宝脸色淡淡，眸光淡淡，语气里却带着冷得出奇的寒意。

沐安澜狠踩刹车，一张俊秀得令全世界女人都为他尖叫过的脸静静地盯着肖嘉宝。如果眼神可以凌迟，肖嘉宝大概已经化身白骨了吧？他真的很想看看这个女人是不是连骨髓都是黑的，所以才无情冷漠狠毒得让他无可奈何！

肖嘉宝专注地轻轻翻开一页文件继续浏览，却似已经觉察到沐安澜的眼神那般给了他一个让他更为气结的回应："如果总裁今天不想开车的话，我可以代劳。"

这下，沐安澜大概是气到了极处，"扑哧"一声笑了出来："肖嘉宝，算你狠。既然你是一个这样称职的助理，又对我如此忠心，不如更上一层楼更贴身一些搬去和我住？毕竟你为了报恩已经卖身给了我妈，身兼保镖助理多职，我为你省个房租也是应该的。"

"多谢总裁体恤。"肖嘉宝冷冷地回了一句，本以为沐安澜是开玩笑，不至于真要她搬去同住。毕竟她知道沐安澜从小就很独立，成年后更是习惯自己在外面独立生活，当一个人住成为一种习惯之后，与他人同在一个屋檐下就成了一件很难接受的事情。特别是像沐安澜这种自由习惯了连班都不愿意上，需要她这个助理"亲自"去叫起床的人。

第九章 竭尽所能保护她

因为投标案的对手是卢氏，而又不知道沐安澜这种从不按常理出牌的人会不会出什么幺蛾子，所以一整天肖嘉宝都精神紧绷着防他出纰漏。

果然，沐安澜先是对卢赫拉暗示，为沐氏与卢氏的良好合作一定会礼让女士，到了会场上却恶意抬高价格，差点让卢赫拉下不了台，最后卢赫拉不干了，沐氏又不得不自己吞下了这个暗亏。

回程的路上，肖嘉宝的脸冷得可以结冰。随行做司机的林宁浩半眼都不敢看后座，就怕会被肖嘉宝的气场给冻死。他真不知道总裁是用什么样的勇气和毅力坐得离肖特助那么近，而且居然还笑得出来！

"总裁能解释一下你在卢小姐面前出尔反尔是什么策略吗？"看沐安澜的心情好得都快要哼起歌了，肖嘉宝终于没忍住，在一次深呼吸后勉强保持冷静，把话问了出口。

"你不是说这个投标案对沐氏很重要吗？当然无论如何都要拿下呀。而且卢氏是对手，对手就是敌人，在敌人面前讲好听话降低对手防范意识不是你教我的吗？怎么样？我做得很赞吧？"沐安澜笑得愈加妖孽，眼看下一秒都要开口讨赏了。

"总裁看来很想让卢小姐与总经理联姻。总裁如此兄友弟恭，何不干脆将沐氏拱手让给总经理？毕竟以总裁的智商，总裁似乎更适合做模特吃青春饭。"肖嘉宝心里的怒火压了又压，才忍住了没立时暴打身边这个扬扬得意的男人的冲动。

肖嘉宝忍住了。但她不知道的是今天的崩溃刚刚开始，沐安澜更可气的还在后头。

2

如果说，沐安澜下午的表现已经让肖嘉宝不爽的话，那么她下班回家后打开门却发现家里住进了几位浓妆艳抹的少女，而自己的衣物行李则全都不见了的时候，她已经到了愤怒边缘，那么在被告知这种情况是因为自称受她委托的助理来退租并且房子已经转租他人的时候，身心俱疲的肖嘉宝已经彻底愤怒了。

肖嘉宝直接去了沐安澜家，机车停好后，她风似的"刮"进了电梯，大堂里的保安几乎都没来得及看清楚她的脸。

因为她走进的是顶层住户的专用电梯，人又穿得一身黑而且杀气腾腾，保安思前想后，决定还是通过监控电话给22楼的业主提个醒："喂，沐先生您好，有一位女士刚才用了您的电梯上楼去了。"说完后保安有点忐忑，这样警告沐先生够不够呀？需不需要报警？

接了楼下保安惊魂未定的电话，沐安澜满意地看了一眼摆放在客厅一角的肖嘉宝的行李箱，嘴角微扬，坐在沙发上十分惬意地打开音响等待肖嘉宝的到来。

肖嘉宝没有辜负沐安澜，在一分钟之后便打开了沐安澜的家门，整个人几乎像一支箭一样扑向沙发上的沐安澜。

沐安澜听到动静，回头看着扑过来的肖嘉宝，销魂蚀骨地笑："我们第一天开始同居，你也不用这么热情吧？"肖嘉宝的回答很直接，通常都是她愤怒时最爱用的右勾拳。

在接下来的十几分钟里，沐安澜简约又舒适豪华的客厅里各种动静不断。肖嘉宝全程没有说过一个字，倒是沐安澜的声音不断地变换：

"哎呀！"

"好痛！"

"啊！"

"肖嘉……"

"别打脸行吗……嗯！"

"我真的会反抗呀……噢！"

十五分钟后，沐安澜已经趴在地上了。他摸着很明显青了一块的额角，想笑却因为擦破了的嘴角而隐忍着，用仰视的角度看着毫发无损的肖嘉宝拍拍打累了的手拎起她的行李箱去了客房。

看着客房的门被重重地甩上，沐安澜最终还是不怕痛地扯着嘴角笑了：肖嘉宝脾气暴是暴，但既来之则安之，不爱别扭这一点爽快利落，真的很得他心。

晚上十点，沐安澜的电话开始响个不停，公子们起玩性了来邀约，沐安澜看着镜子里自己那张已经被肖嘉宝"修理"得差不多的脸，居然硬是没敢出去。

在书房里与沐影开会的时候，沐影欲言又止了好几次，终于还是在工作结束之后问了一句："少爷你是不是又惹肖小姐生气了？"以前被沐彦之悄悄派去做沐安澜的暗卫的时候，沐影隐在暗处见过好几次少爷自己作死惹肖小姐生气后挨揍的样子。

当然，少爷从来都以为别人不知道，他也就当自己不知道而已。

不过，今天少爷看起来真的被揍得很惨。

"什么叫作又？"沐安澜眼神如锋刃一般隔着电脑屏幕向沐影射了过去，沐影中刀，一向在主人面前不敢不老实的他用诚实打击了沐安澜："你们在美国的时候，我见过几次。"

第九章 竭尽所能保护她

"沐影，如果你不是还有用，我会让你自废双目的。"沐安澜脸上寒意森森。虽然他不太介意被肖嘉宝揍，但是他介意其他人看他被揍！

"我什么都不知道！我去做事了！"沐影飞快地关掉摄像头，十分积极地开始工作，少爷这眼神，隔着屏幕都有压迫力，谁要敢说沐安澜没能耐管理沐氏他跟谁急。

第二天一早，已经早起跑步回来清洗完毕的肖嘉宝很悠闲地一边吃早餐一边浏览新闻，仿佛被逼搬来与沐安澜同住丝毫没有影响到她。但只有她自己知道，她是如何一夜辗转难眠到天明。

当然，此时被沐影断定为最有能力总裁的沐安澜还在赖床。

"总裁今天要上班吗？"吃完早餐的肖嘉宝今天只是站在卧室门口敲敲门，并没有打算走进去使用"冷冻大法"请总裁大人起床。昨晚她狠狠地招呼了沐安澜的脸，今天一早他大概都没脸去上班了。

"不去。"沐安澜其实早已醒了，只是仅仅凭疼痛感他就知道自己的脸惨不忍睹，所以决定拒绝去上班。

"那，总裁好好在家坐月子吧。"肖嘉宝这句话的话尾似乎都带着笑意，沐安澜听着她走远，半晌才回过神来：什么？坐月子？

肖嘉宝前脚到办公室刚给两个总裁助理开完早会，出了总裁会议室便迎面撞上了额角青了一块，嘴角还贴了创可贴的沐安澜。他的身后还跟着两个大概是要来总裁办公室办事的主管。那两个人年纪都是三十岁上下的已婚男士，一直看着沐安澜脸上的伤在强忍笑意。肖嘉宝从总裁会议室出来，看到沐安澜时有些错愕，已经在上班路上接受注目无数的沐安澜听着身后那两位主管的笑声都快忍不住了，干脆破罐子破摔："肖小姐对昨晚你造成的战况还满意吗？"

肖嘉宝明显地看到了那两位主管的表情先是石化碎裂，然后便是无法掩饰的眼神和笑意。她心知沐安澜这么一说，自己与他的桃色绯闻将呈燎原之势，不太可能没人知道了。

果然，"极品超模总裁和职场女爷的肖特助在一起了！"这个帖子在午餐时间传遍了沐氏上上下下的每一个角落，肖嘉宝去个洗手间，都能听到职员们在讨论肖特助是个超级强的强攻，美男总裁根本不是对手之类的话题。

肖嘉宝不禁有点怀疑，自己示意蓝语在公司内部论坛上炒作总裁形象这个策略是不是严重失误？原本只是想借此宣传一下总裁在公司内部的正面形象，现在却完全走向了难以控制的方向。

与肖嘉宝不同的是，颜值被毁、名声不太好的沐总裁对于几乎整个沐氏大厦都在讨论的总裁与特助的桃色新闻，十分感兴趣，吃午餐的时候都在刷论坛里的评论，只差在脸上写"我不务正业，我要气死肖嘉宝"这行字了。

　　下班的时候，沐安岩终于见识到了公司上下都在讨论的总裁脸上的"爱的伤痕"，沐安岩捕捉到了肖嘉宝眼底似一闪而过的尴尬，一向稳重的他便没再掩饰他的嘲笑："看起来总裁昨晚的战况真的很激烈。肖特助，其实你可以对我弟弟温柔点。毕竟他曾经靠脸吃饭。"说完后，沐安岩还加了一句，"哦，当然，还有身材。"

　　"谢谢哥对我的关心。"沐安澜扯出了一个半笑不笑的表情，心里一字一句地在说一句话：沐安岩，你死定了。

　　"关心弟弟自然是应该的。"沐安岩笑得十分开怀，这些日子以来，沐安澜以肖嘉宝作枪，没少给他来暗招。别说暗的了，就连原本并不待见他的一些老股东，都在肖嘉宝成功推进几个计划之后对总裁有了改观。最近还有消息说，他这个弟弟在外面有不少很来钱的投资，不少少爷都跟着他赚了。看来，他一开始就没小瞧他是对的。

　　"肖助理，给卢小姐的礼物订好了吗？"沐安澜自然知道蛇打七寸。他就算再笨，也不会错过沐安岩看卢赫拉的眼神。而且，他不笨，当初在美国时，沐安岩和卢赫拉爱得多难分难舍他可是知道不少。

　　沐安岩眼神一闪，但很快恢复了正常："祝约会愉快。哦，肖小姐，你上次答应我的晚餐还没有吃呢，今天总裁有约会，我们择日不如撞日？"

　　沐安澜用"肖嘉宝你敢答应你就死定了"的眼神盯着肖嘉宝，而肖嘉宝对沐安岩露出了得体的微笑："可以呀。"

　　电梯门开了，沐安岩伸手让肖嘉宝和沐安澜先出，他随后跟到了肖嘉宝身边："那么坐我的车？"

　　"好。"肖嘉宝应得爽快，转身走向停车场入口。沐安澜冷着一张有伤的俊颜，被沐安岩一句话气得差点儿炸了起来。

　　沐安岩说："对了，卢小姐对颜值要求挺高的，你脸上有伤，约会前最好去化个妆。"

　　停车场里，沐安岩很绅士地帮肖嘉宝打开车门，但肖嘉宝忽然被人拉开，沐安澜用十分爽利的动作坐进了副驾驶："反正都是要去约会，不如一起呀。四人行，更有趣。"

沐安岩的脸瞬间就黑掉了。肖嘉宝耸耸肩，无所谓地打开后座车门坐了进去，事已至此，沐安岩自己也不得不上了车。

一路上沐安岩黑着脸，沐安澜笑意满满地和肖嘉宝讨论送给卢赫拉的礼物，以及卢赫拉的喜好，还有，一些不知道是他编的还是真的他和卢赫拉见面时发生过的"有趣"的事。

到了约会地点，沐安岩的脸已经黑透了。他们进入位置坐好后，卢赫拉在约定时间的最后一秒进门，她一进门，餐厅里几乎所有的人都纷纷起立，拿起桌子上的花送给她。当卢赫拉走到他们旁边的时候，已经笑容满面地怀抱一大把鲜嫩欲滴的粉色玫瑰了："哈，还没有人用这样的方式给我送过花呢。谢谢你呀，安澜。咦，你的脸怎么了？"

"你这样特别的女孩子当然值得最特别的送花方式。至于我的脸，嗯，是遭到一只野猫的袭击了。"沐安澜说"野猫"这个词的时候，没忘记看了"野猫"一眼。虽然肖嘉宝一副事不关己高高挂起的冷淡表情，但沐安澜那张即使受了伤依然笑得妖孽的脸丝毫没有不愉快，特别是此刻他非常满意地看到沐安岩脸上的表情彻底黑透的情况下。

哼，让你嘲笑我。

"哎呀，看来这只野猫真是厉害呢。"卢赫拉花朵一样坐在沐安澜旁边，很友好地对对面黑脸冷面的沐安岩笑了笑，"咦，沐总也在呢。"

"是呢。我提议今天我们玩四人约会。"沐安澜殷勤地给卢赫拉倒茶，有些讨好地问，"怎么样？觉得有意思不？"

"四人约会,没玩过呢。"卢赫拉回答着沐安澜的话,眼睛却盯着沐安岩的脸看,脸上笑意盈盈，眼神却似有刀子在凌迟沐安岩般，"沐总这样快就忘记了上周我们的相聚，我还真有点伤心呢。"

"合则聚，不合则散，本是人之常情。"沐安岩表情很冷，语调也十分平稳。正好开始上菜，他十分细心地做了护着肖嘉宝的小动作。

"是呀。沐总喜欢菟丝花，可惜我不是。"卢赫拉特意看了一眼目光高冷气质超然的肖嘉宝，"不过我觉得肖小姐也不喜欢做菟丝花呢。"

"无妨。"沐安岩淡淡地回了两个字，居然开始细心地替肖嘉宝布菜。肖嘉宝也不说话，她答应来吃饭就是吃饭。虽然她也看出来了，今天这场约会的目的已经被特意来捣乱的沐安澜带得南辕北辙，但是，卢赫拉与沐安岩这两人明显有问题，而且沐安澜也不肯下力气在卢赫拉身上。看来，联姻线断，还是得另想办法。

虽然事情走向不对，肖嘉宝却为这个结果无来由地觉得心情不错。很好。沐安澜不用娶一个不喜欢他的女人了。

肖嘉宝默默吃饭，脑子里千回百转地在走棋布局，为沐安澜设想好一旦沐安岩与卢赫拉两人联姻后的应对措施，真真是忙成了一团。

3

沐安澜耳朵听着沐安岩与卢赫拉的你来我往，眼睛却在盯着肖嘉宝看。

他发现肖嘉宝就是特别。长相特别，气质特别，性格也特别。总之就是特别到这个世界上只有她能入他的眼。嗯，吃东西也特别，嘴唇颜色很好看呀，哎，有点想成为她正在吃的那块肉……

"抱歉，我去个洗手间。"沐安岩似乎终于难以抵挡卢赫拉的目光，起身离开，而卢赫拉随后也离开了桌子。沐安澜很开心地将自己的椅子挪近肖嘉宝："肖嘉宝，我们走怎么样？"

这时候真的是来吃饭的肖嘉宝已经吃得差不多了，而且一个计划已经在她脑海里形成，需要回去与沐安澜以及梁小姐那边都沟通一下，于是就爽快地应承道："行，走吧。"

一大桌子的菜，一直放到凉，都没有人再出现。倒是男洗手间那边好像出了一点儿动静，好像有女人进了洗手间并且反锁上了门，而里面的动静就更让人浮想联翩了。不过，今天餐厅是包场，又已经结了账，大家也就不追究里面到底发生什么了。

沐安澜觉得肖嘉宝脸冷得要结冰了。

刚刚她问了沐安澜一个问题："你父亲手上有多少沐氏的股票？"

沐安澜的回答是："不到百分之二。"

沐安澜将从父亲那里得到的解释一五一十地告诉了肖嘉宝：沐安澜的曾祖父曾全力支持抗战，之后沐氏元气受损，在二战后的全球经济危机之后，依靠一批老员工不离不弃的支持才重振了当时日渐式微的沐氏，之后又是老员工们的支持扛过了艰难的时期，在公司股份制之后，作为总裁的曾祖父将自己手里的股票作为福利与谢意分散给了这些老员工。

因为这些老员工太多，股份分得十分零散，而且老员工们大部分已经没有后代在沐氏继续工作，在当时来说对总裁的影响并不大。

但从沐彦之的父亲时开始，沐彦之的叔叔姑姑们便开始明里暗里收购股权，

第九章 竭尽所能保护她

到沐彦之的时候，其实叔叔姑姑们手里的股权总和已经超过总裁手里的股权了。

沐氏内部暗潮汹涌沐彦之一直是知道的。所以，才给儿子起名叫安澜。希望他能守护好沐氏几百年的根基。

听完这些，肖嘉宝根本不可能笑出来了。

据她所知，沐安岩仅仅只是从已经从政的父亲沐礼之那里继承来的股权，明面上的就有百分之八那么多，暗地里的还不清楚！

而沐安澜身为沐氏总裁，股票持有率却不足百分之二，这总裁位置能坐稳就怪了！什么沐氏血脉，什么长房长子，在没有利益的前提下，通通没用！这什么年代了，谁还会买什么血缘呀长房长子的账？难怪会有什么总裁考核制度，难怪连沐氏的一般主管都根本不把总裁放在眼里！难怪沐安岩胸有成竹！难怪沐慧之只手遮天！因为除了那些已经不在公司的小之又小的股东，公司里每一个高层手里的股票持有量都比这个总裁多呀！

"掉头，去医院。"肖嘉宝在心里快速地做了决定，她看了一眼手表，决定去医院。八点多，梁小姐应该还没有休息。

"要干吗？"沐安澜虽有疑问，但真的掉头了。

"去要当时分散的股权名单。"还能是什么，要么把那些股权收购回来，要么说服他们只支持沐安澜，还能有什么办法吗？在公司做得再好，甚至联姻了又如何，总裁手里股权持有量小，就等于随时会被股东会弹劾，这样的总裁有什么意思？

"好。"沐安澜嘴角勾起坏坏的笑，他本来想说那些名单他有，并且已经处理了大部分，剩下的也在处理中，而且他手里并不是只有从父亲那里继承来的百分之二股权……但沐安澜看肖嘉宝一心为自己忙活的样子，决定不说了，就陪着她玩！

"梁小姐不知道这个吗？"肖嘉宝忽然闪过一个重要的问题，这样重要的信息，梁小姐为什么没有告诉自己？

"她也是在我爸醒来的时候刚刚知道的。她忙着照顾我爸，大概还没来得及整理给你。"沐安澜很合理地帮母亲解释了。其实是他当时要求母亲不能泄露任何有关总裁股权的消息的。只是他也不知道，原来母亲连肖嘉宝都瞒着。确实也是，母亲并不知道他这些年的投资状态，自然觉得联姻比收购股权更可靠。

"你收集城里公子的资金做投资，玩那么大，就是为了筹集资金收购股权？"聪明如肖嘉宝，揪一根线头就能理出全貌，"没错。现金流向不容易查，沐安岩

也不会知道你手上实际有多少股权。"

"不如,今晚你陪我玩?"沐安澜俊眉轻扬地邀请,肖嘉宝则冷冷地打断他的期待:"我回去整理股权资料,要玩你自己玩。"

"没有你,玩什么都没有意思。"沐安澜笑着说出真话,换来了肖嘉宝的冷脸嘲弄:"总裁说情话的技术需要改进,不要总是背电影里的台词。"

"过去六年我一直都没有忘记你。"

"知道你会恨我很久,只是低估了你的小气记仇。"肖嘉宝心里动了动,但头脑冷静地明白沐安澜曾是怎样冷酷的一个人。

"肖嘉宝你听说过我有正牌女友吗?"

"你的花边新闻我没空搭理。"她偷偷地关注过每一个他的绯闻女友,也暗暗地伤感过,但她绝不会让他知道。

"肖嘉宝!"沐安澜恶狠狠地停车,肖嘉宝淡定地打开车门下车,之后又敲开车窗指点了他:"想找妹子请出门右拐,那边有很多高档会所,应该有符合你口味的菜。"

沐安澜看着肖嘉宝头也不回地走开的修长背影,一股气在心里来来回回地窜了半天,最后终于到了嘴边,"扑哧"一声,他竟笑了:这肖嘉宝,还知道他对女人的口味吗?

凌晨三点,沐安澜回到家的时候,肖嘉宝还在书房里忙着。他很大声地开冰箱,很大声地开门关门,很大声地在浴室里唱歌,但书房里一点儿动静也没有。沐安澜到底没忍住,走过去想敲门,举起了手又变成了直接开门:这是他的书房,他为什么要敲门?

推开门看到的情形让沐安澜的心脏都紧了紧:肖嘉宝背靠着大办公桌坐在地毯上已经睡着了,在她的周围是一大堆文件资料,她的右手上,甚至还拿着几张照片。她把左手垫在了脑后,很显然是觉得疲惫了想眯一会儿,结果却真的睡着了,唇形分明的嘴唇是淡淡的粉色,微微地抿着,似乎在做一个很委屈的梦。

沐安澜的心,几乎在看到这安静无害的肖嘉宝的瞬间,就软成了一汪水。

六年前,尽管他与她同在一个屋檐下,但他很讨厌她,总是对她出言不逊,总是捉弄她讥讽她,总是高傲而又冷漠地对待她,所以,他见过肖嘉宝针锋相对的样子,懒得理他的样子,觉得他真是烦得要死的样子和恨不得揍死他的样子。

就是没见过肖嘉宝疲惫至极睡着了的样子。

她好脆弱。脆弱得他都不敢走近,怕触动了空气,而空气中会有莫名的压力将她压碎。

后来沐安澜想过很多次，为什么肖嘉宝一直那么残酷，那么狠毒，那么暴力，那么冷漠，他却一直想靠近她，一直想保护她，一直想尽自己的所有去迁就她，给她最大的自由。

大概就是那一刻吧。那一刻他觉得，一定要做世界上唯一不管她做什么都竭尽所能保护她不再受任何伤害的男人。

好一会儿之后，沐安澜终于决定走近，将肖嘉宝抱回卧室。但他的手刚刚碰触到肖嘉宝的身体，肖嘉宝便醒了，第一时间感觉到了沐安澜的靠近，瞬间的温柔与抵抗同时涌上心头，最终还是冷静占了上风，肖嘉宝反应奇快，反手的动作差点要将他的手扭断："你要做什么？"

沐安澜忍着痛，笑嘻嘻的："还能干吗，想占你便宜呗。"

"不怕死？"肖嘉宝站起来，休息不好，没睡够，以及内心对沐安澜想抗拒又难以抗拒的矛盾，让她心情很不爽，但是不太想让沐安澜知道自己有很严重的起床气。于是她快速地收拾之前整理好的部分资料准备回房。

"你舍得？"沐安澜穿着浴袍，刚洗过澡的他看起来十分清爽，让肖嘉宝觉得从昨天到现在都一直在工作连头都没洗的自己有些小小的自卑，这么一想，她的声音冷了几分："要试试吗？"

"你让我抱一下，我就让你试。"沐安澜在凌晨三点半的灯光里看着利落地整理文件的肖嘉宝，莫名地觉得心里痒得厉害。

不，应该说，肖嘉宝搬进来之后，他的心就一直痒得厉害。

不不不，应该说，自从肖嘉宝回来做他的助理之后。

不不不不不，或者说，更早之前，早到他看到肖嘉宝的父亲去世后消瘦苍白的肖嘉宝时，早到他刚刚情窦初开时。

他对肖嘉宝，早就起了觊觎之意。

只是那时候他的表达方式更像一个笑话。

而现在，一些以前他不懂或者说他一直在抗拒的东西终于压倒性地战胜了他的意志，以排山倒海的姿态在他心里呐喊：肖嘉宝！肖嘉宝！肖嘉宝！

他喜欢她，喜欢很久了。只是，以前一直没有承认而已。

不过不怕，现在开始，也不算迟。

"总裁如果不想眼睛失明的话，别用那样的目光看我。"肖嘉宝收拾好了东西，经过沐安澜身旁时，顺便扫了他一眼。他的眼神让她觉得心脏在战栗。

第九章 竭尽所能保护她

"你知道我这是什么样的目光？"沐安澜可不会放过调戏她的机会，"说说，我用什么样的目光看你？"

"猫看老鼠的目光。"肖嘉宝倒也诚实，沐安澜最近总是用这种直勾勾的眼神看她，她心里……真是有些抵挡不住。

"猫爱上了老鼠的话，你的理解倒是对的。"沐安澜还在笑。

"总裁显然在自然生物课上睡觉了。"肖嘉宝没敢再与他继续话题，径直快步走出了书房。沐安澜看着她的背影，眼神闪过了一丝挫败，但很快被笑意代替。

肖嘉宝愿意与他讨论这样的问题，也算是一种进步，对吧？

而快步回到房间后立即进浴室用冷水冲脸的肖嘉宝，此刻正望着镜子里的自己提出告诫：肖嘉宝，不行。不能靠近他。你会受伤的，不行。

Chapter 10 第十章
避开他织的网

并不是她对于沐安澜这段时间来似是而非的追求,攻势妥协,也不是她真的忙得懒得理会他,而是她时刻提醒自己要以忙为借口,不能掉进他为她织的网里。

1

　　肖嘉宝着手收购原本从沐安澜的曾祖父手里分散出去的小股权，这当然不是一件容易的事情，再加上公司里的事情基本上都需要她着手处理，而且对手是沐安岩那样稳准狠的老手，还有她的上司沐安澜基本上只想着玩，于是，肖嘉宝每天都忙成一团。

　　沐安澜每天早上和她一起出门之后，就一直看她在忙。

　　当然，身为一个"不务正业"的总裁，他除了偶尔盖个章签个字以及开会时露个面之外，其他什么也不干，为了保持一个没什么本事的总裁形象，沐安澜也是煞费苦心，每天在公司无所事事，下班后回到家里才是他的工作时间。

　　当然，沐安澜现在在公司也是有事要做的。那就是想办法逗着肖嘉宝玩：

　　在肖嘉宝整理报表时，沐安澜在蓝语与林宁浩写着"总裁好恶心肉麻"的目光里，一直盯着肖嘉宝看，誓要看得她不自在躲开或者随手拿起什么砸过来为止。

　　或者早早地订好午餐拉着肖嘉宝去吃，虽然肖嘉宝总是在一边工作一边吃饭，但为她切牛排的沐大总裁切得十分高兴。

　　想当然，沐安澜的这种露骨表现，在"肖特助很凶经常揍总裁""总裁和肖特助在一起了，听说还同居了"之类的沐氏内部流言里，肖嘉宝和沐安澜已经"搞"在一起，并且沐安澜死心塌地拜倒在从不穿裙子的肖嘉宝的西装裤下的"事实"算是坐定了。

　　肖嘉宝做事很有能力，这一点是沐氏上下有目共睹的。

　　她来之后，总裁按时上班亲睦部下，最重要的总裁办公室做出来的任何计划与决定都在向好的方向发展，股东们的季度分红一直在涨。

　　但是，肖嘉宝也很让人忌惮。

　　因为她的态度实在很嚣张，不但公然在会议上驳斥沐慧之副总裁的意见，还揪住几个高级主管的小尾巴不放，杀鸡儆猴立总裁的威严。

　　更过分的是，她根本不把公司早已存在的派系放在眼里，想惹谁就惹谁，根本不给面子，吓得沐氏内部手底稍微有点儿不干净或者靠关系进来没什么成绩的主管远远看到肖特助就赶紧绕着走。

　　也有好事的人私下去找沐安澜告过肖嘉宝的状。据说，总裁是这样回答的：

　　"你还记得两个月前我的脸为什么受伤吗？"

　　"肖特助我都不敢惹，你居然去惹她，你是想离开沐氏吗？"

　　更过分的是，沐总裁对着拍案而起指责肖嘉宝以下犯上不尊敬公司元老的几个老股东，他回答得也很干脆："我惯的，有意见吗？"

这，肖嘉宝哪里是助理？简直是女王好吗？

但最令沐安岩与沐慧之一派不安的，并不是总裁与特助这样"乱来"。因为按照常理来说，他们越乱来，情势对自己这一方就越有利。

最令沐安岩头痛的，是肖嘉宝嚣张是嚣张，沐安澜昏庸是昏庸，但他们应该做的事情，不管是投标案还是计划书，抑或是之前差点烂尾的工程项目，都一个接一个漂亮地完成了。外头已经有风声在说，沐氏的空降总裁，并非等闲之辈。

沐安岩很确定也很明白，肖嘉宝很难对付，沐安澜更不可轻视，他必须要采取措施了。

下班之前，沐安岩给肖嘉宝打了电话："肖小姐，今天有空与我约会吗？"

肖嘉宝刚想说没有，电话被沐安澜夺了过去："只要是与你约会，她都没有空。"

沐安岩没生气，反而笑了："那么总裁有空吗？女士们没有空，我约总裁去打球也一样。林公子他们约我打球，我说要带上你，他说总裁你只玩有意思的，让我准备交钱加入 Game 俱乐部一起玩车。钱我已经交了，总裁咱们来玩一局？其实我也很喜欢玩车。"沐安岩很直白地利诱。他当然知道沐安澜一回国就与各家公子打得火热，并且将赛车俱乐部的奖金额度提高玩赛车的事情。知道他极度着迷玩车，当然也知道他在玩车方面花销极大。

但沐安岩不明白的是，为何沐安澜不管玩什么都喜欢收高额会员费并且设置高额奖金？而且奖金都是现金。公子圈里都说沐安澜像暴发户一样喜欢现金，为何？也许是之前孤儿寡母在国外穷怕了？又或者沐安澜真如外界所说的那样热爱现金？看沐安澜挥金如土的架势，有时候又真不像是拜金的样子。但是也有一种可能，因为花钱厉害，所以才需要很多现金。

沐安岩曾很仔细地调查过沐安澜的经济状况，发现他的名下，除了一些奇怪的收藏，还有洛杉矶和纽约的两处房产，以及在华尔街证券交易处工作过的一些薪水收入，便是国内他父亲留给他的股权与房产，算一算，也不会很多。

沐安岩不喜欢与公子们吃喝玩乐，但是为了交际与关系，他也不会假装清高，所以偶尔也会加入。

"一听你就是有备而来，我怎么知道不是陷阱？"沐安澜从不曾轻看他这位堂兄，"我是想要俱乐部的冠军奖金没错，但如果我知道结果会输给你，这样的比赛我为什么要去玩？"

"总裁对自己的车技这么没有信心吗？你要去的话，肖小姐应该会一起吧，既然肖小姐也在，我自然更想赢你。不过，你不想去就算了。"沐安岩以退为进，"肖小姐今天也加班吗？等我赢了给肖小姐送夜宵。"

电话开的是免提，沐安澜与沐安岩的对话肖嘉宝听得一清二楚，只是她忙得很，无暇顾及这两人的你来我往。这会儿肖嘉宝终于收拾好了回家做的东西，她站起来准备走，很冷静地对着沐安澜说了一句："总裁与总经理想去就去吧，不必用我做挡箭牌。我先走一步，你们随意就好。"

电话那边，沐安岩"扑哧"一声笑了。而站在肖嘉宝面前的沐安澜忽然伸手按在墙上拦住了肖嘉宝要走的脚步："谁告诉你可以如此敷衍总裁的？"

他用手臂与身体的优势将肖嘉宝困在墙壁与自己之间，他离她很近，近得可以看清楚她最近因为忙碌而无法保证足够睡眠而出现在眼底下的淡淡青影，还有她没有用睫毛膏却浓密而干净挺直的睫毛，还有眼皮细白的皮肤下似隐约跳动的微细血管，嗯，从这个角度看她，好像特别不一样……

面对沐安澜的暧昧，肖嘉宝像过去这些天来一样，既没躲闪更没惊慌。并不是她对于沐安澜这段时间以来似是而非的"追求"攻势妥协，也不是她真的忙得懒得理会他，而是她时刻提醒自己要以忙为借口，不能掉进他为她织的网里。

在她这个角度，能很清楚地扫视到办公室里的另外两个助理林宁浩和蓝语看了这边一眼，然后一脸"总裁又在找打了"的表情，低下头去继续忙自己的事情。

唉，连助理都知道的事情，怎么沐安澜就是不长记性呢？

"总裁今天是喜欢柔道还是跆拳道？"肖嘉宝没有抬眼看沐安澜，不是不想，是没敢。她装作一边确认手里文件的数目一边淡淡地问。

"都不喜欢又怎样？"沐安澜笑嘻嘻地答，身体却进入戒备状态，他当然明白喜欢柔道就是过肩摔，喜欢跆拳道就是侧身横踢，但两种都太凶残，而且肖嘉宝一定会做得很彻底，所以他都不喜欢。但是经验告诉他，他最喜欢的动作肖嘉宝又一定不会做。

"这样。"沐安澜逼近的气息让肖嘉宝无所适从，为掩饰慌乱，肖嘉宝瞬间握紧拳头，爆发性出力地给沐安澜的肚子来了一拳。顿时，连27楼的沐安岩都通过没有挂上的免提听到了沐安澜闷哼的声音。沐安岩嘴角的微笑不由扩大，但随即表情又重归了凝重：敌人再有趣，也是敌人。

林宁浩是最后一个离开总裁办公室的，在肖嘉宝的带领下，虽然这并不是他的理想，但也渐渐适应了办公室工作。正在路边等出租车的时候，一辆黑色的奔驰越野慢慢地开了过去，车窗打开，沐安岩的脸上笑容很淡，也很熟悉："浩子，

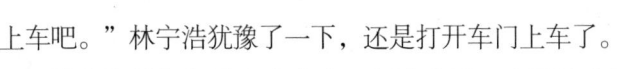

第十章 避开他织的网

上车吧。"林宁浩犹豫了一下,还是打开车门上车了。

沐安澜是想与沐安岩来上一场比赛的,多了沐安岩入会,说明奖金又高了。但他不得不放弃。今天其实他很忙,实在没有空去玩。沐影那里有很多工作需要他亲自去处理。

自从肖嘉宝搬到他家之后,他再没让沐影到家里来了,每次视频会议不能处理的工作都是他去找沐影处理,而且很多肖嘉宝在推进的公司计划与项目,需要他暗地里"推波助澜",所以,沐安澜的每一天其实也并不比肖嘉宝轻松。

和沐影开完了工作会议,沐安澜想着回去看看肖嘉宝是不是还没睡,马上就要走。临走时却忽然想起什么,回头吩咐沐影:"去查下她家是不是还有什么亲人。至于线索嘛,从上次那个不肯搬走的陈老太太开始吧。不要惊动任何人。"

"是。"沐影答应得干脆利落,心里却哭成了泪海:少爷,你真当我是万能的吗?

沐影觉得自己最近这三年来过得十分悲催,本来他身为沐家家主才知道的沐家暗卫首领,他的祖上甚至他的父亲,从来都是练好一身功夫就OK,因为他们从前就是保护主人安危,最多跑跑腿送个信儿什么的侍卫呀,当然功夫好就行了。

但在他跟了沐安澜之后,他几乎被沐安澜整废了,所有以前不曾出面的暗卫都被安排进了沐安澜让他开的保全公司或者投资公司里,成了各式蓝领或者白领,或者是更专业技术领域里的精英。沐安澜强硬要求每个人都在最快时间内以最好的成绩读完MBA,并且正式参加社会工作,安排社会身份,否则就将他踢出沐家暗卫队伍。忠诚是暗卫们一出生就被注入血液里的信念呀,沐安澜都这么说了,谁敢不去干?说起来,自从跟了沐安澜之后,暗卫里上上下下就再没过过好日子了。

2

这几年来,沐影领着已经变身社会精英的暗卫们日夜奋战在商场,为的就是妥善运营沐安澜交给他们的巨额财富,还得兼职帮沐安澜去解决明面不能解决的一些"麻烦",帮助推进沐氏总裁室的各种计划与项目。每一个人每一天都忙得不可开交。

虽然沐安澜有坐镇指挥,但让一向只做暗卫的他们使出浑身解数去做生意做投资而且必须赚钱,真是没把沐影难为死,三年多来这一千多天走的每一步说起来都是一把泪好吗?

"没事,放手去做。尽量处理好,有什么我会担着。"沐安澜看出来沐影的抗议,便安慰了一句。

"少爷追求意中人这件事情，是不是不应该假手于人？"换作三年前，还是老式暗卫的沐影绝对不敢开主人的玩笑。但与沐安澜相处的这些日子，他越来越喜欢这个将他们这一群眼看就要落后时代的暗卫们训练成社会精英的少主人。

"身为暗卫，不是应该帮我解决除了洞房之外的所有事情吗？"沐安澜回答得理所当然。

"……是。"沐影没话了。认命吧，暗卫现在不再是单纯的暗卫了，连开投资公司赚钱这种事情都能干得出来，调查一下少主人的意中人的背景自然也能做。

沐安澜伸手拍拍暗影的肩膀安慰道："你看，不逼你们一把，你们就永远只能装作普通人，空有一身本领没处使，现在不是很好吗？赚钱娶媳妇过日子，而不是结婚都是为了有后代继承暗卫职务。新时代要有新开始哦。"

好是好，但是……算了，还是听少爷的吧，毕竟也没有什么坏处。

安排好了一切，沐安澜愉快地开着跑车去买好吃的回家"追求"女王式助理肖嘉宝去了。

沐安澜进门的时候，肖嘉宝正在为自己是不是洗个头再睡这件事情犹豫。连日来紧密的工作安排，让她近一个月以来每天的睡眠时间平均只有不到五个小时。特别是今天，她的身体似乎累得到达极限了。如果洗了头不吹干再睡明天头痛是必定的，但明天还有更多的工作等着她，可她貌似已经三天没洗头了，她自己都有点儿嫌弃自己了，一想到今天沐安澜居然还离自己那么近，不知道有没有闻到她头发上的味儿，算了还是洗吧，但是好累……

沐安澜一进门就看到肖嘉宝站在浴室前发呆，他愣了一下，随即笑了：这是女金刚已经累呆了的样子吗？

"肖嘉宝，你干吗？"沐安澜问得出其不意。

"要洗头，好烦。"肖嘉宝答得有点晕乎，答完之后她像没看到沐安澜一样进了浴室，沐安澜看着关上的浴室门，脸上的笑容慢慢地扩大：累晕了的肖嘉宝居然会像小女生一样说洗头好烦，真是萌到爆。

沐安澜大总裁笑得很傻，完全放任自己的心被肖嘉宝的呆样给萌得酥掉。

肖嘉宝从浴室里出来的时候，沐安澜拿着吹风机坐在沙发上等着她："有工作问题要问你，你过来，一边吹头发一边讲。"他没直接说我帮你吹头发你睡吧，因为他知道，如果那样说，肖嘉宝眼神都不会给他一个就自己回房去了。

肖嘉宝走过去想接过他手里的吹风机，沐安澜却站起来拍拍沙发背："你坐，我给你边吹边讲。"

肖嘉宝看了沐安澜一眼，那眼神分明在说："别玩花样，小心被揍。"沐安澜摊手耸肩，一副我很认真要谈工作的样子。

肖嘉宝坐下后，沐安澜还真正儿八经地打开吹风机给她吹头发，而且一边吹一边有一搭没一搭地讲公事。

肖嘉宝几乎在头靠着沙发背的一分钟之内就睡着了。沐安澜将吹风机的声音调到最低，轻轻地拉过来一只脚凳坐下，继续给她吹头发。吹着吹着，他的眼睛就没法儿固定在肖嘉宝的头发上了。

肖嘉宝的额头饱满而光滑，眉目十分俊俏，带着英气，高挺的鼻梁下是她的嘴唇，不是那种性感的厚嘴唇，但是唇形完美，唇色是淡粉色的，唇纹细密，看起来很柔软，不知道亲起来怎么样……他现在如果偷个香，应该不会被发现吧？被发现会怎样？挨揍？又不是没被揍过……

"肖嘉宝？"肖嘉宝的短发很快就吹干了，沐安澜的手指离开的时候，轻触过她的脸颊，皮肤微凉，有花瓣一样的触感。沐安澜轻声叫着肖嘉宝的名字，心里有一个小魔鬼在叫喊着："亲一下！就一下！"

沐安澜心里正天人交战着，肖嘉宝却似忽然半醒过来那般坐直，随后又软了下去，整个人躺入了沙发后，换了个舒服的姿势继续睡去了。

沐安澜眼睁睁地看着刚才如此理想的偷香位置，如此好的机会都没能珍惜利用，他一脸的懊悔，认命地起身回房去拿了一条毯子出来。走近想给肖嘉宝盖上的时候，他忽然又露出了一个坏坏的微笑。

第二天一早，肖嘉宝是被一种特殊的动静给"吵醒"的。

当她凭着本能在睁开眼睛的瞬间，她迅速离开被她当成枕头枕了一晚的沐安澜的大腿，像一只敏捷的豹一样快速坐了起来。之后，她瞪着眼睛看着刚刚自己枕着的大腿，恨不得挖个洞钻进去，又恨不得捏死沐安澜，并将他挫骨扬灰，让他彻底消失在这个地球上……

沐安澜在旖旎的梦中被肖嘉宝狠狠地砸向他怀里，准确一点儿说是砸向他下半身的毯子砸醒了，而砸他的肖嘉宝只留给他一个快速消失在客房门口的背影。

沐安澜愣了半秒，想到肖嘉宝醒来发现自己枕着他大腿的样子，到底没忍住，忽然哈哈大笑起来。

这天一起出门去上班的时候，肖嘉宝的脸只能用千年寒冰来形容。但沐安澜一直在笑，而且笑得像只偷了腥的猫，即使在电梯门关上的时候，肖嘉宝没忍住狠狠地屈起手肘给了他的肚子一记，他还是笑得很欢："肖嘉宝，昨晚是你自己躺到我腿上的，我在沙发上坐着睡也很委屈的。"

沐安澜不提还好，提了的结果就是，他从电梯里出来的时候，腰是痛得弯着的。沐安澜捂着自己的大腿，脸抽搐着想：肖嘉宝这回竟然像个女人一样狠狠掐了他的大腿，只是力道大到想哭……

总裁办公室今天一天的晴雨表是：总裁的心情很好，肖特助的心情超级差。

因为肖特助心情很差，并且有"别的工作"，所以，原本定好由肖特助陪同的为期两天的小岛屿梁村岛开发项目视察，沐安澜只能带着林宁浩去了。

沐安澜有些不甘愿，但还是按时出发了。

而沐安澜一离开公司，沐总经理便拿着大堆工作到总裁办公室与肖特助商讨，连午餐和晚餐时间都在一起讨论工作中度过，下班的时候，总经理又亲自开车送肖特助离开了公司。

公司内部论坛开放了言论的后果便是，高层们的私生活传闻十分丰富，在有意者的利用下，一些消息也以八卦的形式出现，比如说，在一条"沐氏历任总裁记"的帖子里，上上上任总裁曾把手里的股权分散奖赏给有功员工，使得现任总裁手里的股份持有权不足百分之二的消息传了出来。

这当然是对沐安澜十分不利的消息，而肖嘉宝自然也知道这是谁做的动作。

不过，肖嘉宝也能理解沐安岩的做法，一山不容二虎，要打击对手，自然不能手软。换作她自己，手里若有这样厉害的牌，恐怕还要打得更狠绝一些。

第二天上班的时候，肖嘉宝与沐安岩在电梯里相遇，肖嘉宝点头先打招呼："总经理早。"

"肖小姐早。"沐安岩脸上笑意很浓，眼睛里的寒意却深了一分：肖嘉宝看起来非但没有慌张，反而像早就知道他会把股权持有这个消息放出去的样子，难道她已经做好准备了？

"肖小姐真的不考虑我吗？"沐安岩语气很真诚，"我非常需要一位像肖小姐这样出色的妻子。"

"总经理的前女友卢小姐也十分出色。"肖嘉宝神色淡然地抛出了一枚小炸弹。沐安岩真的以为他在美国与卢赫拉曾是情侣这件事情没人知道吗？不尽然。只是不知道他们为何分手而已。不过不管他们为何分手，沐氏是沐安澜的，谁也不能抢。沐安岩想抢，要么他有强抢的能力，要么就会被她赶出沐氏。而且，她已经替他想好了去处，做卢氏的上门女婿最好。想必卢赫拉十分欢迎。沐安澜不愿与卢赫拉联姻，那么将抢位置的堂兄嫁给卢氏也是一样的。

"肖小姐这是在吃醋吗？"沐安岩愣了一瞬，又恢复了笑容，"我不知道肖小姐调查了我过往的恋情，抱歉没有亲自告诉你。"

"我要吃醋，你信吗？"肖嘉宝神色未变，随着27楼的电梯门的打开很有风度地伸手为沐安岩挡了一下电梯门，"27楼到了，总经理再见。"

"谢谢。"沐安岩走出电梯，又回过头对着电梯里的肖嘉宝笑，"如果我说我信呢？"

肖嘉宝没有回答，她的眼神带着讥讽，看着沐安岩的表情只差写着"总经理的自信太可笑"的字样了。

电梯门关上的瞬间，沐安岩的脸就黑了下去。

下午快下班的时候，超级台风忽然转向袭击了梁村岛，并使之通信全停的消息，几乎把整个沐氏炸开了：总裁还在岛上呢！

通往梁村岛的海上公路还在修建，除了直升机，其他交通方式都很危险。但其实直升机也很危险，因为台风刚消停了一会儿，谁也不知道它会不会去而复返，也不知道海上到底是什么情况。

七点半，已经离开公司回沐安澜家的肖嘉宝已经看不进去手里的任何一页文件了。

不行，必须去看看。要不然租架军用直升机？

3

肖嘉宝用五分钟收拾好东西打开门的时候，就看到了站在门外的沐影，自己一定见过这个人的感觉让肖嘉宝微眯起了眼睛，整个人都散发着危险的气息。

沐影也明白，肖嘉宝用感觉认出自己了："肖小姐你好。我是沐影，是总裁的朋友。"说自己是总裁的朋友的时候，沐影还有点儿不自然，他心里自然是将沐安澜当成最好的朋友的，只是说出来，这还是第一次。

"沐影？"肖嘉宝重复了一次这个名字，瞬间她似乎明白了一些什么，十年前自己根本没有现在这样的身手，有好几次沐安澜出现危险的时候，似乎都有人暗中相助。想来，像沐家这样的百年大家族，有几个忠诚的家族侍卫，也并不奇怪："我需要直升机。"

"已经找了，但是驾驶员不太熟练。"训练手下除了开车之外的其他驾驶技能是去年才开始的，有些晚了。沐影暗暗下决心，一定要努力赚更多的钱，务必让手下将所有的现代科技技能全部掌握。

"我也会一些。走吧。"沐影一句"不太熟练",让肖嘉宝选择了完全相信他。如果不是对沐安澜心怀关切,他不会在意飞机驾驶员技术是否熟练。

梁村岛上,沐安澜盯着一直在跑肚子上卫生间的林宁浩,心里很烦躁。他觉得自己可能错过了一些什么,所以才导致了现在被困在这里的情况。

昨天早上一切都还好,不管是行程安排还是其他情况,都有条不紊,但从昨天下午开始,林宁浩就明显是在拖行程,岛上的负责人也似乎在配合他。原本沐安澜想一天完成的工作,生生被安排成了三天。

最糟糕的情况是,天亮的时候,原本天气预报离梁村岛五十公里的超级台风忽然转向,几乎正面袭击了梁村岛。海浪高得把所有的船都推到了岸上,之后,通信开始断掉,再然后,连电也停了。下午,林宁浩病了,上吐下泻发高烧。更糟糕的是,沐安澜也开始发烧与呕吐了。岛上原本的医疗条件不好,沐氏的医院还只是个地基,岛上的工程负责人冒着风雨给两个人带回了药,但显然效果甚微。到傍晚的时候,林宁浩倒是好些了,但沐安澜高热不退,几乎陷入了半昏迷状态。

飞往梁村岛的直升机上,肖嘉宝坐在驾驶舱的位置,原本的飞行驾驶员坐在副驾驶的位置上,一脸崇拜地看着肖嘉宝。他叫沐阳,是一个刚学会驾驶飞机几个月的暗卫,一个眉目清秀的小伙子。他从小习武,也见过不少帅气的女孩,暗卫里就有几个是女的,但从来没见过像肖嘉宝这样,天生好似就有着一种浑然天成的气质。

沐影坐在后座,神色凝重。他在后悔听沐安澜的话,没有派几个暗卫跟着他上岛。这是个教训,以后无论如何,人手再不够,少爷再反对,多派一个人跟着也是必须的。不管他们现在在做什么,不能忘记了他们原本就是保护沐家主人的暗卫。

"沐影,趁现在还有信号,确保岸上的信号灯持续到天亮。岛上离岸超过五十公里,夜晚更容易失去航向。"肖嘉宝条理分明地开始吩咐沐影做事,沐阳也赶紧打开信号协助,在这茫茫大海,又是暗夜,有个万一,后果真是不堪设想。

"岛上有信号灯,前方两点钟方向。"似乎察觉到了沐阳的不安,肖嘉宝又多说了一句。沐阳一颗悬着的心放了下去,用感激的眼神看着肖嘉宝。

"谁想要沐安澜死?"肖嘉宝问这个问题的时候一点儿也没有犹豫。从她认识沐安澜开始,沐安澜就已经懂得不少避开危险的技能了。而且据她估计,沐安澜右耳完全失聪以及治疗之前严重的水体恐惧症,应该都不是巧合造成的。这些

第十章 避开他织的网

年来，她很确定沐安澜经常会遭遇危险的情况，大多安排得很像是意外，但后来她也渐渐明白了，那并非偶然。大概也是梁晚欢刻意训练她各种技能并要求她确保沐安澜安全的起因吧。但是梁晚欢从来没有说起过是谁想要沐安澜的命，沐安澜自己自然也没有说过，他们原本交流……并不多。

"老太爷有一位异母弟弟，是一位陪酒女所生。因为老太爷不太喜欢他，十二岁成为孤儿后才接回了沐家。"沐影不好讲主人的是非，斟词酌句着，又加了一句，"三老爷比老爷年少五岁，曾与夫人在同一所学校念书。似对夫人有一些误会。"

同样的话，沐影也曾被沐安澜问过："我三叔为什么想让我死？"

沐影当时的回答和现在差不多。沐军之深恋梁晚欢，认为沐彦之横刀夺爱，加上沐军之的性格阴郁，爱念成了执念，执念又成了杀意。

"他人呢？"沐军之现在何处，这一点非常重要。

"现在在牢里，我们找到了他策划老爷海上意外事故的证据，判了九年。"沐影答完后，心里生出了一个念头，咦，我为什么对肖小姐比对少爷还尊敬？之后又觉得理所当然，住在少爷家里的女人，肯定对于少爷的意义不一般呀。

据他所知，少爷到现在还没有让哪一个女人进过他的家，少爷回国这么久，虽然总有与某女星之类交往的消息，但只有他们这些暗卫知道，私底下的少爷根本连她们的手都不碰。

没错。肖小姐肯定是不一样的。少爷以前工作完了还会和他们吃喝玩乐，现在没有必要工作不出现，必要工作做完就跑。而且，被肖小姐揍得那么惨还能笑得那么开心也是没谁了。说少爷对肖小姐没什么，谁信？

肖嘉宝不知道沐影心里早已演过了一个爱情故事，她沉吟一会儿，很郑重地说了一句："让人盯着监狱那边。有什么变动请立即通知我。"那么多年执着于让沐安澜"意外身亡"的人，会因为坐牢而轻易放弃就怪了。

"还有一件事，不知道肖小姐是否知道。林宁浩与安岩大少爷是表亲。"沐影说起这一点，自己心里也是一惊，"前些天，我们的人看到他上了安岩大少爷的车。"

说完这一句之后，原本气质同样清冷的沐影生生地被肖嘉宝身上散发出来的寒意给冻得打了个寒战：肖小姐生气了！

肖嘉宝没再说话，她面色冰冷地操控飞机飞往目的地，心里闪过一句话："林宁浩，你敢让沐安澜有个三长两短，你就等着死吧。"

天太黑，台风的破坏力也太强，肖嘉宝几乎绕岛飞了一周才找到了可以降落的地方。之后她让沐阳提高警惕，守着飞机，她和沐影去找沐安澜。所幸她降落的地点离沐安澜住的地方并不远，她和沐影身手都不错，很快就到了。

大楼里守夜的老保安几乎被一身黑更兼一身杀气进门的肖嘉宝吓了一跳，幸好肖嘉宝拿出了工作牌："我是总公司的总裁特别助理肖嘉宝，总裁呢？"

"肖小姐！总裁在楼上！"负责人到总公司开过会，自然认得肖嘉宝，看到她赶紧迎了过来，"总裁和林助理昨天淋了雨，现在都病倒了。"

"嗯。"肖嘉宝看着负责人讨好的脸，心里闪过一丝疑惑：沐安澜那样有健身习惯一向健康的人淋个雨就会生病？

半个小时之后，烧得有些昏沉的沐安澜在直升机上醒了过来，他先看到了沐影，随后一眼就看出来驾驶飞机的人是肖嘉宝，头还痛得很，浑身似乎也十分难受，但是他心安至极地开起了玩笑："肖嘉宝你看，我当初让你去考飞机驾驶执照，就是为了今天来着。嗯，我很佩服自己的先见之明。"

是海鲜有问题引起的食物中毒，沐安澜与林宁浩的程度相似，但沐安澜的体质好些，所以反应也轻一些。

在医院里，沐安澜与肖嘉宝似有默契般点头认同了医生的话，并且都没有出声追究为何只有他们两人食物中毒了。

所幸中毒程度不算严重，沐安澜与林宁浩都是在医院待了一个晚上之后就回家休息了。肖嘉宝特意对林宁浩说，让他休假一周再来上班。

一周之后，恢复上班的林宁浩发现肖特助对自己的态度好像不太一样了。安排的工作仍然一样，但林宁浩能很明显地感觉到自己在肖嘉宝那里的信任度降低了许多。

沐安澜这边还好，看不出来有什么。总裁办公室里每天仍然在上演总裁一直在挑逗肖特助，但是肖特助根本不想理总裁的各种戏码。其中还因为总经理好像也对肖特助有意思，经常往总裁办公室跑，而让总裁办公室里的每一天都精彩万分。

但三天过去之后，林宁浩明白了，不管肖嘉宝和沐安澜是否相信梁村岛上的事情真的只是意外，自己都到应该做出选择的时候了。

林宁浩是母亲抛弃家人与父亲私奔组建家庭之后出生的孩子，小的时候，家里十分穷困。后来，他的姨妈，沐安岩的母亲知道了他们的地址，便叫沐安岩偶尔送些钱过来，慢慢地，家里的情况才好了起来。父亲出国，林宁浩和母亲作为陪读也出去了。走的时候，林宁浩十五岁，还没有长开。在国外的时候，林宁浩也曾与沐安岩有联系，但只是很单纯的表亲联系，他从来没有想过其他。更没料到，他成年后因为一些巧合成为沐安澜的助理，之后还进了沐氏。

林宁浩的父母在国外也并非富人，他自己想要的一切以及生活所需，在成年后都需要自己独立奋斗获得。

他并不想卷入沐安岩与沐安澜之间的争斗中，但现在的情况似乎又让他根本没得选，表哥有恩于自己，感情虽不浓，但不能说没有。可是沐安澜虽然并不是什么好得不得了的上司，但对他也算有情有义，前年父母先后做手术，沐安澜不管是经济上还是其他方面都帮了他很多。

林宁浩特意等肖嘉宝一起下班："肖特助，一起去喝一杯。"

"喝一杯就不必了，但有事可以说。"肖嘉宝也并不拒绝，这些天，她就是给林宁浩选择的时间来着。她是需要人手，但绝不需要三心二意的人手。

"我妈妈，其实不算是林家人了。"林宁浩说的是实话，母亲一度病得严重时，想见一见外公外婆，被冷酷拒绝。

"我只关心你是站在哪一边的人，一仆二主是危险的。"肖嘉宝也没打算掩饰，沐安澜与沐安岩为了沐氏，都会使尽全力。如果林宁浩动摇，那么她宁愿放弃他。助理可以再招一个，但是，有二心的人她决不留。

Chapter 11 第十一章
她残酷的原因

一个女人对你残酷,只有两个原因,一是她根本不爱你,二是她怕被你伤害。

1

"三年前我的父亲做了心脏手术，几乎同时母亲也需要切除肝部的恶性肿瘤。我的父亲是很普通的学者，母亲没有工作，当时我21岁，自己辍学去做经纪人，很艰难。"林宁浩从没与人说过自己的事，现在为了给肖嘉宝解释才说了出来，"我的父母亲为了爱情在一起，经济上他们一直比较困窘，小的时候，是总经理帮了我们。三年前，是总裁帮了我们。"

"所以……"肖嘉宝大概明白林宁浩要说什么了。但是人之所以要选择立场，是因为每个人都是从自己的角度出发去思考行事。在沐安澜这里，为了父亲，为了沐家，也为了他自己，完全掌握沐氏是必需的，也是唯一的，但站在沐安岩的角度，在沐安澜未曾出现的几十年里，沐氏一直是他为之努力的目标，他也并没有错。在林宁浩这里，不管是沐安澜还是沐安岩，都有恩情。他都想还，但是也都不想伤害任何一方。当然，肖嘉宝理解了这些，并不代表她就允许沐安澜的利益受损。所以她还是需要林宁浩做出抉择。

"做完这周，我手上的工作完成之后，我会辞职。"林宁浩也想坚持中立，但这似乎比他想象中要艰难许多。比如这一次被困事件，即使是诸多巧合造成的，敏锐如肖嘉宝便已经洞悉一切般逼得他来坦白。

"我尊重你的选择，谢谢。"肖嘉宝并没有打算挽留。她非常明白，有时候过多的仁慈会给将来的事态带来难以处理的后果。当然，她的谢谢也是真心的，毕竟林宁浩选择的是坦白，而不是站到沐安岩的身边去。

沐安澜收到林宁浩的辞职信也并没有多加挽留，只说了一句："混不下去还可以回来。"林宁浩点头扯了一个微笑："还真有可能混不下去会回头。"

林宁浩收拾东西的时候，蓝语神情恍惚难掩失落，肖嘉宝让她通知财务给林宁浩支半年的薪水，还给了她几个人的联系方式让她交给林宁浩，摆明就是已经看出来了她与林宁浩之间的情愫。

午餐时间蓝语去泡咖啡的时候，眼睛是红肿的。肖嘉宝给咖啡机加咖啡豆，只看了蓝语一眼："他若是心里有你，走多远都会回来。"

"嗯。"蓝语情绪很低落，失了往日的灵巧，心里的话也不经意坦露出来，"要是能像你和总裁一样，就好了。"

肖嘉宝的动作因她的话似有短暂的一滞，内心凛然，随即伤感轻轻漫开，但她很快恢复了平静，继续煮咖啡："我与总裁没有你想象的那样复杂感人。"

"可是总裁对你很明显呀，他看你都是恋爱中的男人的眼神。"蓝语经肖嘉宝的授意，负责在公司内部论坛上发总裁的帖子，塑造总裁的正面形象，她拍了不少总裁与肖特助平时工作的照片上传，每一张照片都是恋爱偶像片的感觉呀，"唉，我什么时候能像肖特助一样令男人着迷就好了。"

令男人着迷？肖嘉宝从来不曾考虑过这件事情。对于男人，肖嘉宝觉得只去了解揣摩沐安澜一个就已经很艰难了，其他男人根本不值得花时间去研究，甚至是应对。至于恋爱的眼神？蓝语这样的小孩子，大概是忘记了沐安澜是世界排名靠前的男模，她不知道沐安澜到底多会演戏。

"蓝助理，你入戏太深了。"肖嘉宝往杯子里加好糖和奶，神情淡然，没有任何变化，令蓝语好生佩服：肖特助真是太有定力了，连总裁那样的男人都能抵挡得住。

肖嘉宝的心里却在苦笑。

这么多年，她唯一了解沐安澜的，就是他这个人从不按常理出牌，从来都是想起一出是一出。

肖嘉宝刚认识沐安澜的时候，觉得他遭遇的状况还挺多，而且导致了右耳失聪、心理恐惧之类这些身体上不可逆的伤害，虽然不喜欢他的高傲与自恋，但心里到底还是对他有些同情。因此对他总是对自己讽刺挖苦加言语攻击甚至伤害，肖嘉宝都忍了，觉得这孩子大概被父亲抛弃，又受到了伤害，所以由他去吧。

只是她那个时候，还不知道从不轻易妥协的自己，为何唯独对沐安澜特别忍让。

到美国的第三个月，肖嘉宝还在学习英文，没有入学，而沐安澜在放学路上被一辆车撞入路边的一条河里，那时候他的水体恐惧症已经日渐严重，差一点儿就丢了小命。那天沐安澜醒过来的时候，一向坚强的梁小姐都崩溃失控地哭了，他却强撑着给梁小姐说笑话哄她。肖嘉宝在那一刻真正觉得自己的心对沐安澜是特别的。特别容易被他感染。因为他而特别柔软。

但沐安澜从来都是不可知的，难以捉摸的。

肖嘉宝十六岁生日，忽然收到了一大捧鲜花，是金橙色的玫瑰，一共七十一朵。沐安澜送的，里面是道歉的卡片。很简单，只写了一个 sorry。没有其他任何话语。肖嘉宝以为那是两个人恢复关系的标志，第二天给沐安澜做了午餐便当做谢礼。午餐的时候，她很凑巧地看到沐安澜很随意地将便当给了一个追求他的女生。那个女生问沐安澜："听说肖嘉宝住在你家？"沐安澜是这样回答的："嗯。一直赖在我家骗吃骗喝呢。"

少女的心被那句淡淡的轻视的话打击得碎裂开来，再也难以拼凑完整。

后来罗比对肖嘉宝一见钟情，开始各种追求示好。沐安澜那时候处处针对罗比，罗比说沐安澜像是在吃醋。连肖嘉宝也曾经以为是。但是，沐安澜亲自否认了：你会喜欢一个赖在你家多年骗吃骗喝的男人婆吗？

　　不承认不行呀。肖嘉宝直到今天，仍然很清楚地记得当时自己少得可怜的少女心被沐安澜有意无意直接间接地打碎了多少次。

　　不过也好。现在她这颗碎成了粉末再用冷漠拼凑好的心，就像混凝土一样，刚强坚硬了许多。

　　她再也不会被他迷惑并且心碎了。

　　"去哪儿？"这天下午，沐安澜借口出外勤去新开的电商一体商场视察，把肖嘉宝拉上了他的车。但上路之后，肖嘉宝便发现方向不对。不过她已经习惯了总裁大人说起一出是一出的调性，便也没大惊小怪，只是挑挑眉淡淡地问了一声。

　　"有个老太太会做特别好吃的点心，但她说我带女朋友去才给我吃。"沐安澜的回答一听就很不靠谱，肖嘉宝低头继续专注于手里的文件，没有做出任何回应。

　　沐安澜看了她一眼，心里不禁叹息了一声。肖嘉宝的好与坏都在这里，她做事果敢，有时候甚至有些专横，在男女情事或者说在对待男人追求她的这件事情上，她从不矫情，她不拒绝与你在一起，仿佛只是工作中的一种顺便，只是她懒得做出回应，而就算她不回应你，你也不会觉得那就是她的妥协与接受。她能很明确地让你知道，她的懒于多说并不是妥协，而是无法逾越的拒绝。

　　"有些你不方便做的事情，可以交给沐影去做。"肖嘉宝在飞机上问沐影的那些话，沐影当天就一字不漏地报告给了沐安澜，沐安澜很高兴肖嘉宝在关心自己，但也很郁闷地知道，她关心自己只不过是因为她想要完成她与梁小姐的契约。

　　真是个顽固的女人呀。他明明告诉她契约已销毁，她却非要像离了弦的箭一般不命中目标决不罢休。

　　但又因为她是这样顽固又特殊的女人，所以他才……

　　"肖嘉宝。"沐安澜又换上了很认真的语气，"如果我这辈子真的追不到你，我就去写一本书，叫作《身为高富帅又怎样，照样被助理甩》，如果恨我的人都去买来解气，应该销量不错吧。"

　　肖嘉宝已经完全对沐安澜一本正经开玩笑的本事免疫了，她继续看手里的文件，并且简约快速地做一些记录，淡淡的语气又冷又气得沐安澜觉得自己的心脏都要抽筋："总裁的投资眼光苍天可鉴。"

　　"肖嘉宝，这六年你是不是受到过很大的伤害？"沐安澜很认真地研究她，"所以才这么不相信男人。"

"简单一点儿说，是总裁的可信度太低。"肖嘉宝不打算再与他扯皮了，"这段时间分散股权的收购进行得不顺利，只收回了当初分出去的百分之十七，有超过一半已经卖出，查不到买家是谁，有两成的股权持有人十分强硬，我会把名单发给沐影，看他能不能解决。还有，沐影他们的信息网守旧，总裁需要让他们改善增强，甚至是专门划出一部分人来负责资讯方面的工作。"

"不如让沐影以后也听你的？"沐安澜愉快地交权，肖嘉宝实在难以搞定，他需要更多的时间与精力来对付她一个人。

"抱歉，我不姓沐。"肖嘉宝拒绝接手更多的工作，沐安澜在公司就什么都不管，事情全放在她身上了，连沐家的传统暗卫也想交给她负责，她又不是吃饱了撑的，凭什么答应？他不做点事，以后根本没能力管理沐氏的话，那她拼了命帮他把沐氏抢到手又有何用？

"你嫁给我，就姓沐了。"沐安澜脸上的笑容妖孽得像要发光，"沐肖嘉宝，嗯，很好听。"

肖嘉宝根本懒得回应他，合上手里的文件夹后靠着椅背开始闭目养神。脑海里，她继续告诫自己：肖嘉宝，撑住，别再靠近他了。

沐安澜看她一眼，再看她一眼，就像看一堵难以逾越的城墙，目光里的笑意慢慢淡去，成了不易觉察的伤感。

几乎在车停好的瞬间，肖嘉宝就睁开了眼睛。她看了车窗外一眼，认出来是沐氏上次为了留下那个钉子户连建筑设计稿都改掉的那个沐氏楼盘，有一部分已经完成，江南水乡风格，绿化全覆盖，算得上曲径通幽。

2

下了车之后，沐安澜带着肖嘉宝沿着小路往里走。拐进一道拱门后，他们到了一座似重新修饰过外墙的旧欧式小楼前。

肖嘉宝站定，沐安澜脸上的笑容有些小小的讨好："我和老太太现在是朋友。但她坚持要见我的女友才肯请我吃她做的晚饭。真是一个固执的老太太呀。"

肖嘉宝看了沐安澜一眼，目光更冷了。她根本不打算再与他交流，转身就往来路走。沐安澜赶紧跟过去伸手拉住她的手腕："肖嘉宝。"

肖嘉宝没有立即甩开他的手，只是冷冷地任由他手掌的热度透过她手腕的皮肤到达她的血液，这暖意让她的心有瞬间的柔软，但糟糕的心情让她看沐安澜的

第十一章 她残酷的原因

目光冷得要结冰："总裁认真做事很好。但是不管总裁对我的私事了解多少，都请总裁不要参与其中。"说完后她用力甩开他的手，头也不回。

"肖嘉宝，"沐安澜很无奈在后面叫她，"你的固执是遗传知道吗？"

"谢谢总裁提醒。"此刻肖嘉宝的情绪已经接近崩溃边缘了。她极为愤怒，虽然也知道这种愤怒很莫名其妙，但她就是愤怒！

因为知道这件事情的人是沐安澜，所以她特别愤怒！

她当然知道她的固执遗传自谁。

因为她的外婆曾是酒店舞女，祖母固执地不喜欢身为舞女的女儿的母亲，她的父亲为了与她的母亲在一起，结婚后便离开了肖家。父母在一起后两个人努力工作，生活小康但十分快活，只是她七岁那年母亲生病急需用钱，她与父亲走投无路，曾经回来向祖母求助。

按说肖家虽不是大富之家，但也颇有家底，可祖母十分冷酷地拒绝他们的求助。

当年她七岁，虽然不是很明白大人之间的纠葛，对于拒绝救自己母亲的人也只能痛哭。

十六岁，父亲去世前，让她不要怪责祖母，如果可以，就回国与祖母一起生活，帮他照顾好一生孤苦的母亲。

当时她答应了。

之后的一年，她在沐安澜那里遭受了很多的伤害，她有一次悄悄地回国找到祖母，站在门外等了一夜，希望能与她一起生活。但祖母拒绝了她，很残酷地说："我不会与夺走我儿子的人的女儿一起生活。"

在十七岁那年被这世界上唯一的亲人拒绝之前，肖嘉宝一直觉得人心都是柔软的。

她一直恩爱的父母自不必说，理智冷静如梁小姐，也会为了沐安澜哭，高傲冷漠如沐安澜，也会安慰母亲。

她想，这世界上，祖母就是唯一与父亲有联系的人，也是她唯一的亲人。她会很努力地变得强大，争取能很好地照顾父亲的母亲。

但现实就是这么残酷。不是你想去付出，就不会被拒绝。也不是你很介意受伤，就不会被伤害。

唯一可以保护自己的办法，就是给自己慢慢穿上冷漠的盔甲，独自在这残酷的世界上勇往直前地拼杀。

不付出心，不暴露弱点，就不会受伤。

第十一章 她残酷的原因

"肖嘉宝!"沐安澜跟出来的时候,发现肖嘉宝正好回头。正要笑,手里的车钥匙被她劈手夺去,他愣了一秒才反应过来,赶紧跟过去。

但已经迟了。肖嘉宝动作带着怒火,迅速而利落,她上车挂挡踩油门一个漂亮的甩尾,半分钟不到,就在沐安澜的视线里消失了。

沐安澜耸耸肩,只好又回头走到了绿意盎然的小楼门前,伸手按了监控电话:"陈小姐,我女朋友跑了。你要负责安慰我。"

喇叭里传来一声苍老的冷哼,但"嘀"的一声,院门还是打开了。

沐安澜看了一眼手里的花束,幸好没被肖嘉宝打碎,唉,里面那位,以及已经走的那位,都是不容易讨好的主儿呀。

沐安澜一进门便换了鞋进厨房,一手把花束递给厨房里正在炖汤的高瘦老太太,一手接过了她手里的勺子:"陈小姐今天打扮得很漂亮呀。你这是想要把我女朋友比下去吗?"

陈媛媛瞪了沐安澜一眼,将勺子交给他:"你这小子,实在太会说话。你女朋友怎么了?"

"我又惹她生气了。"沐安澜诚实地回答。

"女孩生气很容易哄呀,抱抱她亲亲她就好了。"陈媛媛找了花瓶将鲜花插上,笑着给出了主意。到底是什么样的女孩子,居然对这个如此出色的年轻男孩说甩脸就甩脸,根本不带犹豫的。和她年轻的时候有得一拼。

"还亲她呢,我得敢才行呀。陈小姐,我不怕你笑话,我连她的手都没摸着。"嗯,如果不算平时他瞅了机会强行硬拉的话,像恋人那样的十指紧扣真没有过。

"连手都没拉过你还叫人家女友?啧啧,你也不嫌丢人。"陈媛媛很不意外地给了沐安澜无情的讽刺。

她今年七十七岁了,四十年前她丈夫去世,三十年前她的儿子为了爱情决绝离家,之后她独居多年,早已成为会享受孤独的老太太。

与沐安澜这样有趣的小伙子成为朋友,对于陈媛媛来说属于意外,也算是孤独的晚年生活里的一项乐趣。

"所以才要求助于你呀。你都不知道她有多难追。"沐安澜麻利地洗菜,愉快地接受嘲笑的样子,又讨好了这位很难缠但事实上也很容易讨好的老太太。

几个月前,陈媛媛在市场遇到劫匪,沐安澜出手相救,并把她送回了家,之后坦言说他就是这处楼盘计划的负责人,从此经常到她家讨水喝,甚至强行留下吃饭。

沐安澜坚持叫她陈小姐，每次来都会送花送礼物，连她养的那条一向不喜欢陌生人的狗都对他十分友好。因为一开始的印象就不坏，沐安澜确实很会讨各个年龄段女人的欢心，慢慢地，两个人就成了忘年之交。

陈媛媛将沐安澜当成了有趣的年轻人，但只有沐安澜知道，"劫匪"是怎么回事。

他一定要记得，将那个假扮"劫匪"的倒霉暗卫外派到海外去，在陈小姐去天国之前就不要回国了。毕竟陈小姐这个人非常固执，她喜欢的就真的喜欢，不喜欢也很难改变她的看法。

"哪里有难追的女孩子？你觉得难追，一定是她觉得你的诚意不够。"陈媛媛最近在看沐安澜推荐的韩国爱情剧集，说什么让她帮助发现追求女孩的技巧，其实是知道她一个人的生活无聊给她打发时间。陈媛媛收下了他的好意，也很乐意看年轻人在电视剧里享受爱情，当然，现实中沐安澜追求女孩却屡屡失利的版本也很有看点。

"她呀，她几近无所不能你知道吗？她就是那种不管你把她丢到什么地方，她都能好好地生存并且让别人都服气的人。她又冷酷又强大又残忍，我在她面前简直丢盔弃甲，被伤得体无完肤。"沐安澜无奈地摊手，很诚实地承认了从前不曾承认的事情，"可是怎么办？我就是喜欢她。"

事实上，他最近才发现，当自己的言语跟着自己的心走的时候，生活好像就容易多了，不那么纠结了。

"你这个笨小孩。告诉你，一个女人对你残酷，只有两个原因，一是她根本不爱你，二是她怕被你伤害。像你长成这样，能抵抗得了你的女孩有多少个？我看多半是第二个原因。"陈媛媛仔细地插花，言语漫不经心，却一语中的，"啧啧，可怜呀，长得招桃花也是一种罪。"

"简直是世纪悲剧。"沐安澜同意她的观点。但是肖嘉宝真的只是因为他容易招桃花才拒绝他吗？不可能吧？在肖嘉宝眼里，他这张可称颠倒众生的脸只是他的缺点的一部分。

沐安澜从陈小姐家打包了一些点心带回家去给肖嘉宝。刚进门便听到客卧里好像有动静，似乎是肖嘉宝在哭。他面色一凛：陈小姐对于肖嘉宝的影响有那么大？

拖鞋都没来得及穿，沐安澜跑过去轻轻敲门："肖嘉宝。"

屋里的抽泣声几乎马上止住了，只剩下一些音乐声，这好像是他给陈小姐找的那些剧集里的音乐。

第十一章 她残酷的原因

"肖嘉宝?"肖嘉宝没说话,沐安澜又叫了一声,这下连音乐声都停了。

沐安澜猜不透里面是什么情况:"肖嘉宝,我进去了。"话说完他又想起了一件事,这是他家他想进去就进去呀,于是他大胆打开了门,"肖……啊!"一台平板电脑正中他的脑门,之后肖嘉宝似还带着一丝哭腔的声音冷冷地传来:"幼儿园的小朋友都知道进别人的房间需要得到别人的允许。"

平板虽然不重,但肖嘉宝的力道绝不是闹着玩的,沐安澜只觉得自己差一点儿就要被打得眼冒金星了,肖嘉宝坐在床上,眼睛确实有一点儿红。

沐安澜捡起地上的平板电脑,想刚才的音乐声应该是平板电脑里发出来的吧,一边放音乐一边哭?什么情况?

怀着好奇,沐安澜打开平板直接去看刚才的使用记录,才打开一个播放软件,刚才中断的音乐便继续响起,是某部韩剧男女主角分手的画面……

沐安澜愣了一秒,随即开始笑。他脸上的笑容越来越大,越来越大,但还没等他说什么,手里的平板电脑便被肖嘉宝夺走,人也被一股蛮力推出了门外,并且被快速关上的门撞到了肩膀。

沐安澜脸上的笑容没变,很大声地说:"肖嘉宝,你看电视剧的时候在哭,对吧?哈哈哈哈哈,肖嘉宝,开门,我肩膀借给你。哈哈哈哈。"

门内很重地响了一声,大概是平板电脑被肖嘉宝用来泄愤砸门了。

"肖嘉宝,我陪你看吧。"沐安澜忍住大笑,很好心地建议。居然在床上看韩剧看到哭,真是可爱死了!

"滚!"肖嘉宝这个"滚"字,真是咬牙切齿。羞愤在此刻攻占了她的身心,她觉得无脸见人,特别是沐安澜。

沐安澜感觉到了肖嘉宝的怒火,想起陈小姐的话,赶紧忍住好心情说:"喂,肖嘉宝,我笑不是嘲笑你,是觉得你很可爱啦。"

"砰!"

又是重物砸在门上的声音,沐安澜摸摸刚才被平板电脑砸痛的脑门,很识趣地换了话题:"你饿不?我带了点心回来。很好吃的。"

肖嘉宝没作声。不管沐安澜再说什么她都没再说话,沐安澜最后只好无趣地走了。

第二天是周末。一早,沐安澜睡了个自然醒,他看了一眼时间,确定今天不用上班之后,很愉快地起床,准备去找肖嘉宝"约会"。

客厅一切如常。沐安澜还特意去看了一眼鞋柜,以确定一向早起的肖嘉宝没

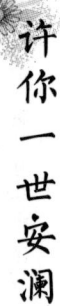

有离开卧室。

"肖嘉宝?"沐安澜去敲门,里面毫无动静。再敲,又是什么东西被扔过来砸在门后的声响。

沐安澜脸上的笑容渐渐扩大:看韩剧会哭,赖床,有床气。肖嘉宝呀肖嘉宝,你真是……可爱得很!

沐安澜拿起钱包出门,半个小时之后,他拿着蔬菜生鲜回来了。又半个小时之后,开放式的厨房开始散发诱人的食物香味,沐安澜还特意去找了客卧的钥匙,将卧室门打开,忍住了走过去抱一抱床上那团被子以及被子里的人的冲动,他站在门口说:"肖嘉宝,吃饭了。"

3

一个枕头以极速从床上飞了过来,这次沐安澜有了防备,伸手接住道:"给我一个枕头是要邀请我一起睡吗?那我就不客气了。"

他竟然真的就拿着枕头走过去了,到了床边,看蒙在被子里的人仍然没有反应,不禁有点儿疑惑:"肖嘉宝,你病了吗?"

没吱声。沐安澜放轻手脚上了床,伸手去扯被子:"肖嘉宝。"

还是没吱声。沐安澜的胆子又大了一些,伸出手做了看到这团被子之后就一直很想做的事情:他把她连人带被子抱进了怀里,还打算伸手轻轻地拍她的后背,脑子里还很男性思维地幻想着,忽然体现出软弱的一面的肖嘉宝很需要他的安慰,他安慰着安慰着,然后就混进了床单里……

沐安澜想得很美好。所以,当他在十秒钟后被肖嘉宝用力地踢下床之后,还有点儿反应不过来,他愣了五秒,看床上那团被子还在团着,又爬上床去了:"肖嘉宝。"

肖嘉宝在被子里简直要疯掉了。她很累。她心情很不好。她想睡个天昏地暗。她想不用思考任何事情。但是,身边的位置再次一点点地陷了下去,长而有力的手臂再次隔着被子将她抱进怀里,沐安澜那很明显的带着笑意的声音在叫她的名字:"肖嘉宝。"

叫一声,又叫一声:"肖嘉宝。"

就好像她的名字是一种他不得不叫的咒语一样,他叫了一声又一声。更过分、更令人难以抵挡的是,他叫一次她的名字,那有力的手臂便收紧一点儿。一点儿一点儿,将卷成一团的她完全抱进了怀里。

第十一章 她残酷的原因

肖嘉宝觉得自己的心，也一点点地被他一声声地敲得软成了一团轻轻的云朵。

她竟没有反抗，沐安澜脸上的笑意慢慢地扬了起来，再慢慢地扩大。

怀里抱着的团子已经抱得紧得不能再紧了。她还是没动。

就这样抱了一会儿，沐安澜把下巴抵到她的脑袋上，隔着被子亲了她的头发一下，那一瞬间他感觉怀抱里的身体陡地僵了一下，正当他担心她再次把自己踢到地上的时候，她又慢慢地放松了身体。

沐安澜没敢再动，就这样隔着被子抱着她，闭上眼睛，享受着这来之不易的小庆幸：把自己包在被子里的肖嘉宝，大概只有他一个人见过吧？嗯，当初一气之下让她搬来同住真是一个英明无比的决定，真应该为自己点个赞。

又过了一会儿，怀里的被子团一动不动，沐安澜有点儿担心她是不是已经透不过气，想伸出一只手把被子扯开一点儿："肖嘉宝？"

没动静。但沐安澜隔着被子都能感觉到她温暖的体温，他犹豫了三秒，还是用手一点点地找到了被子角，一点点打开，然后，沐安澜惊奇地发现，肖嘉宝居然睡着了！

沐安澜最初疑心她是装睡，又轻轻地叫了一声："肖嘉宝？"

肖嘉宝呼吸平稳，短发有点儿乱贴在光洁的额头上，又直又黑的眼睫毛在英气俊秀的眉下画了一道美好的弧，沐安澜忍了好久，还是冒着被揍的危险，轻轻地吻在她的额上。

肖嘉宝还是没醒。觉得自己占了大便宜的沐安澜露出一个大大的笑容，继续抱着肖嘉宝闭上眼睛"陪睡"。连日来他的工作量并不比肖嘉宝小，这会儿又安了心，也很快进入梦乡。

沐安澜这一睡的后果是，醒来的方式是被人一个手肘顶在肚子上，随后胸前再挨了一脚之后从床上跌到了地上。

这还不算完。随后，厚厚的地毯被肖嘉宝卷起猛地一抖，刚跌到了地毯上的沐大少爷生生被甩了两个滚之后，脑袋撞上了一条桌腿，发出闷闷的一声响。

沐安澜忍着痛，嘴角却没忍住笑："肖嘉宝，你这叫不叫下床就不认人？"

肖嘉宝没出声，从沐安澜躺在地上的角度，只看到她穿着运动短裤的两条长腿走出了房间，随后听到了卫浴的门打开又猛烈关上的声音。

沐安澜伸手摸了一下后脑刚才被撞到的地方，心情很好，笑得很贱。

肖嘉宝从卫浴间里出来的时候，人似乎就已经恢复了她素来冷静理智的样子。她直接走到餐桌边坐下，很随意地将擦头发的毛巾扔到几米之外的沙发上，十分理所当然地坐在椅子上等吃。

事实上，他们在一起住的这几个月，两个人虽然每天都忙得要死，但是基本上都会在一起吃早餐。而且一般都是沐安澜做。因为肖嘉宝做的早餐一般不是外卖就是吐司和牛奶煮鸡蛋的超级简约版，像沐安澜这样已经成了精的吃货根本就难以接受精彩的早餐变成了将就。所以下厨的大多是沐安澜。

虽然已经是傍晚，但还是一天中的第一餐。所以沐安澜是按早餐规格做的晚餐。牛油果、面包、煎蛋、水果沙拉，还有培根卷。而且通通摆成了心形。看起来真是温馨有爱得要命。

沐安澜一脸无奈地看着肖嘉宝对心形晚餐熟视无睹，然后残忍地用叉子划拉成乱糟糟的一团，大口大口地开始吃。

"肖嘉宝，你真的是女人吗？"温馨地相拥而眠醒来，他像个国民好老公一样给她做了摆成心形的爱心餐，得到的就是这个回应？

"身体是女人应该没错。"肖嘉宝饿了，她吃饭的速度极快，而且根本不加掩饰，也不讲什么礼仪，就是因为饿而吃下食物，十分坦然，完全不造作。事实上，她专注于食物才抵抗得了她内心对沐安澜的妥协与向往。

"这是心形的晚餐。"

"心形的晚餐不是晚餐吗？"心形的蛋切一半放进嘴里，嗯，煎得刚刚好，也许沐安澜抢不过沐安岩的话还可以去做个厨师。可惜，等沐安澜掌握沐氏后，就吃不上他做的早饭了。

"肖嘉宝，我们恋爱吧。"沐安澜双手撑在餐桌上，有些居高临下地看着专注吃饭的肖嘉宝。

"快吃吧。吃完我们要出门一趟，有个股权持有人想见沐家当家人一面。"肖嘉宝看了一眼沐安澜，眼神波澜不惊，强忍着内心因他这句话而起的波澜壮阔，平静地回答他，似把他的话当成小朋友在闹脾气。

"肖嘉宝，我们恋爱吧。"

沐安澜没放弃，又说了一次。

沐安澜非常认真，他的眼睛一直盯着肖嘉宝。肖嘉宝本还想回避，但最终被他看得避无可避，只好也回望了他的眼睛。虽然，保持脸色与眼神的平静需要她用尽几乎所有的力气。

"为什么？"她没娇羞没惊讶没发怒，只是很平静地问了一句为什么。就像询问你做这份工作的动机是什么一样的语气。

沐安澜只差一点点，就被肖嘉宝的冷漠与高傲打击到了。但幸好，这些日子来他接受打击习惯了，或者说，自从认识肖嘉宝之后，他就已经见识过她更多更令他生气的郁闷的难以接受的却也习惯接受的态度："我单身，你也单身。而且，我们在同居。"

沐安澜在说完这个理由之后，简直想跑开先抽自己几个耳光：这是什么破理由？不是应该直接说肖嘉宝我喜欢你很久了我们在一起吧这样吗？

"我不需要恋爱。"肖嘉宝的语气很平静，她想沐安澜并没有察觉到她内心强烈的失落。

"我是认真的。"沐安澜说完之后，自己也觉得可笑，真的认真不需要说的吧？真的认真肖嘉宝是能感觉到的吧？但是他真的在认真，肖嘉宝却根本不像是感觉到了的样子。这，到底是哪儿出了错？

"总裁认真工作更能令我感觉到愉快。"肖嘉宝放下勺子起身，站直了的她比刚刚俯身撑在餐桌上与她说话的沐安澜高，两个人似换了位置般，主动权也换了，"总裁请不要忘记，我之所以留在沐氏，并且住在总裁家，是因为要帮助总裁获得总裁想要的东西。我会努力工作的。如果总裁不愿意出门，我可以自己去。"

在肖嘉宝回房之后，沐安澜简直像被时间冻结一样定在餐桌旁，好一会儿都没动一丝一毫。而回到房间里关上了门的肖嘉宝则慌乱得伸手捂住心脏的位置大口大口地深呼吸，艰难地平复沐安澜掀起的巨大情绪波澜。

沐安澜在极度失落中赌气回了房，把自己甩在床上没多久，他听见肖嘉宝出了门。

这个该死的女人，在这样的时刻，在他拥抱着她睡了一天又向她表白求与她交往的时候，她竟然还能在拒绝了他之后，还冷静地出去工作！他到底是要感激她还是要捏死她？

因为睡了一整天，沐安澜也没有任何睡意，鬼使神差地去了肖嘉宝的房间，他坐在似乎还有着她的味道的床上，顺手打开了床头柜的抽屉，一盒包装精致的巧克力安静地放在抽屉里。

沐安澜眯起眼睛，看着那个熟悉的盒子好一会儿，才想起这好像是两个月前的情人节，他临时起意很随意地叫林宁浩给办公室的女士送礼物，林宁浩当时拿着网络图片来问他买哪一种，他就顺手指了这一盒。

肖嘉宝为何留着这一盒巧克力？

沐安澜没忍住好奇，将盒子拿出来打开，里面有九颗巧克力，是瑞士的一个

第十一章 她残酷的原因

手工巧克力品牌，已经吃掉三颗了。

肖嘉宝还吃巧克力呀，以为她那样的女人根本没有女孩子的爱好呢。

沐安澜拿起一颗巧克力放进嘴里的时候，只是因为当时他觉得有点儿饿。绝对没有想到，他当时做了一件多么正确的事情。

Chapter 12 第十二章
害人的东西

巧克力！吃的时候有点儿苦，但味道很好，她吃了两颗！这世界上为什么会有酒心巧克力这种害人的东西？

1

沐安澜吃了肖嘉宝的巧克力。而且一连吃了三颗。吃完之后，沐安澜想把盒子放回去，又顿住了：肖嘉宝将这盒巧克力放在这里，不可能不知道它还剩几颗。

随后，沐安澜出了一趟门，在进口超市里找了半个小时，找到了外形与他吃掉的差不多的巧克力，挑了三颗仔细地放进了肖嘉宝的盒子里。

嗯。看起来跟没动过一样。

那个时候，沐安澜还不知道他换进去的三颗包裹了高度伏特加的酒心巧克力会给他一个怎样的惊喜。

肖嘉宝回到家已十点半，沐安澜正在书房里忙沐影传过来的工作。他听到了肖嘉宝回来的声音，若是以往，他多半会出去问她吃饭了没有或者试图各种亲近各种调戏什么的。但今天沐安澜心里一阵郁闷：活了二十六年从来没有说出口的表白终于说出来了，却所托非人被完全无视，他的心情能好得了才怪。

但他眼前的工作从肖嘉宝回家之后没有半点进展，他听到肖嘉宝进了浴室，十分钟后又听到她从浴室出来，然后听到她到厨房倒了一杯水，好像还待了一会儿。他霸占着书房，她应该是坐在餐桌边一边喝水一边看文件。

沐安澜闭上眼睛，脑海里浮现出肖嘉宝坐在餐桌前工作的样子。基本上，肖嘉宝不是在做事就是在睡觉或者运动。他在她的床头发现有书，她应该是有睡前看书的习惯。不过，现在还知道她累极了会呆萌得连洗澡洗头都觉得烦，偶尔会看剧看到哭，而且又累心情又差时还会赖床发脾气。

这个小小的几乎除了沐安澜之外的人都不会发现的普通的肖嘉宝，比在工作中雷厉风行聪慧果敢反应敏捷令人不敢小觑的女王般的肖嘉宝，更令沐安澜觉得好奇、惊喜与着迷，甚至有一点点的心痛。

想到白天他隔着被子抱着她睡了一天然后却被她无情拒绝，沐安澜再也坐不住了。

沐安澜黑着脸坐在沙发上看电视的时候，肖嘉宝看了他一眼，按捺住了内心的不安，极力自然地对他说起了工作："我带那位股权人去疗养院看望了你的父亲。他的股份授权书拿到了。现在保守估计我们的手上持有的股份是百分之十三左右。沐安岩手上明面上就有他父亲的百分之五，他手上的百分之二，以及沐安然手上的百分之零点五，沐慧之手上有百分之五，加上沐军之那百分之二，一共是……"但她没有说完，便被沐安澜打断："肖嘉宝，我不想和你谈工作。"

"我不觉得除了工作我与总裁之间还有什么好谈的。"肖嘉宝很淡定地收起桌上的文件，打算结束谈话。

"我困在梁村岛的时候，你为什么要去救我？"

"协议。"肖嘉宝只回答了两个字，却把沐安澜噎得一口气差点儿没上来，只能眼睁睁地看着肖嘉宝回房，张了张嘴，却说不出来一个字。

肖嘉宝进屋关上门，整个人有些虚弱地靠在门背后：又来了。沐安澜，他到底想怎样？实在是恨极了她，再来戏弄她一次？不不不，肖嘉宝，你要清醒。沐安澜从来就不是一个你能看明白的人。你若信了他，会很惨。不如保持现状。对，就是保持现状。

上了床，打开抽屉拿书，巧克力的盒子露了出来，肖嘉宝愣了一下，打开就拿了一颗。一边看书一边吃。

肖嘉宝打开门走进客厅的时候，沐安澜努力做到视若无睹地继续看他的电影，一部他看了半个小时也没看进去的动作电影，男主为救女主以一敌十而且毫发无损脑残得根本不用思考剧情，但即使是这样简单的电影，沐安澜也没能看下去。

身边的沙发忽然陷了下去，沐安澜没能止住惊讶地看向肖嘉宝：虽然同居一室多时，但她从来与他保持距离，他如果在沙发上，她就会在书房或者房间。两个人离得最近时，也是早餐时两个人隔着餐桌坐对面，她从来不会坐在他旁边的位置，即使他主动要坐过去，她也会立即离开。肖嘉宝仿佛是行动上最尊重男女授受不亲的身体力行者。现在忽然主动到沙发上坐到他旁边，是要闹哪出？

"沐安澜。"肖嘉宝叫沐安澜的名字，声音有点低，她的声线是属于那种有些雌雄难辨的中性嗓音，这会儿似温柔地降低之后，有一种很特别的性感。

听到她这样叫自己的名字，沐安澜心里一惊，但又痒痒得舒服得不行。他转身仔细地看肖嘉宝的脸，她面色如常，但又似有一点点难以觉察的粉红，不施脂粉的脸甚至有点稚嫩的好看。

"沐安澜。"肖嘉宝又叫了一声，叫得沐安澜心里像有一群蚂蚁在爬，他艰难地咽了一口唾沫，"嗯"了一声，不敢确定肖嘉宝到底要干吗。

"你为什么长得这么好看？"肖嘉宝的眼神清亮，似又带着些难以言明的迷蒙，像起了薄雾的溪水，又神秘又美丽。

"呃？"沐安澜这下是真的蒙了，因为肖嘉宝不但眼神迷蒙夸他好看，还伸出一只手来抚上了他的脸，而且正用食指柔软的指腹轻轻地抹过了他的眉，"这眉毛，还有眼睛。长得真好看。"

肖嘉宝的声音十分性感，说出来的话，对于心里一直对她有意却又伺之而不得的沐安澜，简直就是一剂超猛的迷幻药。他用最后一点儿意志强撑着不动问肖嘉宝："肖嘉宝，你这是要干吗？"

"不干吗呀，让我们来聊聊天。"肖嘉宝的声音带着淡淡的沙哑，又娇又憨，像一点儿火星，"轰"的一声把沐安澜最后一点儿想法一下炸了个灰飞烟灭。

苍天呀，大地呀，这是肖嘉宝吗？沐安澜狠狠地掐了自己的大腿一下，试图找回来一点儿理智去想肖嘉宝为什么会这样，但忽然蛮力把他扑倒在沙发上的肖嘉宝彻底掌控了他所有的注意力。

肖嘉宝简直让沐安澜完全接不上话。

"你说，你为什么总欺负我？"

"肖嘉宝……我……我没有。"

"没有？"

"肖嘉宝，我那是喜欢你！"

"我也很喜欢你，沐安澜。喜欢你很久了。只是你一直都不知道而已。"

"肖嘉宝！真……真的吗？"

"我想过了，等你通过考核之后，我就远走高飞……"

"肖嘉宝你敢！"

"我当然敢呀……"

肖嘉宝一直缠着他聊天，沐安澜回应着她，一边还要防着她摔倒。直到接近凌晨时，酒劲儿渐消的肖嘉宝被沐安澜抱在怀里轻轻安抚着入了梦乡，他才算消停下来。

屋里安静之后，沐安澜还有点儿不相信刚刚吐露心声的是那个冷酷的嘉宝。

他低头看了怀里的佳人一眼，一个大写的满足又幸福的笑容在黑暗中慢慢地绽放在沐安澜的脸上，同时他消失了的智商与理智也重新回归：是什么使得肖嘉宝转性儿？以他对肖嘉宝的了解，必定不是因为他的表白。看她眼神有些迷蒙的样子，难道是喝酒了？但之前她在厨房喝的明明是水呀。那就是吃了什么东西？巧克力？但之前她应该有吃过，也没出现这种情况。对，他把她的巧克力换了，那就是酒心巧克力？酒心，酒！对！应该是酒！

肖嘉宝她因为一粒酒心巧克力醉了！沐安澜又回头想了想，好像他还真没见过肖嘉宝喝酒，她总是冷静理智，即使是应酬场合，也会宁愿不签单子或者另想办法，总之她不会喝酒。难道是因为她对酒精没有抵抗力？

入睡之前，沐安澜决定明天起床之后就去楼下那家进口超市把所有的酒心巧克力都买回来!

嗯!必须全部买回来!

入睡之前的沐安澜将美好的明天描绘得完美无比,压根儿忘记了清醒的肖嘉宝是什么性格。

第二天,是肖嘉宝先醒的。而且她醒得很早。陌生的感觉,以及几乎贴紧了自己的男人的身体让昨晚所有的记忆像海啸一样回到了她的脑海里!

她知道自己不能喝酒,父亲也不能,母亲更是对酒精过敏。她曾吃过含酒精的食物,酒精会让她情绪失控,还会胡言乱语。所以她从不喝酒。

但是,她对酒精的不良后果是意志完全受情绪控制?这怎么可能?但是,她现在对于昨晚的一切记忆极其清楚,清楚到她当时说了什么话……她是不是要打开窗户跳下去?

肖嘉宝几乎在瞬间就被羞愧与懊悔吞没。

她生活极自律,完全不像其他年轻人一样会喝酒,连含酒精的饮料都不喝。而且她的母亲就是因为对酒精严重过敏,才由普通的疾病引起了并发症去世的,所以她对酒精一向敬而远之。她怕自己的体质也像母亲一样,也为了杜绝酒后会出现什么不在她掌控之内的情况,所以,任何时候她都是不碰酒的。

所以昨晚是因为什么才发生这样的情况?

巧克力!吃的时候有点儿苦,但味道很好,她吃了两颗!这世界上为什么会有酒心巧克力这种害人的东西?

肖嘉宝捂脸崩溃的动作很轻微,但足够让虽然很困但是迅速就能因为昨晚的事情亢奋起来的沐安澜醒过来了,他的手臂紧了紧,声音很温柔、很满足、很幸福:"嗨,肖嘉宝。"

2

肖嘉宝的反应很出乎沐安澜的意料,却又让他觉得理所当然:怀里的女人似磨牙那般哼了一声之后,他的下巴首先受到了袭击,紧接着是肚子,第三下是恶狠狠地向他下身踢过来的长腿。

别的男人能在床上高兴地看着女人美妙背影,到了沐安澜这里,却是痛得差点儿就眼冒金星,他看着肖嘉宝走出去的背影都是扭曲的:按下手的力度来算,肖嘉宝此刻非常非常生气。

但这事难道要怪他?

身为听到肖嘉宝心声的男人，沐安澜一边痛一边笑，去给肖嘉宝做早餐。吃饱之后可能就不会那么生气了，男女同理。

　　早餐做好之后，沐安澜去客卧敲门："肖嘉宝，吃早餐了。"

　　里面没音。

　　"肖嘉宝，再不出来上班要迟到了。"

　　房里依然没音。

　　沐安澜耸耸肩，去找了钥匙，正要开门的瞬间里面传来了肖嘉宝的声音："你敢开门进来我发誓绝对废了你。"

　　她的声音又冷又硬，完全没有昨晚那又娇又憨又性感的样子。沐安澜停顿了一下，收回了钥匙："需要谈谈吗？"

　　"滚。"

　　这一天，自从肖特助入职之后，沐氏的全体员工第一次发现总裁居然在没有肖特助的陪同下一大早就独自来上班了。而且面如冠玉俊美绝伦的沐大总裁一脸的春风得意，和属下打招呼时那笑容灿若艳阳。

　　连在电梯口遇到的沐安岩都十分好奇："总裁似有什么喜事？咦，今天怎么没见到肖小姐？"

　　"别惦记了，她是我的。"沐安澜十分傲娇地走进了总裁专用直达电梯，电梯门关上之前看着沐安岩的那笑容，要多得意就有多得意。

　　沐安岩也是习惯了沐安澜的嚣张的，只是无所谓地笑笑。对付幼稚的小孩子，多得是办法。

　　肖嘉宝郁闷地窝在床上没去沐氏上班的这天下午，沐氏出了一件说大不大、说小不小的事情。

　　在外界都谣传沐氏与卢氏的继承人沐安澜与卢赫拉正在交往并且有可能联姻的消息的时候，一组原本只在沐氏公司内部论坛里流传的沐安澜与肖嘉宝同进同出疑似同居的照片忽然占据网站的娱乐花边头条，作为新闻链接的是卢赫拉酒吧买醉的新闻，这条新闻一出，瞬间引发了人们对所谓豪门继承人的生活的好奇，阅读与评论都是以百万计的速度在增加。

　　沐氏旗下产业与娱乐相关的，虽然只有与商场一起配置的电影院，但卢氏算是娱乐业里的大鳄，像卢赫拉这种貌美如花的继承人，自然也是一条亮眼的新闻。加上沐氏继承人之前曾是国际级超模，这两人的消息活脱脱就是娱乐头条，记者们怎么会放过。

第十二章 害人的东西

"沐安澜出轨助理"的新闻傍晚就上了热搜第一条。

总裁办公室里少了两个人，别说蓝语了，连沐安澜也忙得不可开交，稍有点儿空就给肖嘉宝打电话，虽然肖嘉宝根本没接，但他甘之如饴。这忙得几乎脚不点地的两个人当然也没发现网络上的花边成了热搜。

下班之后，急匆匆想往家里赶的沐安澜在停车场被记者围住，问起了今天的热搜新闻，沐安澜脸色一沉，知道沐安岩又有动作了。

沐安澜毕竟是镁光灯下生活过三年的人，他非常有技巧也似是而非地回答了记者的提问，脱身之后马上回家，顺便通知沐影处理这件事情。

肖嘉宝并没有在家。沐安澜心里有些不安，再打电话，肖嘉宝接了："在疗养院。"沐安澜心里又是一沉，梁小姐想必也已经知道这件事情了。并且，很有可能在质询肖嘉宝。

沐安澜赶到疗养院的时候，肖嘉宝正走向她的黑色机车，她穿了很普通的蓝牛仔黑皮靴，上身一件黑色的卫衣，普通至极的衣服，在她修长有致的身材上，却吸引目光一片。

"肖嘉宝！"沐安澜下车快步向肖嘉宝跑过去：这个女人，以前自己到底是哪根筋搭错了，居然隔了这么多年才决定正儿八经地追她？

此刻的肖嘉宝已经收拾好了自己的负面情绪，她与早上那个被各种情绪充斥持逃避态度的肖嘉宝已经是完全不同的两个人了，她看到跑向自己的沐安澜，没有绝尘而去，而是把头盔扔给他："一起去找沐影开个会。"

她的表情十分冷静，声音也带着她一贯的淡淡的冷。沐安澜有点小郁闷，但看在搭她的车可以抱她的腰的分儿上，还是很愉快地上车了。但当他的手环住她的腰想入非非的时候，肖嘉宝的声音冷冷地制止了他："总裁如果不想在这里被揍的话，最好安分点儿。"

"我很安分呀。"沐安澜嘴角微扬，手还是"坚决"地动了动：在这种随时都有可能出现记者的时刻，冷静如肖嘉宝，应该不会动手的吧？

沐安澜的大胆换来的是机车一个急刹车停下，肖嘉宝一个反手差点儿就把他掼在了马路边儿上，等他站稳的时候，肖嘉宝的机车已经开出去很远了。

沐安澜拎着手里的头盔，很愉快地接受了被抛弃在路上的事实：肖嘉宝要是不介意，以她的性格，应该会直接漠视他就当没有发生过昨晚的事情吧？

卢赫拉接到沐安岩约她见面的电话的时候，沉默了良久，才应承。一句"安岩哥你为我妥协一次不行吗"在她的心里回旋多次，还是没有问出口。

卢赫拉想与沐安岩见面，但她也恨透怕透了这个心硬如石的男人。她能勾引得动他，他甚至可以温柔地抱着她吻一整晚，但是，他就是不肯放开他那该死的尊严，不肯离开沐氏到她身边来。她甚至提出过，他们结婚，联姻可以让他在沐氏的地位更加牢固，甚至可以让沐安澜也无法撼动。

但他不肯！他就是不肯！他说他要用自己的能力去得到他想要的东西，而不是靠她的施舍。

但她根本没想过什么施舍，她只是因为爱他而已。

所以她到现在都不知道他为什么这样，他不爱她吗？不可能。她在半夜醒来时见到过他彻夜不眠地看着她的眼神，那种深情与不舍不会是假的。沐氏就那么重要？重要得她愿意把卢氏与他分享他都不要？

卢赫拉怀着这样的心情，听完了沐安岩的计划之后，脸上的神情一点点凄楚下去："我这样帮了你，我能得到什么好处？"

"我会娶你的，如果你还愿意。"沐安岩沉吟半晌才说了这个答案，但很显然，卢赫拉的脸色却变得更糟糕了："沐安岩，你知道爱情是什么吗？"

沐安岩没有回答。他不知道要怎样回答。在他眼里，他的爱情是这样的，要配得上卢赫拉这样的女人，当然是最优秀的男人。而如果他连最想要的沐氏都得不到，他又怎么算一个优秀的男人？

"沐安岩，我不需要你娶我了。但是，这是我最后一次答应为你做事。"卢赫拉起身离开，不肯让沐安岩再看到她的眼泪。

卢赫拉约沐安澜共进晚餐，沐安澜欣然前往。两个人相携从餐厅内出来的时候，被记者跟拍追问，卢赫拉挽着沐安澜的手，很亲热地问："安澜，你来说吧。"沐安澜则对她露出外人看来宠溺无比的笑容："至少得定好订婚日期才能说吧？"

卢氏与沐氏将正式联姻的消息瞬间就炸开了，连经济学家都出来分析，这国内两大商业巨头联姻之后对当地 GDP 有可能形成的影响。沐氏与卢氏的股价随着沐安澜与卢赫拉订婚日期的宣布，之后接连三日都涨停了。

这一周，肖嘉宝与沐影忙得不可开交。

当初被分散的股权收购，还有趁着卢沐两家股票高涨时的资金回笼，各种细节报表账目，都需要肖嘉宝去做到位。

几乎每一天，肖嘉宝都是在手里拿着报表中睡去，醒来后马上又开始工作中度过的。肖嘉宝很明白，既然卢赫拉主动提出了要与沐安澜联姻，很显然她与沐安岩已经达成了什么协议。现在他们在做的事情，沐安岩也在做，现在要看的，就是谁的手更快，谁的心更狠了。

而沐安澜陪着卢赫拉出席各种活动，也很忙。

而且，他还需要每天去陈小姐的小院里报到，因为他接近陈小姐的目的其实不仅仅是为了肖嘉宝，还因为陈小姐的父亲是当年的沐氏员工，陈小姐的手里，有着百分之一的沐氏股份。而这百分之一，尤为关键。

但像陈小姐这样精明而固执的人，即使与她建立了良好的关系，但要彻底地信任他也不是一件容易的事情。所以，自然也是极费心思。

即使同住一个屋檐下，这一周来沐安澜见着肖嘉宝的时间也少得可怜，因为肖嘉宝不是在公司，就是要与沐影开会，他很想瞅个机会做点什么坏事，都完全找不着机会。最郁闷的是，肖嘉宝抽屉里的那盒巧克力，已经不见了！也就是说，肖嘉宝已经知道她自己为什么会失控了。而肖嘉宝那么聪明，很显然他以后要想吃到"蛋糕"，还有很长的路要走。

沐卢联姻的消息给沐氏的股票镀了金，又适逢沐氏成立一百周年庆。在沐安岩的操办下，沐氏家族有全体股东参加的晚宴在沐慧之管理的酒店里举行。

沐安岩的目的很明显，借这一次非正式的股东聚会，分清楚股东们的阵营，为年底的股东会议做准备。两年的总裁考核期固然重要，但他为什么不能一年之内就将手里没有沐氏股份的总裁弹劾下台呢？

沐安澜似乎对此并不在乎，与被作为特殊嘉宾邀请来的卢赫拉跳了一支舞之后，就悄然跟到了正在无人注意的角落里吃东西的肖嘉宝："肖嘉宝，你怀孕了吗？为什么你总在吃东西？"

"我的私事不用总裁关系，谢谢。"肖嘉宝差点被他特意加重了语气的"怀孕"二字挑起难控的情绪，但她到底是肖嘉宝，她接下了他的调戏，并且诚实而又冷酷地回答了他的玩笑，成功将他噎得又快说不出话来。

3

"来一杯？"沐安澜将手里的香槟递给肖嘉宝，肖嘉宝看都没看一眼："我不喝酒，谢谢。"

"这几乎不含酒精的。"沐安澜笑得十分无害。

"我的第六感告诉我，要拒绝总裁给我吃的任何东西。"肖嘉宝仍然诚实地回答。沐安澜的脸彻底地垮了下去："我又没有对你怎样。是你自己对我怎样的。"

"谢谢总裁提醒。所以我才要控制自己。"肖嘉宝放下手里的盘子，挑挑眉看向沐安澜的后方，"你的未婚妻在找你。"

"安澜，来，我给你介绍一位伯父。"卢赫拉挽着一位经常出现在经济新闻上的中年男子过来，肖嘉宝很巧妙地离开，而沐安澜只好堆上笑容迎上去："伯父你好。"

沐氏的周年晚宴十分热闹，也十分成功，对于沐安岩来说，还有一项意外的收获：他重复听了三次沐安澜与肖嘉宝在餐台旁边的对话之后，终于捕捉到了他们对话里的重点：肖嘉宝不能喝酒。

如果说沐安澜没有肖嘉宝之前是一只装睡的老虎的话，那么他有了肖嘉宝之后，简直就像是加了一对无所不能的翅膀。所谓的如虎添翼，要想对付虎，先去掉翼也不失为一个好方法。

沐安岩对肖嘉宝一直有兴趣，不但因为她是个与众不同的女人，更因为这个女人的能力卓越，而且，不会像卢赫拉那样有家族势力需要考虑。

翌日下班前，总裁办公室里气氛十分诡异，稳重帅气的总经理与傲娇俊美的总裁站在电梯前，两个人既不进也不让。

"蓝助理，麻烦别在办公时间犯花痴。"整理好资料从会议室走出来的肖嘉宝看到的情形便是沐安澜与沐安岩在电梯门前用气势交锋打架，而蓝语则忙里偷闲地欣赏两位总裁的身姿，顺便打开脑洞进行无限想象，于是冷声提醒。

"肖特助。"蓝语有些不好意思地收回目光，用嘴型对肖嘉宝说：你要和总经理去约会，总裁很不高兴。总裁吃醋了。

吃醋？他，会真吃醋吗？肖嘉宝收到信息，转头看向仍然在电梯前用眼神刀光剑影的两个男人，心里无声地叹息，拿起文件走了过去："我好了。走吧。"

肖嘉宝的说话对象当然是她刚刚答应与之约会的沐安岩，而被严重忽视的沐安澜眼睛里的火焰都要烧起来了："肖嘉宝！"

"总裁今晚与卢小姐约了七点半。为避免让女士等，也请早点出门吧。"肖嘉宝一边说着，一边与沐安岩进了员工电梯。顺手还替沐安澜按下了专用电梯的按扭。

沐安岩和肖嘉宝刚刚站好，沐安澜一个闪身便站了进去，刚巧介入他俩中间，堆上笑容，提出了十分老旧的建议："不如我们今天还是四人一起约会吧。"

沐安岩一脸不加掩饰的鄙视，肖嘉宝则直接拒绝："不行。"

"肖嘉宝！"沐安澜看着肖嘉宝，眼神黏腻，脸上是大写的委屈。肖嘉宝冷着脸，嘴角却不易觉察地微微勾起一个弧度："总裁别忘记了先去取送给卢小姐的礼物。"

沐安澜别过脸"哼"了一声，那样子让沐安岩差点儿放弃对他的原有印象，觉得他只不过是个幼稚少爷仔。

沐安澜上车就给沐影打电话："都好了吗？"得到沐影的肯定答复之后，沐安澜驱车去店里取送给卢赫拉的礼物。

吃下第一口牛排的时候，肖嘉宝已经感觉有些不对，她去了洗手间，确定了牛排是用红酒腌制过的，但仅仅是一口牛排，不至于让她觉得马上就要不能控制自己，在控制住要冲出去将沐安岩揍个半死的冲动之前，她想起了餐前那杯苏打水，应该也加了柠檬酒。用柠檬掩盖了酒的味道，所以她没喝出来。而且，酒精含量不低。

肖嘉宝打开龙头用冷水洗了一把脸，试图清醒一点儿，但头晕得有些厉害，看什么都好似看到了沐安澜。肖嘉宝用最后一点儿理智将手掌放到嘴边要咬，试图用疼痛恢复清醒的时候，忽然一只比她更快的手伸了过来："要咬咬我的。"

"沐安澜？"肖嘉宝还是有些不确定，按照计划他应该与卢赫拉在约会中。

"不希望是我？"沐安澜软玉温香抱满怀，笑得很是温柔多情。肖嘉宝不管是外表还是性格都足够强悍，但是，抱起来真是，唉，与众不同，别有绝妙滋味。

"如果不是你，就得死。"肖嘉宝整个人已经腻在沐安澜身上，修长的双臂勾着他的脖子……

"肖小姐？嘉宝？你在里面吗？"洗手间门外忽然传来了沐安岩的声音，"是不舒服吗？我看你很久没回来，就来看看。"

"让外面的人滚。"肖嘉宝看到了沐安澜，便安心地任由自己被酒精与情绪控制，她的嘴唇贴在沐安澜的脖子上，表情因为被打扰而十分不爽。

"好。"沐安澜应了好，却没出声，心里默数一二三，果然，听到了沐安岩一声质询的"谁"之后，是他倒下的闷哼声。

听着外面利落地将人拖走的声音，沐安澜想，嗯，动作还是有点儿慢，动静也有点儿大，下回让沐影加点高科技改进一下。

"沐安澜。"肖嘉宝低哑地喊沐安澜的名字，喊得沐安澜忍不住浑身发抖，更令他想要发疯的是肖嘉宝的一条腿已经蹭上了他的腰，他只好将她来了个"公主抱"往外走："肖嘉宝，再等一会儿。"

"去哪儿？"肖嘉宝搂紧沐安澜的脖子，脸一直往他的胸膛蹭呀蹭，蹭得沐安澜的邪火一点点地往外冒："去好玩的地方。虽然包了场，但是有服务生。我虽然不介意有人观看，但是我想你醒来后会介意的。"

第十二章 害人的东西

沐安澜涨红着一张脸，抱着她快速地离开餐厅后，躲在各个角落的服务生才敢慢慢地探出头来：谁来告诉他们，刚才餐厅里是不是真的发生了类似劫持呀英雄救美呀之类的事情？

　　这一次，沐安澜不是被踢下床醒的，而是被人捏着脖子硬生生地在不能呼吸的生死挣扎中醒过来的，他还没睁开眼睛便本能地抓住了捏住自己脖子的手，只凭手感便认出是肖嘉宝的手之后，他在极度难受中使巧劲儿翻了个身"反客为主"，他的身高体重相对肖嘉宝而言都有优势，力气与技巧竟然也并不比肖嘉宝逊色，很轻松地就把根本没打算要他命的肖嘉宝压制住："肖嘉宝，一大早就谋杀亲夫真的好吗？"

　　肖嘉宝被他压制在身下，双手也被他压在胸前，她明白平时她之所以能揍沐安澜，完全是因为他不与她动手，如果他动真格的，她不一定每次都能占着便宜。思及此，肖嘉宝只好按兵不动："楼下有记者是怎么回事？"

　　大概是一回生二回熟，今天醒来之后她没马上揍沐安澜，而是穿好衣服确认一下昨晚的记忆。

　　她真的被沐安澜抱到离那家餐厅最近的一个酒店来开房了。而且，她从窗户发现了酒店的大堂与前后出口都是记者们的"长枪短炮"。

　　"肖嘉宝，如果沐氏的股票掉下去，你能收购多少？"沐安澜没回答肖嘉宝，却问她其他问题。

　　肖嘉宝几乎在瞬间就明白了沐安澜的意思：沐安岩原本也是打算先让卢赫拉与沐安澜订婚，然后推行合作项目，借此来拉高沐氏的股票，从中大赚一笔之后，再由卢赫拉悔婚，终止合作项目，让股票下跌，他趁机抄底。现在沐安澜要做的，只不过是趁他不备将他的计划提前而已。

　　"怎么？被你老公的聪明吓呆了？"沐安澜笑得十分邪魅惹人。

　　"我从来没有觉得你不聪明。"她只是觉得他聪明过了头，聪明得她完全无法去了解他，因为他从无规律，她根本不知道他要做什么。

　　"哎，原来你一直崇拜我。好感动。"沐安澜笑得更欢，一个翻身让她趴在自己身上，手掌轻抚她的背，像给一只傲娇的猫咪抚触一般一下一下地轻拍，"我这么聪明，你要不要嫁给我？"

　　"等我拿下沐氏再说。"肖嘉宝脑子里在计算着她能够动用的钱，回答得很是随意。

　　"说话算数吗？"沐安澜看着她一副思考的样子，一双琥珀色的眼眸亮得几乎要发光,"我把沐氏给你当求婚礼物,怎样?"

"不怎样。"肖嘉宝有了计划,手脚利落地推开他的手臂翻身下床。她看着自己身上皱巴巴的衣服,皱了皱好看的眉毛,没有抚平,迈开步子想远离这个"是非之地"。她实在是不想回忆昨晚她又凭着酒劲儿对沐安澜说了什么。

第十二章 害人的东西

Chapter 13 第十三章
不确定他的心

在这个世界上,除了一颗爱他的心,她已经不剩下什么东西了。她即使相信他可能现在真的是喜欢自己,也不相信他会喜欢很久。

1

"肖嘉宝。"沐安澜声音有点哑,"过来一下。"

肖嘉宝没作声,冷冷地说:"十分钟之后出门。"

沐安澜看着她的背影,有些无奈地摇摇头。

肖嘉宝完全无视了某人。

沐安澜很清楚这会儿要想把肖嘉宝重新拐回床上,除非他动真格地把她打趴下,否则就别想了。于是沐大少爷很是失落地穿戴好,强行搂着肖嘉宝出门了。

电梯里,沐大少爷的动作就很黏腻,一只手像长在肖嘉宝身上一样。肖嘉宝很显然难以习惯,拍开了他的手一次又一次:"手能只放在肩膀上吗?"

"放在腰上是必须的呀。"沐安澜声音很低,嘴唇就在离肖嘉宝耳朵的半厘米处吹气般说,"搂腰是我们关系亲密的表现,懂吗?"

"总裁的演技真好。"肖嘉宝倒是没再反抗,但脸色与声音都冷了许多,"搂过了那么多女明星女模特的腰,居然还能装。学习了。"

"那个,我真没装。好吧,回去再向你解释。现在是 showtime。"但好像又挺难解释的,沐安澜只好摸摸自己的鼻子,唉,找借口变成了给自己找麻烦。也不知道为什么,在肖嘉宝面前,他一向傲人的智商就明显不在线上。

沐安澜又上搜索榜了。顺便被他带上搜索榜的还有"史上最帅气的第三者"肖嘉宝。

沐安澜上榜当然是因为他不久前才与卢赫拉恩爱宣布订婚,没几天忽然就被记者拍到大清早搂着帅气助理的腰从酒店里出来。记者甚至还找到了两个人在电梯里咬耳朵的视频,放到网上,自然又是热搜。一时间,沐氏的美男总裁成了标准渣男,引来骂声一片。

更可恨的是,沐安澜居然不爱江山爱美人,居然当场宣布解除与卢赫拉的婚约,并且不惜中止与卢氏的几个正在合作的计划。

沐氏的股票当天就往下跌了。股市收盘之前已经跌停,第二天开盘也直接跌停,第三天仍然如此。沐氏股票一连跌停了一周,毫无起色。有财经评论师说极有可能是操盘手在动作,大概有人抄底般在大量收购沐氏的股票,沐氏可能面临着股东大洗牌。

沐安澜家,电视上正放着与沐氏有关的财经新闻。沐安澜坐在沙发上看手里的数据资料,好看的嘴角微微扬起了迷人的微笑:沐安岩急了。

不过,让他真正着急的才刚刚开始。现在各大门户的记者大概已经收到了沐安岩与卢赫拉不但是过往恋人，卢赫拉还在与沐安澜订婚之后与沐安岩数次密会的照片。

沐氏的新闻发言人也已经收到消息了吧？

他放下手里的资料，去敲书房的门："肖嘉宝。"

"进来。"肖嘉宝也在忙，她在周五沐氏最后一次跌停之前将她所能动用的钱全都购进了沐氏的股票，其中，还有一大笔托沐影借来的巨款。

现在，她名下沐氏股票持有率是百分之四，加上之前的收归沐安澜名下的，大概有百分之十二，虽然胜算仍然不大，但到底安心了一些。

沐安澜直接走到肖嘉宝的身后，很熟络很自然地环住她的腰，下巴抵在她的肩膀上时，他明显地感觉到她的身体一僵，便不敢再过分，怕过分了她连这点亲近的机会都不给他："怎么样？"

"百分之十二。"肖嘉宝回答得很简约，"不够。"

"还有百分之五，你可以去争取下。"陈小姐手里的股权竟然比他想象的还要多，比原本预估的百分之一多了四倍。沐安澜很热心地向肖嘉宝建议，但他随即感觉到肖嘉宝的冷漠变得更冷："或者我帮你去争取下？"

"我自己去吧。"祖母手里竟然有百分之五的沐氏股权，肖嘉宝也是最近才从沐影那里得知。

祖母竟然拥有沐氏百分之五的股份，那就意味着每一年的分红即使最少，也是以十亿计算的。想到母亲是因为没有钱医治才早早离开了人世，再想到为了父亲她不得不依赖于梁小姐的金钱，再想想她两次出现在祖母面前，都是那样极度不好的回忆，肖嘉宝真的很不愿意去面对这件事情。

"真的不用我陪你？"沐安澜有些贪婪地闻着她脖子上肌肤散发出来的自然淡香，终于还是没能抵挡住心里的痒，手开始慢慢移动：这一周他连她的手都没摸上，她应该不会拒绝吧？

"总裁想打一架吗？"肖嘉宝身体僵硬，手臂慢慢积了力量。

被肖嘉宝一个过肩摔摁在地毯上的沐安澜呻吟着爬起来的时候，外面已经响起了关门声，向来实力派加行动派的肖嘉宝已经出门去了。

沐安澜揉了揉酸痛的肩膀，只思考了两秒，决定还是跟去看看。他倒是不介意肖嘉宝欺负陈小姐，他只怕陈小姐欺负肖嘉宝。要知道，他向陈小姐坦承他追求的女孩就是肖嘉宝后，陈小姐看穿了他的意图，可让他吃了不少苦头。还有陈小姐那条狗，貌似它不但认得肖嘉宝，而且很不喜欢肖嘉宝。

因为是她的祖母勉强可以忍一时，但连条狗都要来欺负他的女人，那可不行。

肖嘉宝停好车，深呼吸了两次，才走向了那道通往肖家的拱门。

算上这一次，这座小洋房，她只来过五次。但是，每一次来的时候，心情都很糟糕。第一次七岁，是哭着走的。第二次十七岁，也是哭着走的。第三次算是不哭了，但连门都没敢进去。第四次亦然。但是今天，即使被狗咬，她也得进去试试。

肖嘉宝刚出现在门前，正趴在小院里的金毛便警觉地扑了过来，但它只叫了一声，便被一包厚实的牛肉干收买："喂，这是我的宝贝女友，你敢吓着她的话，咱俩的交情也算完了。"

肖嘉宝转头看向收买了狗的人，他耸肩对自己讨好地笑着："我只是来帮你搞定这只狗。我不进去，我在车里等你。"

肖嘉宝确定沐安澜真的回到车里之后，才推门进了小院。院子里的花草好像最近有人打理过，显得比八年前整齐漂亮许多。

站在门前，肖嘉宝敲了好一会儿门，里面才传来了老妇人苍老干涩的声音："进来吧。"

肖嘉宝进门后，在门厅的地方换上了拖鞋，拖鞋像是老太太手工编织的，与十八年前、八年前的款式都一样，只是都是新的。

换好鞋，肖嘉宝慢慢走向客厅，那个又高又瘦的老妇人背对着她坐在窗户前的椅子上，露出了一点儿已经白透了的发丝。

"你好，我是，肖嘉宝。"肖嘉宝犹豫了半秒，还是用这样的方式来介绍自己，"我是沐氏现任总裁沐安澜的特别行政助理。"

"你为什么叫嘉宝？"老太太仍然没有将椅子转过来，问话的语气很冷漠。

"我父亲叫肖磊，母亲叫蒙小嘉，父亲取之为肖磊与蒙小嘉的宝贝之意。"其实父亲对于她的名字还有一点解释她没说：肖嘉宝，肖家唯一的宝贝。

"你父亲是怎么死的？"

"得了一种病，先是身上长红斑，之后免疫力逐渐丧失，器官慢慢衰竭。"肖嘉宝声音很淡，父母去世的痛在她心里藏了很多年，她很少说起。因为怕痛。

"和他爹一样。"陈媛媛苍老的声音很冷。但她不肯转身，也没有叫肖嘉宝到前面去，肖嘉宝也没有办法看到她的表情。

"你要的东西在玄关的桌子上。你走吧。"

肖嘉宝一直到走出小院，才反应过来：百分之五，她认为最艰难的一份股权，就这么拿到了?

"怎样?"原本徘徊在外面的沐安澜一看到肖嘉宝便跑过来询问,他当然也看到了肖嘉宝手里的文件袋,"真拿到了?"

沐安澜真的很惊讶。因为从两个月前他向陈小姐坦白了他正在追求的女孩就是肖嘉宝的时候开始,他与陈小姐之间的关系就恶化了。这份股权书,他曾经帮肖嘉宝来要过,而且来要过好几次,但每一次都被陈小姐残酷地赶了出来。

但此刻却被肖嘉宝轻易拿到,沐安澜真有点意外。不过,他很高兴地接受了这个事实,扬声向屋里喊:"陈小姐谢谢你!我们结婚一定请你喝喜酒!"

沐安岩已经有一周没有睡过一个安稳觉了。

那天,他设计肖嘉宝吃下含有酒精的食物,其实并没有打算将肖嘉宝怎样,只是想趁这个机会将肖嘉宝策反或者清除出沐安澜的身边而已。

但那天他在卫生间门口就被人打晕了。醒来的时候,人已经是在郊外一处别墅酒店的床上,旁边还睡着同样不知道发生了什么的卢赫拉。两个人意识到不对,但没加防备还是吵了架,从酒店出来之后便各自回家了,回家之后才发现时间已经过去了两天。

之后是沐安澜故意操纵的沐氏股价回落,一周的连续跌停让他心惊,他回笼资金有些忙乱,但幸好他早有准备,也不算狼狈,正打算周一时做出有效调整。结果周日一大早,各大财经娱乐热搜又被沐氏占领了。全都是他与卢赫拉开房密会的照片与新闻,包括之前的几次,包括在美国时的恋情,全都扒了出来,还指出他横刀夺爱,所以沐安澜才移情特别助理肖嘉宝。

沐安岩在浏览这些新闻时,差点儿没一口老血吐了出来:沐安澜,算你狠。

2

周一一早,沐氏的新闻发言人便召开了记者招待会,声明总经理沐安岩将升任副总裁,而沐安岩也是沐家的一分子,所以他的恋情将得到沐氏的全力支持,并且沐氏决定继续推进与卢氏的合作计划。

沐氏的股票在周一收盘之前涨停了。

27楼的沐安岩黑着一张脸在办公室里不许任何人进去的时候,28楼的沐安澜正缠着肖嘉宝晚上陪他去海钓。

"不去。"肖嘉宝打算回家好好休息,与沐安岩之间算暂告一段落,但目前

他们并不知道沐安岩手上有多少张牌,沐安澜现在虽然有百分之十七的股权,但是,仍不是一个稳胜的数目。接下来,要找到那些比她先一步买走股权的人,还有游说中立的股东,都是非常艰巨的工作量。

"那陪我去爬山。爬山很好哦,还可以看日出。"最重要的是,看日出之前可以和她同住一顶帐篷。

"不去。"肖嘉宝拿起电话装作要打的样子,"总裁是太寂寞了需要约会吗?"

"肖嘉宝!"沐安澜都快没有耐心了,但还是很黏糊地扯了扯肖嘉宝的短发,"去嘛。"

"总裁。"一直旁观的蓝语终于看不下去了,"你能不能不要虐我这样的单身人士?"单纯单身如她都看出来了总裁与肖特助之间一定有了什么样的实质性进展,因为总裁现在简直让人受不了地黏着肖特助,而肖特助虽然面冷依然,却不再下手狠揍总裁了。

"要不我放你长假去美国找林宁浩?"沐安澜想得十分简单,办公室里少了蓝语这个电灯泡,他完全可以挂上免打扰的牌子,就在办公室里哄肖嘉宝吃酒心巧克力,虽然肖嘉宝十有八九不会上当,但是,过程也是美好的不是吗?万一她不小心吃了呢?万一呢?

"真的吗?谢谢总裁!安妮卡刚刚出了第一张唱片,正在打榜,林宁浩他很忙,都没有时间回来!"蓝语兴奋得都快要跳起来了,但看到肖嘉宝的眼神后,她又委屈地低下头去,"我去工作了。"

"总裁,在年底股东大会召开之前,我们不会有任何假期。"肖嘉宝将手里的一摞文件放在沐安澜手上,"这是总裁在明天上班之前需要处理好的文件。祝总裁加班愉快。"

"你要我一个人加班?"沐安澜看着肖嘉宝,一张绝美的俊颜似笑非笑。

"女孩子睡得晚皮肤会不好的。所以我和蓝小姐就先下班了。"肖嘉宝毫不犹豫拎包走人,蓝语得了令,赶紧跟上,没敢回头看总裁一眼,生怕会被抓回去加班。

停车场里,肖嘉宝刚刚发动了车,副驾上便坐进来一人。沐安澜很安分地扣上安全带:"回家加班也一样。而且我要给你做饭吃。"唉,他真的好贤惠。肖嘉宝为什么还不感动?

肖嘉宝没说话,表情冷淡地专注开车,沐安澜则开始报菜单,硬生生把肖嘉宝说得更饿了。

第十三章 不确定他的心

对于沐安澜，肖嘉宝真的有防着他。没错，她与他，有了些进展，但这并不能说明什么。肖嘉宝不知如何处理与沐安澜下一步的关系，但她不敢贪心。有时候想想就此停滞也好，毕竟不会变得更坏。她喜欢他，喜欢到即使知道结局不会太好，也不想再多费力气去抗拒了。

但是，她也并不想再被酒精控制。已经无法抗拒他了，不需要再多一样无法抗拒的酒精。

自从在餐厅里被沐安岩坑过一次之后，肖嘉宝对于食物已经十分在意，所以沐安澜试了几次，都没有得手。

回到家，沐安澜做饭，肖嘉宝则去书房处理工作。吃晚餐的时候，沐安澜很讨好地说洗澡水已经放好了。肖嘉宝挑眉问他是不是在洗澡水里倒了酒，沐安澜竟然没有否认："整整倒了一瓶威士忌呢。不过现在被发现了。"说着还一脸好可惜的样子。当然他的表情明显不是可惜那瓶威士忌。

"沐安澜，你是不是脑子里不想别的了？"肖嘉宝坐下吃饭，将心形的牛排三下两下切开开始吃，无端地，心情有些好。

沐安澜一脸"哎呀吃饭都这么吸引人"的表情坐在她的对面，手托下巴看着她大口吃饭："是呀。自从那次以后，我脑子里只剩下你了。"

他的语气状似无奈，目光却特别赤裸，肖嘉宝稳住被他挑起的心跳，目不斜视，语气冷硬："闭嘴。吃饭。"

沐安澜则认为这也算是情趣，一顿饭吃完，脸上的笑容都收不住。

肖嘉宝默默地吃着饭，已经到了嘴边的话，又咽了下去：沐安澜，你是真的吗？我玩不起游戏，又不敢给真心，你让我怎么办？

肖嘉宝洗澡出来的时候，他已经拿着干毛巾在沙发上等着了，电视上正放着一部韩剧，正是肖嘉宝周末抽空在看的那一部。

"过来。"沐安澜扬扬手里的毛巾，拍拍身边的位置，"给你擦干头发我就去书房。嗯，如果你睡着，我保证会拒绝你把我腿当枕头的。"

肖嘉宝用一只抱枕拍了他一脸："滚。"

与沐安澜这边的小甜蜜不同的是，沐安岩正在一个巨大奢华的包厢里独自喝闷酒。想想也真是悲凉，现在想喝酒，居然都不敢去酒吧，就怕喝多了会被记者拍到，他一不能丧失形象，二不能影响父亲，三还要顾忌蛇一样蛰伏着随时等他出事的沐安澜。

人活着真累。可是，他似乎从一出生就这么累。身为沐家的长子，却不是长

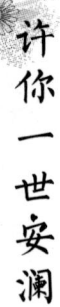

房长孙。他做什么都很努力,却从没有得到真正的承认。

他的父亲,一直努力地想成为沐氏的继承人,结果呢,最后时刻离家已四年没有音信的沐彦之回来了,父亲大病一场,愤而转去从政。

到了沐安岩,也一样。沐彦之一直单身无子嗣,而且一直以来都极器重他,甚至比他的父亲更关怀他的成长与为人处世,教他许多生意场上的东西。

他便一直以为,伯父是将自己作为接班人培养的,于是一直努力。但忽然有一天,他知道了有沐安澜这个人,也知道伯父一直挂念儿子。再然后,一直单身的伯父忽然有了妻子,忽然有了儿子。忽然,他的儿子就回来空降成了总裁。

而那个位置,是他一直努力的目标。

如何叫他不饮恨。

壹号的经理室里,卢赫拉坐在办公桌后面,壹号的老板娘、总经理一脸讨好地站在下方,很认真地报告着手里的季度报表。一个保镖模样的年轻男子敲门进去,俯首低声在卢赫拉耳边讲了两句,卢赫拉脸上威严依旧,只是眼神微微地动了动。她挥手让保镖下去,然后示意经理继续。

壹号会所是当地最奢华的私人会所,并且全国连锁,只在发达的城市开放,每个城市仅开一家,而且会员都是非富即贵,不是政要便是身价颇高的家族的千金少爷们。但即使有钱也不一定能进,因为会员是限量的。壹号是卢赫拉大学时就设想创立的私人会所,也是她在商界一战成名的根据地,所以壹号的账她通常一两个月都会亲自来看一看。

她倒真没料到今天沐安岩也在。而且,那样稳重自律的人,已经独自喝了近两瓶的 XO。

想起之前,他们在同一张床上醒来之后,两个人先是关心对方是否安好,随后便互相责怪,然后争吵不欢而散。那天,沐安岩离开时挺得笔直毫不犹豫头也不回的背影,卢赫拉此刻想起仍觉得心里有气,而且不是一般的气。而是想从此与他老死不相往来的气。

但到底,卢赫拉工作完成后,还是不自觉地绕到了沐安岩所在的那个房间,硬生生地抬头挺胸地经过门口之后,又硬生生停住折返,然后推门走了进去。

卢赫拉进去的时候,沐安岩已经喝红了眼。也不知道是愤怒还是委屈,总之他已经坐到了地上,一只手正要去拿起桌子上的酒瓶,平时打理得整齐清爽的头发此刻乱了,稍稍地遮挡了他醉意蒙眬的眼睛,看到走进来的女人,沐安岩愣了一下,好一会儿,很勉强地挤出了一个笑容:"看,我的前女友也来嘲笑我了。"

即使是在五年前分手那一次，两个人都极度伤心与愤怒，卢赫拉都没有见过从来稳重自信的沐安岩的这一面。

沐安岩对她招手说来我敬你一杯时，卢赫拉的心，一下就软成了水。她走过去，在他身边跪坐下去，伸手将他的头抱进怀里："别这样。你要什么，我都帮你。你不要什么，我也不再逼你。"

怀里的男人良久没有出声，卢赫拉却感觉到有滚烫的液体湿透了自己的衣服，那热度一下就灼伤了她的心。

沐影在电话里说沐安岩忽然大笔资金注入沐氏也在收购股权的时候，沐安澜正在给肖嘉宝做海鲜炒饭，而肖嘉宝拿着咖啡杯正在被强烈要求"欣赏"全世界独一无二的沐氏求爱大法：怎样把虾仁做成心形。

接完电话，沐安澜面色如常地继续手里的细活儿："看，从这里穿过去，很简单。但是力道要巧。"

"味道与营养到位就行，不必太复杂。"肖嘉宝完全不给面子地批判，"不管什么形状最终都会进到肚子里。"

"就像我不管怎么样都无法拒绝一直拒绝我的你吗？"沐安澜现在不管做什么事，随口都能说起他们之间的关系。说是情侣，却又总有距离感。若不是情侣，却又比陌生人甚至比朋友更近。沐安澜在努力地驱赶这种他与肖嘉宝之间的不安全感。

"沐安澜，股东会确认你经过考核期之后，我就会离开。"肖嘉宝其实还想说一句：我没有安全感。我喜欢你，很喜欢。可我无法信任任何人。

沐安澜仔细地做完最后一枚完美的心形虾仁，才抬头看正冷静而又淡然地看着自己的肖嘉宝："我说了，我无法拒绝一直拒绝我的你。你走了，也一样。好啦，开炒！五分钟后开饭。"

转身拿起锅的时候，沐安澜都能看到自己的手是抖的：肖嘉宝这个女人！简直没有心！狠死了！

3

肖嘉宝没有再说话，只是坐在餐桌前喝着咖啡看他做饭。这个男人很好看，好看得有些不像是现实。这个男人连做饭的样子都很迷人，但是，她又觉得，正因为他太迷人了，所以，不敢要。怕拥有之后，经不起失去。

在这个世界上，她除了一颗爱他的心，她已经不剩下什么东西了。她即使相信他可能现在真的是喜欢自己，也不相信他会喜欢很久。她明白自己无法承受一次失去。不如，就这样远远地看着。

是的。为了避免受伤，她干脆不接受所有。过去这十几年，是他一点点地教会了她这种保护自己的方式。

将摆成心形的炒饭放到肖嘉宝面前的时候，沐安澜双手撑在餐桌上，似要居高临下地把肖嘉宝笼罩在自己的怀里，他俊美无双的脸上，一丝笑容也没有，一双琥珀色的绝色眼眸里是浓浓的深沉与坚定："肖嘉宝，我不知道你为什么拒绝我。但是我告诉你，我这一辈子，就你了。"

肖嘉宝拿起勺子的手似乎顿了顿，但她的回应一如往日令沐安澜的认真脸一下就垮了下去："闭嘴。吃饭。"

沐安澜扁了扁嘴角，实在是受不了她的冷漠，大着胆子冒着饭前被揍的危险抬手狠揉了一把她的头发后，有些恋恋不舍地放开坐下吃饭："恭喜你，你成功地让我感觉我这是在追我妈。"

她的头发是有些棕的黑色，和她眼眸的颜色一样。发丝较粗，但发质很软，令他感觉有点爱不释手。唉，不管她的什么，好像都令人上瘾。

沐安岩虽说被"升职"成为副总裁，但办公室仍然在27楼原来的位置，只是门前的牌子换了换，所管的业务也仍然没有变，变的是，谁都看得出，沐副总裁做事比以前更狠辣了。于是28楼的气氛也变得十分压抑。

反而是总裁室的一对美貌CP养眼可爱得多：每天早上八点半，只要是这个点儿上班的沐氏员工，都可以看到颜值身高都像是从时尚杂志里走出来的沐安澜和肖嘉宝来上班，真是男的俊美女的帅气，完全就是时尚大牌拍摄现场的范儿。公司的许多小姑娘为了能在大清早见到总裁和肖特助，迟到早退率大幅度降低，听说总裁室还要通过考试从公司里提一个人做总裁助理，更是人人工作积极性每天爆表：谁不想到总裁办公室工作呀，只要努力就会福利好有前途，听说总裁办公室那个蓝助理以前只不过是公司的前台，现在出入都挎着名牌包，听说还有一个在好莱坞做经纪人的男友！

公司的主管们对新总裁似乎也不那么排斥了。一是因为见识过了肖特助的过人本事以及雷厉风行的工作态度；二是新总裁上任以来，虽然总是闹点动静，看起来很不靠谱，但事实上总裁室所决定的项目，所做的计划都有目共睹，最要紧的是，项目一项接着一项成功，薪水与福利也一份一份到了员工们的口袋。员工们支持谁其实很简单，谁能为他们赢得更多的酬劳就支持谁呗。

第十三章 不确定他的心

距离年底股东会议还有两个月，沐安澜才抽空看了一眼所谓的总裁考核制度："搞笑吧？还有员工投票这一项？"

"所以总裁才需要每天早起上班努力工作给员工们增加收入。"肖嘉宝并不意外他不知道。

通过这段时间与沐影的接触，肖嘉宝算是明白了：沐安澜如果不是她拉着扯着，根本就懒得出现在沐氏，也懒得和沐安岩玩。他要做的就是强行并购，暗地里匿名将绝大部分的沐氏股票买入，再以最大股东的身份在股东大会上碾压其他股东的发言权。不得不说他的计划霸气侧漏。问题就出在钱上面。肖嘉宝问沐影："现在总裁手里收购了多少沐氏股票？"沐影思考了一下才回答："不到百分之五。"

虽然百分之五的沐氏股份也是一笔巨款，但明显要想用这百分之五去碾压沐安岩是不可能的。

所以说，计划很好，但实力不够也白搭。

沐安澜看着肖嘉宝笑，很是心虚的样子。肖嘉宝只以为他是心虚自己的计划虚妄。她虽然已经知道了这个男人绝不像他外表看起来的这样简单肤浅，但是她还是低估了他的自信与腹黑。

这天上班时，沐安澜与肖嘉宝又和沐安岩在电梯前相遇了。

"早安。两位出双入对，真是羡煞旁人。"沐安岩先打的招呼，只是他的眼睛里，写的却是：这对璧人应该被烧成灰烬扔到太空中去，并且再也不要出现在银河系。

"哥你气色也很好。看来有个有钱的女继承人未婚妻真是太好了。"与沐安岩打嘴仗，沐安澜什么时候输过，自然是哪壶不开提哪壶：在沐氏的股价攀升期，仍依靠卢赫拉的资金强行并购沐氏股票。旁人顾忌沐安岩，对沐安岩的资金来源绝口不提。他沐安澜可不怕。

"是比强悍小野猫好一些的。"沐安岩说着，还特意看着一身帅气白色西装的肖嘉宝笑了笑。

"这是种情趣，哥你不懂。但你不用太羡慕我。"沐安澜一把搂过肖嘉宝的肩膀走进电梯，样子十分傲娇。他与肖嘉宝站在电梯里都似发光体一般惹人注目，沐安岩看到身边的一个小姑娘用手机偷偷地拍两人的照片，脸瞬间就黑了。

沐军之可能会保释出来的消息，沐影先告诉了沐安澜。还没有问出口，沐安澜便说："暂时不要告诉肖嘉宝。我爸妈那边，要加强人手。"

"是。"

"不能阻止他出来吗？"沐安澜又问。

"他脑里长了东西，而且，是有人签了特赦。那位，是二老爷的知交。"沐影说得较为隐晦，但沐安澜当然明白：沐安岩居然不惜动用正处于升迁关键时期的父亲的势力将沐军之放了出来。

沐军之这个人，沐安澜只在十岁那年见过一次。

一开始，他差点儿以为那就是他的父亲。因为从懂事以来，他只悄悄地在母亲的抽屉底层见过父亲的照片。而沐军之实在长得与父亲太像太像了。不管是脸型五官，还是身高体型，都非常像。唯一不像的，应该是那双眼睛吧。父亲的眼睛是清朗的睿智的，而沐军之的眼睛，是阴鸷的痛苦的。因为眼神的不同，气质也完全不同。当他突然出现在沐安澜面前时，当时还是小学生的他先是站住不动，随后随着沐军之忽然握紧拳头走近，沐安澜似有与生俱来的逃跑本能那般拔腿就跑。

很多年之后，那一次与沐军之的见面，都是少年的沐安澜活得有如惊弓之鸟的最大原因之一，他甚至毫不怀疑，如果当时他没有跑掉，可能会遭毒手，小命不保。

肖嘉宝没有见过沐军之本人。但肖嘉宝是知道的，他少年时所遭遇的那些"意外"，绝大部分都与沐军之有关。是什么样的执念让沐军之非要自己的命不可？沐安澜也不是很清楚。他曾试图与梁小姐讨论这个问题，但是梁小姐似乎并不想提起关于沐军之的事情。

"怎么了？"回家的路上，沐安澜戴着帅气的飞行员墨镜在开车。肖嘉宝翻阅着手里的文件，似漫不经心地问道。

"什么怎么了？"沐安澜好看的嘴角勾起迷人的浅笑，"在问我为什么没调戏你吗？"

"你在警戒。"肖嘉宝从来懒得接他的调笑。而且已经一连三天了，沐安澜的警觉引起了肖嘉宝的注意。尽管肖嘉宝也看出来沐安澜在尽力地掩饰，做到一如往常地自然。但是，在六年前，与他相处过七八年的肖嘉宝对于他这种浑身都似拉起了警戒线的气息太熟悉了，熟悉到只要他的一个小眼神都能判断出他在努力地避开未知的危险。

"那么明显？"沐安澜笑容扩大，不由得觉得窝心：肖嘉宝一如六年前那般了解他。哪怕只是一点点的变化。

"你说呢？"肖嘉宝合上文件夹，略一沉吟，忽然得出了结论，"沐军之出来了？"沐影竟没有第一时间通知她。看来，要私下找沐影沟通一下阳奉阴违这个问题。

"他得了脑癌。可能性格比以前更难搞些。"沐安澜很明白,沐军之绝对是一个性格异常阴鸷偏执的人。三年前他能让他的父亲昏迷三年差点儿送命,那么,在三年多后的现在,谁知道已经命不久矣的他会做出什么来呢?

"沐安岩看来是真想和你不死不休了。"肖嘉宝一下就猜到了沐军之出来与沐安岩有关。沐安澜点头,笑容却未变:"是呢。我这位堂兄,对我帮他娶到了有钱老婆这件事情很不满意呀。"

"他比你更想要沐氏。"肖嘉宝修长的手指放在文件夹上,轻轻地敲了两下,她在思考下一步的对策。

"比起沐氏我更想要你。"沐安澜妖孽的笑容依旧。

肖嘉宝被他低沉暧昧的声音说得耳下都热了热,不过,近来这种话听得太多,她早已见怪不怪:"实在忍不住的话,我可以帮你打电话约娜娜小姐。"

"谁是娜娜小姐?"沐安澜皱了一下眉,没想起来这位偶尔就从肖嘉宝嘴里蹦出来的娜娜小姐是谁。

"在泳池派对上那位。"肖嘉宝淡淡地回答,当时沐安澜对那小明星温柔地笑的样子,真是刺眼。

"肖嘉宝,"沐安澜努力地回忆了一下,也只闪过了那位"娜娜小姐"模糊的影子,但他的笑容又开始扩大,"你这是在吃醋吗?"

"记住总裁的女友偏好也算是助理工作的一部分。"肖嘉宝回答得十分淡定,吃醋?她才不……可能,大概有一点点吧。

"从这一点来说,你是个很不称职的助理。"沐安澜自然不肯放过调戏她的机会,"我的偏好是你这类型的。"

"总裁真是爱好广泛。小心!"一辆大吉普车忽然迎面冲了过来,肖嘉宝叫"小心"的同时,沐安澜已经灵敏地转动方向盘。他们的车险险地偏开了正面相撞,两车的车头前侧生生擦过,速度与摩擦激起的火花与刺耳的声音都十分震撼。对方刹车都没踩狂奔而逃,沐安澜的车却不可避免地擦着马路牙子过去,差点撞上了路边的绿化带。停好车时,那辆大越野车早已不见了影踪。

Chapter 14 第十四章
为爱倾尽所有

他连百分之一都没给他留下，但沐安澜居然也答应了。就因为要救那个叫肖嘉宝的女人。

1

马路惊魂之后,两个人回到家里,脸色都有些凝重。已经通知了沐影去查,但两个人都知道今天十有八九不会是意外。

肖嘉宝觉得,还是需要去找梁小姐谈一谈。毕竟从沐影那里的信息判断,沐军之这样做的起因与梁小姐有关。

回来后沐安澜就进了书房,沐军之不但出来了,而且这么快就动手了,他也得有所行动了。

肖嘉宝轻轻地出门,驱车直奔沐彦之所在的私人疗养院。刚到门口便发现了沐影的人,肖嘉宝的心才略松了一些:沐安澜早知道沐军之会出来,这边自然会重点保护。沐安澜表面上虽然玩世不恭,但他对父母的感情很深。而她之所以担心,是因为她失去过,不想他也遭遇失去的痛。

沐彦之和梁晚欢正在吃饭,沐彦之的身体已经好了许多,不再需要拐杖了。晚饭是梁晚欢在小厨房里做的,沐彦之正把菜往餐厅端:"欢欢,肖小姐来了。我们多炒两个菜。"

梁晚欢从小厨房里探出头,略施粉黛的脸上依旧明艳动人,却又比以前多了几分温柔亲近:"嘉宝来了。正好,一起吃饭。"

肖嘉宝也没推辞,想走进厨房去帮忙,却被沐彦之叫到沙发上看电视等着,还贴心地给她拿了水果和零食。肖嘉宝环视了一眼这套被夫妇二人布置成了温馨套房的疗养院病房,心里不由得涌出了羡慕:原来相爱的人在一起,不管到了哪儿,都能过得幸福。

晚餐四菜一汤,肖嘉宝吃得很安静,也很安心。她甚至有些感觉,梁小姐与沐彦之将她当成了女儿一样。这让她心里有些潮潮的,想着等股东大会过后,她就要离开眼前的这两个本与她没有什么关系的人,莫名地涌起了一些不舍。

饭后,肖嘉宝要走,沐彦之坚持要自己洗碗,让梁晚欢送肖嘉宝。

肖嘉宝知道梁晚欢不想让仍在恢复期的沐彦之操心太多,所以到了楼下她才开口:"下班时我和总裁差点遇上车祸。梁小姐你们多注意安全。"

肖嘉宝是十分聪明的,她也知道如果是梁晚欢不愿意说的事情,她问也无用,于是只是告诉她,这件事情起因在她,但现在受伤害的是沐安澜。

沉吟半晌,梁晚欢才说:"我不知道他会不会来找我。但是如果见到他,我会试着劝他放手。"

"他得了脑瘤,是发作时十分痛苦的那种。"肖嘉宝停了一下,还是伸手轻轻地拥抱了一下梁晚欢,"梁小姐,你和伯父都要小心些。"

"知道了。安澜那边,就拜托你了。"梁晚欢也轻拍肖嘉宝的背,对于肖嘉宝很少表现出来的温情一面,她也觉得很窝心。

打开车门的时候,肖嘉宝忽然感觉不对劲儿,似是身后有风声,她侧身要躲开,肩膀上还是感觉到了针刺一般疼了一下,酥麻的感觉几乎马上就从疼痛的地方开始蔓延,肖嘉宝知道要糟,用最后一点儿力气狠狠地按在了车喇叭上,希望附近沐影的人能够赶到,如果他们还没有出事的话。

肖嘉宝最后失去意识之前,很失落地想:沐影的人竟然全都没有出现,是不是她漏掉了什么重要的信息?

沐安澜听到肖嘉宝按响的那声不同寻常的喇叭声的时候,他还在一公里之外,他狠踩油门,眼中迸发出的利芒让身旁的沐影都吓了一跳,跟了沐安澜这么久,他还没见过他流露出这般重的杀气。

车门仍开着,可见带走肖嘉宝的人走得很匆忙。周围没有车钥匙,肖嘉宝可能带走了它。在场所有的暗卫,一共九个,几乎全中了埋伏,有两个还受了重伤。每个人身上都中了迷药针。一种由暗卫自己世代相传却又经过了改良的暗器,百年以前叫迷药镖,现在已经改良成了可以用气枪发射的迷药针。

"少爷,对不起。"沐影站在沐安澜面前,头垂得很低。

他做了很多准备,还是没能避免最重要的一个细节所造成的严重后果:沐军之是一个十分聪明而且敏锐的人,十几岁时有一段时间他十分崇拜沐彦之,整天跟在沐彦之身后,并且他很敏锐地发现了暗卫的存在。沐彦之那时候与这个异母兄弟的感情很好,看沐军之十分喜欢暗卫里的一些东西,就做了个决定,让他跟着暗卫。这样做的结果就是,沐军之不但知道有暗卫,还知道暗卫的行事特点与方式,甚至是一些小的工具与技巧,类似迷药针和护卫的站位与换哨方式他都十分清楚。

沐安澜冷冷地看了沐影一眼,根本不打算和他说话。身为暗卫领导人,竟然出这样大的纰漏。

沐影自然明白沐安澜的眼神代表着什么,心里暗捏一把汗:少爷真狠起来,比起老爷只会更狠。

"留五个人在这里守着,让他们悠着点儿。其他所有人都出去找。所有离开这里的路能找到的摄像头,方圆十公里的可能性建筑物,或者可以藏身的地方。每十分钟向我报告一次。"沐安澜的声音冷得都要滴水成冰,让沐影这样的汉子都不由后背一阵发冷："是。"

沐安澜回到车里，沉吟半晌，拿出电话拨打了一个号码："二叔，我想去拜访您。"

对方沉默一会儿，才说："来家里吧。"

半个小时之后，沐安澜出现在沐礼之的家里，他进门时，沐安然正好要出门，看到沐安澜，惊讶得张大了嘴巴。

沐安然算是第三次见到沐安澜的真人。第一次，是三年前在大伯父的病房里，里面乱糟糟的很多人，只觉得这位突然出现的哥哥真好看。后来这三年，就是在各大时尚杂志与海报里见到他了。第二次是前些日子在沐氏的周年晚宴上，她站在名媛淑女堆里远远看着，他和赫拉姐在一起忙得很，她连招呼都没打上。今天见他，沐安然还是有点见明星偶像的紧张感："安澜哥。"

"小妹。"沐安澜主动打了招呼，见面的次数极少，又从来没有相处过，即使是堂兄妹，也并不觉得亲近，"我来找二叔。"

"呀，爸爸在楼上书房。我……我带你去。"沐安然有点忐忑也有点兴奋地领着沐安澜往楼上走。

"小妹好似比上次清瘦了些，是不是在健身？"沐礼之视女儿如掌上明珠，这沐安澜是知道的，此刻心情再糟糕，客套话还是要说一些。

"真的吗？"沐安然被保护得好，比较单纯，闻言笑开了，"我是在健身呢。不过我哥说我闹着玩，坚持不了几天。"

"小妹看起来很漂亮。"沐安澜说着好话，拐进二楼走廊的时候，心里却不由一沉：沐安岩与沐礼之父子俩，底子里都是一路人，他们达成共识，将家里的女人妥善保护，不受外界所有的侵害。但是父子俩在外的为人处世，却稳准狠辣难以捉摸。

到了书房，沐安然几乎是蹦跳着跑进去的："爸爸，安澜哥来了。"她很高兴，就像白捡了一个又帅气又有名的明星做哥哥一样。

"知道了。不是要出门吗？去吧。让司机等你。要九点半前回来。"沐礼之对着女儿笑，十分和气可亲，完全不像是他经常出现在本地新闻里那种官气十足的样子。

"知道啦。那爸爸和安澜哥聊吧。我走了。"沐安然很开心地朝沐安澜挥手，沐安澜也笑着回应了她。

但门关上之后，书房里的气氛几乎在瞬间就转变成两虎相争的诡异压迫感。

是沐安澜先开口的，他很直接地说出了对方最想听到的话："我明天将把我名下的股权都交给大哥。一共有百分之十三左右。我只留百分之一，剩下的会全给大哥。"

沐安澜说得清楚又明白，而且十分直接，这让沐礼之有些吃惊，但他毕竟城府极深，表面上不动声色，只淡淡地说了一句："坐下说吧。"

沐安澜那天在沐礼之的书房整整谈了两个小时，其间书房的门紧闭，两个人都没有出来一步，也没有人知道他们都在里面谈了些什么。

沐安澜走的时候，刚巧又在门口遇到了回家的沐安然："安澜哥！"

"这么快就回来了？"沐安澜笑得很无害，"是去健身了吧？我有一张壹号的健身卡，明天我让人给你送过来。"

"真的吗？谢谢安澜哥！"沐安然很高兴，像她这样的千金小姐，虽然手里有钱，但是既没有自己的公司，也没有自己的影响力，根本没有资格做壹号的会员，因为不是独当一面的财富制造机器，连壹号的健身房会员都没有资格办。那里只接受可以在商场呼风唤雨的顶尖人物。她和她大多数的有钱千金一样，没有进入壹号的社会资格。

这张卡，自然又让沐安澜在沐安然面前加了分，第二天一早就收到了白金镶钻的会员卡的沐安然再在母亲面前美言一番，林静卉对沐安澜的印象也好起来，晚上与丈夫说起，自然又是好话。

沐礼之暗服沐安澜的处事：他连百分之一都没给他留下，但沐安澜居然也答应了。就因为要救那个叫肖嘉宝的女人。真不知道是应该服气这个侄子的爱美人不爱江山，还是应该服气他这种说不要就不要的魄力。沐氏百分之十三的股份，上百亿的身价，说不要就不要，绝不是普通人能做到的。至于沐军之，沐礼之想，沐军之那样的人，就像是埋在沐家的炸弹一样，用好了有用，但说到底，也是一个大隐患。还是，让他在牢里待着过完他剩下的人生的好。

这一夜，对于沐安澜来说，真是前所未有的难熬。

这个高端疗养院在海城风景最秀丽的一座半山上。一夜时间，暗卫和警察查了所有能下山的路，就差把疗养院方圆十里都挖地三尺了，但就是没有关于肖嘉宝的丝毫消息。

据说沐军之的脑瘤长在很关键的地方，若是开刀十有八九变成植物人，但是不开刀的结果就是发作的时候会痛得神志不清，甚至陷入疯狂状态。

一想到沐军之发作的时候肖嘉宝有可能会遭遇的情况，沐安澜别说是睡觉了，就连一口水都难以下咽！

2

沐安澜这时候已经忘记了，肖嘉宝根本就不是普通的女人，她不但不是普通的女人，她是比普通的男人甚至是比他的暗卫们还要更敏锐更优秀的人才。

沐军之非常聪明，他似乎比任何人都知道肖嘉宝的能力。所以，每隔两个小时，他就往肖嘉宝身体注入一点儿麻药。肖嘉宝对麻药刚刚有点抵抗力的时候，他就会又加一次药。于是肖嘉宝一直都是清醒的，只是无法说话，也无法发出动静。

她非常明白，沐军之是一个多么聪明又多么疯狂的人。因为他藏身的地方竟然是这座疗养院的高端 VIP 病房！而且应该就在沐彦之的病房的楼上或者楼下。这间疗养院住的不是富豪便是政要，都是警卫保镖随处可见的地方，谁会想到他竟然将最危险的地方当成了最安全的地方呢？

沐安澜和警察们几乎搜索了所有的地方，就是忘记了搜查最近的疗养院，暗卫们当然也去查看了疗养院的仓库与地下室，但谁也没有想到，肖嘉宝就在某一间高级病房里，她一动不动地躺在床上当植物人，她甚至还能听到外面医生查房与护士来往穿梭的声音！

沐军之在半夜里头痛的时候，肖嘉宝很清楚地听到了他在给自己打止痛针，打了止痛针之后大概效果不大，于是他咬着软木阻止自己发出呻吟声。

肖嘉宝不由得再次佩服这个人的阴狠与聪明，他连自己头痛发作时有可能会出现的情况都算计好了。

肖嘉宝完全不知道他要做什么，但她现在绝不能躺在这里等他做什么再做出反应，所以肖嘉宝看准了一个他来加麻药的间隙，用尽全力动了动手，让静脉注射的针头歪了。

镇静剂直接注射进血管与注射进肌肉里的效果，自然也是不同的。

当手背开始肿起，肖嘉宝不着痕迹地将手往被子里藏了藏，尽量做一些掩饰。

幸运的是，肖嘉宝能够感觉到自己的力气一点点地回来了。但她没动。她知道，在麻药的作用下，现在她的胜算不大，所以她要耐心地等一个时机。

这个时机在第二天下午到来了。沐军之的头痛又发作了。他还是走老程序，先强忍着给自己注射止痛剂，随后咬着软木死忍。

他要痛一个多小时。痛之前，离给肖嘉宝加麻药的时间还有半个小时，所以，肖嘉宝也在忍。她整整忍了一个小时，在感觉身体各个部位的感觉都已经回来了之后，虽然可能还有些虚弱，但她没再继续等，她看准了时间，外面正是医生下午巡房的时间段，她用她能控制住身体的最快速度下床后，没有与已经忍耐了一个小时剧烈疼痛正陷入疯狂的沐军之纠缠，而是直接跑向了门口。

肖嘉宝低估了沐军之的爆发力，在她下床的瞬间，沐军之几乎像一头受伤的猛兽一样扑了过来。肖嘉宝身上毕竟还有麻药，她尽力闪开了他的攻击，但也只是险险避过，这闪避却让沐军之对她的警惕更高，以沐军之对沐安澜的了解，他不可能不知道肖嘉宝的身手，所以沐军之第二次扑向肖嘉宝的时候，是下了狠手的。

幸好，肖嘉宝手里有武器，她下床的时候，将注射用的针头抓在了手里，那根针扎进了沐军之的拳头，成功地为她争取到了跑向门边的时间。

肖嘉宝几乎是用最后一点儿力气打开房门冲出去的，刚出去便看到了向她飞奔而来的沐安澜。他的身后，沐影和几个暗卫的人被甩出去一大截，可见他跑得有多快。

肖嘉宝倒地之前，沐安澜牢牢地接住了她，并且快速地闪开空隙，让出了身后的位置，沐影他们伺机冲进病房。

屋里窗户是打开的，一根精而细的登山绳垂到了楼下，沐军之已经不见了。

沐安澜抱着肖嘉宝直接冲进了医生办公室，那一脸的惊惶让人觉得肖嘉宝已经生命垂危。医生仔细检查后说肖嘉宝只是连续性地被打了少量的麻药，没什么事。沐大少爷沉默了一秒，黑着脸指着肖嘉宝红肿的右手背："怎么做医生的？这叫没事吗？"

医生很不明白，那明显是静脉注射针跑针后造成的水肿，过一会儿就会自己消下去，难道还要做什么包扎吗？但在沐安澜极其严苛的目光下，医生还是去找来护士给肖嘉宝的手做了处理。

肖嘉宝还在慢慢恢复力气，都懒得去与沐安澜计较这些小细节。确定肖嘉宝不用住院之后，沐安澜又罔顾肖嘉宝的抗议，将她抱到了车上，然后细心地给她系好安全带，之后将她带回了家。

肖嘉宝看了一眼沐安澜，眼眸一沉，问："你去找沐礼之了？"

"对。"沐安澜也不否认。

肖嘉宝很明白，如果沐礼之肯不阻止沐安澜大张旗鼓找人的话，那么沐安澜将付出什么："多少？"

"我名下的百分之十三。"沐安澜耸耸肩膀，"我能给的全给他了。"不能给的当然不能说。

"沐安澜你是猪吗?"此刻肖嘉宝气得都要疯了,他到底知道不知道,她用了多大力气,花了多少时间和精力,才凑够了他名下的百分之十三?他就这么一句话就把它们全送出去了?

"你要是有什么事,我要沐氏有什么用?"沐安澜专心开车,目不斜视,声音虽轻,话却重重地压在了肖嘉宝心上:"沐安澜。"

"嗯。"沐安澜此刻还在庆幸他忽然之间想到了在那样短的时间里沐军之不可能跑太远,而且他刚出来,多半做什么都是独自一人,所以就想到了他有可能藏在疗养院里,仔细地去查了病房资料,果然有发现。幸好,他飞奔过去,正好来得及。

"我应该拿你怎么办?"这个男人关心则乱,她自己完全有能力逃跑。事实上她也做到了。但他怎么就笨成这样,拿至关重要的东西去向沐礼之来换她呢?

"不如以身相许?"说这句话的时候,沐安澜没忘记勾起笑容,这会儿他终于确定了肖嘉宝没事,他悬了一天一夜的心也终于慢慢地落回地面。

肖嘉宝却没有回应他的调戏,仍沉浸在自己的情绪里:"这十个月来的努力全白费了。"

"但我觉得这十个月是我人生中最好的十个月呢。"在这十个月里,他停止了长达十多年的纠缠,向自己内心真正的需要妥协,向他喜欢肖嘉宝很久很久并且很深很深这件事情妥协。他开始觉得和肖嘉宝在一起的时光,不管她是什么样子都是一种享受。他开始厌恶抗拒并且想尽一切办法拒绝与她分开。

他确实是幸运地被爱情这个东西砸中,而且前面的那十年砸得他晕头转向不知所谓,从这十个月开始,他才真正品尝到爱情的美好滋味,并且,他决定因她而要成为一个更好的男人。

快到家的时候,沐安澜就觉得肖嘉宝好像有点儿不对劲儿了。她不再说话了,而是转头用一种热烈的目光看着他,那神情似曾相识。当她半呻吟似的叫了一声"沐安澜"的时候,那声音让沐安澜的骨头都要酥掉了:"你喝酒了?"

肖嘉宝倒是没喝酒。只是沐安澜坚持要让医生处理她手上的水肿,于是医生就叫护士用酒精帮她把整条手臂都擦了一遍,之后又将肿起来的地方包扎了一下。

酒精大概就是从针口慢慢渗进了肖嘉宝身体里而已。肖嘉宝的手摸到沐安澜的脸的时候,沐安澜差点儿崩溃了。但想到这停车场里也到处都是摄像头,他并不想被人看到肖嘉宝,这才找回了带肖嘉宝回家的一丝理智。

只是被他抱在怀里进电梯的肖嘉宝也不安分,一直挂在他身上,沐安澜只得横抱着她。

两个人进门的时候，忽然听到了两声清亮的咳嗽，沐安澜心里一惊，迅速将肖嘉宝的脸藏在他的胸膛上，这才望向客厅。

只见他的父母大人正用一种"哇咧，养了几十年的猪居然会自己拱白菜"的表情看着自己。

特别是父亲脸上的表情，仿佛还有点儿难以接受他从一个婴儿忽然变成了一个可能会即将成为父亲的男人。

"那个，我们出来逛街经过你这儿，就想过来看看。呃，现在看到了。那我们走了。你忙吧。"沐彦之到底是男人，看到儿子那急切地将肖嘉宝护到怀里的样子，哪儿有不懂的道理。梁晚欢似早有预料，只是掩着嘴笑，经过他们俩的时候，看到肖嘉宝的脸埋进儿子的胸膛，一只手紧紧地抓住儿子的衬衣，硬是没止住"扑哧"笑出声来：这肖嘉宝成天一副高冷模样，没想到也有这么热情的一面，那是不是意味着她以后不用替儿子担心他会受冷落了？

两个人难掩笑意地替一直无话可说的沐安澜关上房门后，沐彦之伸手搂住一直在掩嘴笑的老婆的肩膀，低声在她耳边说："怎么你好像并不惊讶？"

梁晚欢又笑了一阵，才将儿子十几二十岁时不懂分辨对肖嘉宝是什么样的感觉，所以对肖嘉宝各种恶作剧甚至闹得最后辍学做了十二个月的社会免费服务的事情，都细细地告诉了丈夫。当然，她没有说她那时候为了自己的目标，也由于心中怨恨他，而让肖嘉宝远走，让他们有空间各自成长的原因。

既然已经决定原谅他，既然决定让那二十年的恨都当没有发生过，不提也罢。

3

这一次，沐安澜是在肖嘉宝毫不掩饰的哀号里醒过来的，一醒来就发现怀里的女人正咬着被子一声一声地哀号，明白她大概是醒过来之后就想起了昨晚的事情，觉得太丢人才情绪失控。看来，今天肖嘉宝又要在床上蒙着被子度过了。

果然，沐安澜安慰了半天，都没能把她从被子里哄出来，自己反而被她踢下了床。他才出去倒了杯水，卧室的门就已经反锁上了。

沐安澜心里记挂着她已经两天没有吃东西，又是哄又是求，门还是没开。他做好了饭，去找了钥匙把门打开，连人带被子地把肖嘉宝抱到餐厅放在椅子上，终于用食物的香味将被子里的人给诱惑出来了一张脸。

肖嘉宝一米七九的个子，但她骨架纤细，比例极好，加上平时锻炼，身上真是一丝赘肉也没有，体重也就一百出头的样子，所以她穿什么都是衣架子。此刻她裹在被子里，下巴搁在餐桌上，几根不听话的短发从包着头的被子里跑了出来，整个人看起来就像一个可怜的小孩。

她的样子让沐安澜觉得整个人都被她萌化了，干脆无视餐桌旁其他数把椅子的空虚抗议，再次将她抱起，坐在她的椅子上拿起勺子一口一口地给怀里的"委屈小孩"喂饭。

肖嘉宝虽然心里郁闷，却没辜负食物，也不想辜负自己饿了两天的胃。她对于食物一向尊重，既不挑三拣四，也不会嫌弃味道，而且一般都会很给面子地把沐安澜做的食物都吃完。

作为一个厨师，沐安澜非常喜欢肖嘉宝这样不会剩下食物的食客，虽然偶尔也会对她拒绝欣赏他的"爱心餐"不满，但到底还是满意的多。

"一会儿我要去公司，你和我一起去好不好？"沐安澜喂着饭，十分温柔地问。仿佛之前那个每天被肖嘉宝用极恶劣的方式叫起床催上班的人不是他，"有些事情必须去处理。"

"不。"肖嘉宝拒绝得干脆利落。说到公司，她又想起了被沐安澜送出去的百分之十三的股份，只觉得一口老血差点儿没吐出来，于是无赖地提出，"现在我没事了。沐安澜你去反悔，把百分之十三的股份要回来！"

"我不要。我没了沐氏，你才会留在我身边帮我争取沐氏。"沐安澜说着话，很亲昵地隔着被子咬了一下她的头顶。

"你没了沐氏，我要你做什么！"肖嘉宝干脆发了狠，"没了沐氏你一文不值，你说我要你做什么？"

"当厨师。"

"滚。"

被子里的人吃饱了饭，将坐垫上的男人掀翻在地，又跑回床上去了。

沐安澜则高高兴兴地从地上爬起来，简单地收拾了一下餐桌，又让沐影亲自带人过来守在外面，确保一只苍蝇也进不来之后，才心情愉快地出了门。

沐安澜是亲自将已经完全合法的签署好的股权转让书送到27楼的，沐安岩接过的时候，脸上却不见喜庆之意，倒是吃了个超级大亏的沐安澜笑得十分欢快："副总裁拿到了最想要的东西，连个笑容都不想给我吗？唉，一直想兄友弟恭的我真是很伤心。"他说伤心，嘴角的微笑却只差没飞到天上去了。

"你和我父亲谈了什么？"沐安岩完全不想掩饰自己的黑脸，因为昨晚父亲将他叫到书房，居然透露了让他从政的意思。

从政？笑话。他要的从来都是沐氏。

"能谈什么，身为沐家人，当然是谈一些与沐家有关的事情呀。好了，股权也给你了，现在我手上就剩不到百分之零点一，每年的分红够养家糊口就成。那我就不打扰你了。"沐安澜自然不肯对沐安岩说出实情。因为他不觉得现在的沐安岩能够理解他的想法。

"如果让我知道你对我的父亲做了什么，我绝对不会放过你。"沐安岩对着到门口的沐安澜很认真地说。

"哦，说到这个，我也有个原则呢。如果让我知道你对肖嘉宝做了什么，我也绝对不会放过你。"哼，光是说服了沐礼之将沐军之放出来就是一个大写的错。只不过，这笔账他留着慢慢和他算而已。

因为警方与沐安澜的暗卫的互相配合，被越来越发作频繁的头痛症困扰的沐军之在铤而走险要闯入沐彦之的疗养院病房时被抓住了。他在牢里被头痛与随时而至的昏迷折磨得厉害，清醒时，要求见梁晚欢一面。

是沐安澜和肖嘉宝两人陪着梁晚欢去的。因为怕出事，两个人都没敢离太远，手上还戴着电子监控手铐的沐军之对梁晚欢低声说话的声音，隐约都能听见。

"阿欢，"不满五十岁，头发却因为病痛与焦虑而花白的沐军之，看起来比大他三岁的梁晚欢老许多，"你看起来还是和三十年前一样。"

梁晚欢没有说话。她只是冷淡地坐着，如果她曾对他有什么感情，即使只是友情，在他差点儿谋杀了自己的丈夫，多次加害自己的儿子之后，都已经彻底地消散了。现在愿意来见他，不过是出于对将死之人的一丝怜悯与人道主义精神。

"你也还是和过去一样，那么冷酷。"沐军之的声音很低，仿佛他在做梦，在说着梦话一样。

"我知道你恨我。但我感觉这样也是好的。你不爱我，恨我也是好的。恨也是一种感情。"

"你的儿子很聪明。有时候我也想，要是他是我儿子就好了。是我儿子，我们一定会更像。可是他不是。"

"怎么会是我哥呢？明明是我先认识你的。"

"我想把他们都清除出你的生活。这样在你的生活里就只有我了。即使你只恨我，也可以。"

"阿欢，你记得吗？我们总是在天台遇到。那时候我很没用，总是想哭。"

"你对我说，别哭，男人不要哭。想要什么东西，就去争取。尽全力，拼了命地去争取。没有人会看到你的眼泪，但是有人会看到你的风光，会敬仰你，会害怕你，会不再伤害你。"

"我听你的。我一直都在很努力地争取。"

"可是阿欢，我为什么没能争取到你呢？"

……

沐军之一直在说话，而梁晚欢则一直在冷静地听，也一直没做出任何回应。一直到沐军之的头痛症再次发作，很痛苦地倒在地上，梁晚欢才伸手想扶他一下。但也只是伸出了手，在手要碰到他的时候，又收了回来，随后扬声叫人。

十八岁的她因为父母离异，而且双方都不愿意负担她的学业与生活而心情郁郁，偶尔会上天台吹吹风，甚至抽一根烟。于是就见到了同样躲在天台因为母亲去世自己被接到了父亲家却不被父亲喜爱的沐军之。她看他总是红着眼睛，便对他说了那些话。偶尔再在天台遇见，也会聊几句。她不知道他把她当成了爱情，更没料到他把她当成了执念。

爱成了执念，自是伤人伤己。

送梁晚欢回去后回家的路上，肖嘉宝一直沉默着。沐安澜看了她一眼又一眼，终于还是没忍住问出了口："被沐军之感动到了？"

"没有。"说没有，其实也有一点儿。这样执着地喜欢一个人，喜欢到一脚踏进地狱也至死不悔，她虽然不至于那般，却也能真切地感受到那种感觉。

"是不是觉得梁小姐很像你？"像极了。沐军之对梁小姐，就像他对她。不管他多么热情殷切，多么想靠近她，她就是冷冷地躲在自己筑好的城墙后面，似乎还在冷冷地看着他挣扎。

"你不懂的。"梁小姐在沐军之头痛发作倒地时，那只伸出之后又收回去的手，沐安澜大概是不会懂的。给不起，所以就干脆不给。这种感受，沐安澜不会懂。

"你拒绝我，是怕受伤吗？"沐安澜忽然问出了这句。虽然陈小姐在教他追女孩的时候，提起过很多次，女人的拒绝，多半只是怕受伤。但他不相信她是因为这样一个理由而拒绝自己。

"我已经受过很多次伤了。"肖嘉宝淡淡地回答。其实心里还有一句：现在我正在再一次受伤。在你身边，享受你的温柔，却知道不会永久。至少，不会在这一生里都拥有。

"伤害你的那个人，是我吗？"沐安澜沉默了一会儿，才轻轻地问。

Chapter 15 第十五章
请让我离开

沐安澜从没见肖嘉宝哭过,她大多数时候都是强悍得让人仰视的,偶尔也崩溃得像个小孩,但是他真的没有见过她的眼泪。

1

"你送我的那71朵橙色的玫瑰,还有你对那个吃了你的午餐便当的女孩说的话,我一直都记得。"肖嘉宝淡淡地说起往事,假装自己不曾在意。

"我,当时说什么了?"沐安澜真的极努力地回想,但无论如何也想不起这件事情。送橙色玫瑰这件事情倒是记得的,那时候她的父亲去世了,他是在骂了她一顿之后才知道的,于是便想送花道歉。到了花店里,看到橙色的玫瑰,便觉得很像她。骄傲、冷漠,却夺目。似乎很热情,但是也很高冷。但他只记得送了之后,她仍对他横眉冷对。其他的细节,已经毫无印象。

"罗比有次问你,你是不是喜欢我。你说,谁会喜欢唯利是图的寄生兽。"肖嘉宝的声音仍然很淡,时间虽然不是药,但时间里有药。曾经因为他而出现的那些伤口,现在好像已经恢复到可以说出来了。

"有次我听说体育场那边发生了倒塌,我三分钟就穿过了校园跑去救你,听到你和几个同学说,肖嘉宝是个变态的男人婆。"

"有次你惹了事,自己跑了。我被三个黑人追了六条街。"

……

"沐安澜。"

"我是不是很小气?那些事,我全都记得。"肖嘉宝安静地靠在椅背上,眼睛没有看沐安澜,她的声音很轻,轻得让沐安澜都能很清楚地感觉到那些气若游丝的痛,都还一直在她的心里。

最令沐安澜不知道要说什么的是,他完全不记得当时自己是不是说过那些话。

他唯一记得很清楚的,就是肖嘉宝在他身边时他内心的纠结与矛盾。

那时候的他,不肯接受自己喜欢上了她的事实。

"对不起。"除了这三个字,沐安澜不知道自己要说什么了。他只觉得自己的眼眶发热,心里发酸,恨不得倾尽所能造台时光机飞回去,将那个说过那些话做过那些事伤害肖嘉宝的自己打倒,将现在的自己替换回去。

"我不知道你是什么样的人,无法相信你。我唯一能控制的只有我自己。"肖嘉宝停顿了一下,嘴角微微地抿起,露出一丝苦笑,"可是现在怎么办呢?我好像,不太能控制自己了。"

"吱"一声尖厉的刹车,黑色的宾利停在路边。深秋的法国梧桐满树金黄,有一枚完美无比的秋叶晃晃悠悠地落在车窗玻璃上。

沐安澜慢慢地转头看向肖嘉宝,她的表情依然平静,眼神如无风静澜般看着车窗玻璃上那枚恰巧到访的秋叶。

肖嘉宝看着叶子,沐安澜看着肖嘉宝,两个人似都能听到对方心跳的声音。

良久,沐安澜才叫了她的名字:"肖嘉宝。"

肖嘉宝没应他,但仿佛是终于积攒够了勇气那般,慢慢地将视线从那枚秋叶,转到了沐安澜那张每每令她在梦里叹息的脸上。

车厢里的气氛暧昧到有点压抑,让肖嘉宝有一种赶紧打开车门逃跑的冲动。最令她不安的是沐安澜那双琥珀色眸子,那在各大时尚杂志中都会被摄影师们特意重点强调的勾魂摄魄的双眸,此刻深得像海,肖嘉宝觉得自己掉进去,这一生都不可能再出来了。

"不管你想做什么事,想成为什么样的人,从此刻开始,我都会支持你。我会用余生所有的时间努力对你说抱歉的。"

"沐安澜。"肖嘉宝在这段时间里,听过无数次沐安澜讲各种情话,但总觉得似是而非,唯有此刻,令她眼睛一点儿一点儿发热。她是怎么了?被沐军之的话刺激了一下然后就变成这样吗?

"我可以吻你吗?"沐安澜的表情还是很认真,但手却已经伸过来抚在了肖嘉宝细致光滑的下巴皮肤上,嗯,皮肤好好,真的好想……"啪!"手被肖嘉宝一把拍开:"开车!"

沐安澜愣了半秒,笑容再度回到了他的脸上,嘴里又开始不着调儿起来:"难道表白完了不是应该来一个吻吗?"

"开车。没看到禁停标志吗?"

"我愿意为了吻你交罚款。"

"要么闭嘴,要么挨揍。"

"那回到家可以吻吗?"

肖嘉宝转头看窗外,已经不打算搭理他了。

但不被搭理的司机笑容满面,心情好得似在云端开车。

最近几天,沐氏大厦上下,上到28楼的助理蓝语,27楼的总监总经理副总裁,下到停车场里的保安和清洁阿姨,全都被俊美逼人的总裁和酷帅有型的肖特助秀出来的恩爱差点儿闪瞎了眼睛。

每天都有不少员工早早来到公司,却在大堂里以各种理由不上楼,只为了等八点半时养眼总裁和他的行政助理一起出现。

刺激得沐安岩这种甩了女人还花了女人的钱又不肯放下自尊的纠结男,每天上班都觉得眼睛受创。

如果说在电梯口看到沐安澜满面春风地对一脸酷酷的冰山脸眼神却跳跃着欢喜火花的肖嘉宝秀恩爱还可以忍受的话,去总裁办公室看到两个人在工作中秀恩爱,沐安岩觉得自己分分钟被虐得不想看到沐安澜这个人。这种虐深切而又直中要害,令他觉得从沐安澜手里拿到那百分之十三的股权毫无成就感。

如果真的那么高兴,那么被他坑了的沐安澜为什么看起来比他还要春风得意?这么一想,沐安岩甚至觉得他在一个月之后的年度股东大会上十拿九稳地将沐安澜踢出沐氏这件事也没什么意思了。

"哥,你的眼神像是在羡慕我?"沐安澜当着沐安岩的面把坐在办公桌上的肖嘉宝圈在自己与办公桌中间一起修改计划书,肖嘉宝有事要出外勤起身走出去时,沐安澜还无视沐安岩亲了她一下,他看着对自己一脸嫌弃的沐安岩,不无炫耀地刺激对方。他现在叫哥很是顺口。甚至觉得沐安岩听到他亲热肉麻地叫哥时那种纠结的表情也是人生小乐趣。

"明天我会修改一下沐氏公司的行为准则,需要明确加上禁止办公室恋情这一条。"沐安岩真的很嫌弃沐安澜这种额头上都恨不得贴着"我在恋爱"的男人。

"哥,我知道卢赫拉太厉害你很压抑。但是你不要表现得像一个不许孩子恋爱的封建大家长好吗?"沐安澜看沐安岩的眼神,也是大写的嫌弃:啧啧,自己没本事,还嫌女人太有本事,真是大男子主义晚期。

"梁村岛的工程出了点事。总裁可能需要去一趟。"沐安岩知道和沐安澜扯嘴仗自己胜算不大,于是开始谈工作。沐安澜笑容未改,只是眸色微沉:"我能力有限,这一次不如总经理去?"

沐安岩冷冷地扯出半分笑:"岛民指定要求与总裁面谈。总裁最好快点。岛上民风彪悍,工程负责人已经被他们困住了。"

梁村岛事发突然,陈小姐的房子因为地基意外出了一点儿问题,肖嘉宝要亲自在那里处理,沐安澜没有等肖嘉宝便自己出发了。

因为事关纠纷,身在国外的沐影远程部署了沐阳和几个暗卫扮作游客暗中保护。为防万一,沐安澜还是通知了警方,要求他们做好准备随时候命。

车开上正在修建的堆满乱石的海上公路的时候,正好是夕阳西下时。沐安澜看到入口处有警方的警戒线,还有空中盘旋而过的直升机,还算满意地收回了目光。百分之十三的股权换来的特权,还蛮好用。

快到达岛上的时候,作为司机的沐阳一个急刹车,只见前方原本已经可以勉强通车的大堤似被生生地炸开了一个有两三米宽的海沟，车完全过不了，只留下几块可供人跳跃步行过去的混凝土桥墩。

"少爷，对面有人，先不要下车。"结合上次沐安澜遇到的食物中毒事件，沐阳完全戒备了起来。

"打开车灯，向对面喊话，说沐氏总裁来了，可以谈判协商。"沐安澜整理了一下领带与西装，确保它们像他一样并不慌乱。又对正打开车门要下车的沐阳吩咐了一句："他们连炸药都有，防着点。"

陈小姐后院的阳台，被一个喝多了的工程人员开着挖掘车挖掉了半边。肖嘉宝盯着几个工程负责人，眼神如冰，语气亦似带着刀锋："你们是想沐氏倒台大家一起回家吃老本吗？"她刚刚查看了一下，这个建筑公司看似很大，但管理非常混乱，人员也十分复杂，再稍微查了一下，公司老总竟与沐慧之有千丝万缕的关系。联系起来整件事，肖嘉宝已经嗅到了大事发生的前奏。

处理暂告一段落后，肖嘉宝要离开通往陈小姐家的那条翠绿小径，肖嘉宝停住脚步，犹豫了几秒，还是走了进去。

"汪！"陈小姐那条金毛依然极其热情地扑了过来，撞得小院门"哗啦"一声响。但它只叫了一声，也没似以往那般作势要咬肖嘉宝，肖嘉宝伸手摸了一下它的头，金毛呜呜出声已显亲昵，陈小姐的声音也从屋里传了出来："是安澜吗？"

"是我。肖嘉宝。"肖嘉宝清声回应。屋里沉默良久，才又出了声："门没关。进来吧。"

肖嘉宝进去时，看到陈媛媛正端着一小锅粥从厨房里走出来，金毛也跟了进来，绕着肖嘉宝转圈圈，很是欢快。

"吃饭了吗？"陈小姐看了一眼肖嘉宝，继续往餐厅走去。

"没有。"肖嘉宝换了鞋，也走进了餐厅。

"坐吧。"陈小姐放下粥，又走进厨房拿出来两份碗筷，然后给肖嘉宝和自己各盛了一碗白粥，"吃吧。"

菜很简单，一小碟腌黄瓜，一小碟凉拌银芽。肖嘉宝拿起筷子沉默地吃。陈小姐也是。

陈小姐一直没有笑容，肖嘉宝也没有笑。两个人脸上的神情都是冷淡的。

她们是此生第一次坐下来一起吃饭，但是又像发生过很多次一样，餐桌上除了碗筷偶尔碰撞的声音，以及餐桌边金毛呜呜地啃着肉骨头的声音，一直很安静，但并不是特别尴尬。

2

吃完饭之后,肖嘉宝站起来将碗筷收进厨房清洗,陈小姐则到客厅里打开了电视机。

肖嘉宝洗完碗从厨房出来后,走到沙发旁边,看着头发花白体型像自己一样又高又瘦的祖母,她不由得心酸:"谢谢你的晚餐。打扰了。"

"你爸的坟在哪儿?"·陈小姐点头后,忽然问了一句。问得肖嘉宝心里一惊,声音差点凝住:"在美国,他很喜欢那里。"

"不是死也要在一起吗?怎么埋在外面?"陈小姐的声音苍老,有些难以觉察的痛楚感。

"去美国的时候,爸爸也一直带着妈妈。所以他们一起留在那里了。"肖嘉宝说完,又从陈小姐苍老的脸上看到了一丝疼痛,犹豫了一秒,她又加了一句,"他一直想回来见你,但是身体原因不能成行。"

"走吧。"陈小姐拿起遥控器将电视声音调高,下了逐客令。

"再见。"肖嘉宝微微欠身转身要走,却被电视上的突发新闻吸引了注意:

"现在播报突发新闻,海城最后一个未开发的小岛梁村岛发生民事纠纷,因为土地占用与赔偿款项的问题,岛民们炸毁了正在修建的海上公路,并劫持了工程负责人。梁村岛开发计划的官方负责公司沐氏集团的总裁沐安澜正在岛上与岛民进行谈判,警方已经封锁梁村岛的进出口,防止事态的进一步发展。下面是详细报道。"

沐安澜!

肖嘉宝快速从陈小姐家里离开,走出来的时候,脚步都是乱的,过拱门时,还差点被绊倒了。

肖嘉宝在已经建设成半成品的跨海公路入口被警察拦住,她也没硬闯,而是直接亮明了身份。警察设岗是为了防止事态恶化,肖嘉宝是沐氏派去处理事情的,警察没有阻拦,任肖嘉宝的机车轰地驶入岛中。

"喂,付警官?"沐安岩还在公司里加班,两处在建工程都出了问题,要处理的事情很多。但他还是不得不过问一下肖嘉宝上岛的事情。

"沐公子你好,我是第九中队的付思明。"警察毕恭毕敬地对着电话讲明情况,"刚才肖小姐开着机车入岛了。"

"知道了,你让飞机上的人注意着点,别出事。"

"是！"付思明应允，这几位可都是海城有头有脸的人物，他不敢有半丝松懈，吩咐所有人进入一级戒备状态。

肖嘉宝的机车几乎是飞一般地到达岛上的办公地点——一座比较简陋的楼房门前的时候，沐安澜刚刚结束了谈判。

他亲自将代表村民来谈判的几个人送到了门口，身后跟着三个被关了一天的工程负责人，都一致用几近感激涕零的态度看着他们的英明总裁，服气得五体投地。

看到心急如焚的肖嘉宝，沐安澜眼睛一亮，和正在握手告别的村民代表开玩笑："你看，这事儿把我媳妇儿都吓来了。大家放心，刚才大家已经收到了沐氏补发的预付款，现在我们家当家的又来了，想必带来了好消息。我们家一切都归她管。"

沐安澜一番看似不着调的玩笑话，却无形地拉近了与几位村民代表的距离，再加上之前的谈判已经有了令对方满意的结果，几个人安心离开了，沐安澜伸手搂住肖嘉宝的腰："这么想我？"

沐嘉宝看到他已经安全，心里的高度戒备才一点点地放松下去，便也没挣脱他搂得很暧昧的手，但嘴上依然没忘记谈工作："梁村岛也是沐慧之负责的吧？"

"我们回去再说。"沐安澜轻笑，回头挥手示意跟着的工作人员各自归位后，继续黏着肖嘉宝不放，"想我了吗？"

"想了一路。"肖嘉宝的声音冷冷淡淡，说出来的内容却让沐安澜的笑容绚烂得能将岛上的黑夜照亮，"共计一个小时四十三分五十一秒。"

"我一直在想你。但忘记计算是多长时间了。反正也算不完，就由它了。"沐安澜搂着肖嘉宝往里走，"吃饭了吗？一起吃海鲜？"

"在陈小姐家吃了饭。"肖嘉宝面色微凝，"不要再吃海鲜了。"

"别担心，上次的事件是村民赔偿矛盾激化的结果，现在应该没事了。"沐安澜更关心她在陈小姐家吃饭的事情，"你和陈小姐和好了？"

"谈不上和好。"她们的关系，从来没有好过。

"耐心点，我们慢慢来。陈小姐和你真的很像。"沐安澜心情十分好，看来他主动向陈小姐坦白所追求的女孩是肖嘉宝是对的，虽然也在陈小姐那里吃了苦头，但是到底让她们的祖孙关系进了一步。

第二天一早，由直升机押送的现金上了岛，沐安澜和肖嘉宝在办公室里忙了一天。由沐安澜亲自与每一户岛民签协议，而肖嘉宝则让五名会计负责款项的发放，其他人也在忙碌着完善原本漏洞百出的安置事务。

傍晚，一整天都没能与肖嘉宝说上话的沐安澜拉住还在做事的肖嘉宝就往外

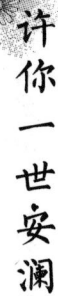

走:"跟我来。"

肖嘉宝正在搜集一些重要文件,沐安澜一把夺过丢给跟在他身后的沐阳:"交给你了。明天离岛之前全部整理好。"

肖嘉宝被沐安澜半拉半抱着离开了办公室,而沐阳看着整整一柜子的报表文件,脸上的表情只能用欲哭无泪来形容了:少爷自从恋爱了之后,变得愈加惨无人道了。

沐安澜在路边买了两只椰子,与肖嘉宝一人一只,一边喝一边手拉手走向沙滩。夕阳正好,两个人都没有说话,却都感觉到对方美好的心情。

"原来椰子汁是这个味道。"两个人在沙滩边的草地上坐下,沐安澜将手里的椰子放到一边,肖嘉宝却不肯放,捧着继续用吸管喝椰汁,"味道挺不错。"

"你没有喝过椰子汁?"沐安澜无来由地觉得此刻的肖嘉宝可爱到爆,海城不但是临海大城,而且交通十分发达,不但是经济中心,还是政治中心,椰子这种水果在海城是十分普通的水果,可是在全球多个城市生活过的肖嘉宝竟然没有喝过,真是不知道要如何形容她的呆萌才好。

"没有。长得太丑。"肖嘉宝嘴角含笑,挑眉看着沐安澜在夕阳下更显俊美无双的脸,"我的审美很挑剔,男人也必须长成你这样才合格。"

"肖嘉宝,看不出来你还是个看脸的人呀。"沐安澜假装板着脸,但眼底的笑意却出卖了他因为肖嘉宝的话而绝好的心情。

"不然你以为你长得像李经理我会和你坐在这里吗?"肖嘉宝挑眉,李经理是岛上三个工程负责人之一,眼小嘴大,个矮大肚,而且还秃顶。

"难道你不应该说不管我变成什么样你都一如既往爱我吗?"沐安澜看着肖嘉宝,一脸的严肃,"难道你对我不是真爱?"

"如果我长得像那边那位大婶呢?"肖嘉宝指了指海滩上一位个矮肥胖一脸黝黑地在捡海滩上的垃圾的清洁阿姨。

"不怕,我可以带你去整容。"沐安澜很认真地思考可能性,在脑海里将那位阿姨的脸换成肖嘉宝的,并不惊悚,却有一种莫名的喜感。

"你看,真爱是建立在脸基础上的。"肖嘉宝下了结论,同时也在脑海里将清洁阿姨的脸替换成自己的脸,不由得也觉得好笑。

她"扑哧"一声笑,整个人都似在金色的夕阳下发光,引得一直看着她的沐安澜心里不由得一阵发痒。他伸手搂住她亲了一下她的发线,却意外发现她手臂上长了一些红斑:"怎么了?你昨天受伤了?"

"没有。"肖嘉宝也低头看自己的手臂，在看到那些似曾熟悉的红斑的瞬间，她浅淡的微笑凝在了脸上。

"怎么了？"沐安澜敏锐地捕捉到了她的神情有异。

"没什么。"肖嘉宝移开目光，有些艰难地掩藏眼底的忧心。

"走吧。可能是太阳晒的。"沐安澜站起来伸手将她牵起之后一把抱进怀里，"抱着就晒不着了。"

"一百多斤呢，不重？"肖嘉宝也没打算矫情挣扎，伸手搂住了他的脖子。

"抱的是一生所爱，怎么会嫌重？"沐安澜的情话说多了，越来越信口拈来。

可因为他这句话，肖嘉宝的眼睛一下就湿了。

十六岁那年，父亲在最后的那些日子里，已经不能行走。有天她将已经瘦得几乎只剩骨架的父亲背下楼去晒太阳。父亲说："辛苦我们嘉宝了。爸爸是不是很重？"

她当时是这样回答的："背的是爸爸呀，怎么会觉得重？"她真的不嫌重，如果一个很重的父亲不会离开的话，她愿意一生都背着他出去。

"怎么了？"沐安澜还是很敏锐地感觉到了她情绪的变化，低头正好看到她眼里的泪。沐安澜从没见肖嘉宝哭过，她大多数时候都是强悍得让人仰视的，偶尔也崩溃得像个小孩，但是他真的没有见过她的眼泪。

所以他吓着了，赶紧将她放下，捧着她的脸安慰："告诉我怎么了？"

他的紧张与在意就写在眼睛里，肖嘉宝抓住他抹掉了她那滴眼泪的手，轻轻地扣住，突如其来的绝望感，让她决定完全放弃对他的所有抗拒："想起我爸了。"

"没事，有我在。"沐安澜将她搂进怀里，轻抚她的背部细声安慰，最后一抹夕阳将他们的影子拉得极长，美好地印进沙滩里。

3

一大早，沐氏的气氛就很紧张。

因为梁村岛民事纠纷的新闻而被媒体挖出来的有关沐氏高层贪污的消息已经铺天盖地，也直接影响了沐氏的股票。

沐氏的员工一大早就在大厅里看到了关于免除沐慧之副总裁所有职务的告示，底下还罗列了免除职务的理由，包括梁村岛在内的工程舞弊案多项贪污渎职条目，看得所有人都胆战心惊。特别是原本跟在沐慧之手下的几位高层，更是冷汗津津如坐针毡。

随后的主管例会上，由总裁特助再次宣布了这个消息，并宣布沐慧之副总裁需要交出沐氏股份，以降低此次事件对沐氏造成的损失。还当场宣布辞退几位包括王经理与陆经理在内的与此案有关的高层主管。

听说，会议室乱成一团。沐慧之副总裁在会议室就晕倒了。

原本定在半个月后的年度股东大会提前举行，人人都盛传，沐氏高层将在这一次股东大会进行大洗牌。

午餐时间，肖嘉宝看了一眼正在逛公司论坛的蓝语，挑了挑眉示意她说说情况。

沐氏公司的内部论坛上，已经开始进行民意调查。沐氏员工属意谁做总裁也将列入股东考核范围。自然，沐安澜和沐安岩是票数最高的人选。蓝语抿嘴笑了笑，将手里的平板电脑递到肖嘉宝面前，指给她看那个意外出现的选项：肖嘉宝。而且，好像还真有投票的员工，目前肖嘉宝排名第三。

肖嘉宝也不由得笑了："论坛的管理人员是我的粉丝？"

蓝语捂嘴笑："是总裁亲自叫他把你的名字加上的。"

肖嘉宝看了一眼总裁办公室的门，眼底有无奈：她才觉得沐安澜做事靠谱没几天，这就又开始整幺蛾子了。

还关在办公室里处理沐慧之事件以及为股东会议做准备的沐安澜正在与沐影开视频会议，他要确保一切能顺利按照他的计划进行。

27 楼的沐安岩则明显没有那么忙了，即使少了沐慧之那百分之五的支持，他手上的股权持有量也已经足够碾压沐安澜。

至于肖嘉宝，虽然刚才查到她竟然是那位难搞的陈女士的孙女，但她们祖孙关系恶劣不说，肖嘉宝即使手里有百分之五股份又如何？肖嘉宝并不是沐家人。

沐安岩太自信了。他素来稳重，但沐安澜出现之后，各种令他难以预料的情况不断发生，连他也被带得有些浮躁起来。

所以，在股东大会结束之后，他还一直呆呆地坐在位置上，眼神木然地看着几个比较开明的股东一个一个地走到肖嘉宝面前去，低声祝贺她因为股权持有量及股东投票与员工投票三项总量第一而成为沐氏的新一任总裁。

肖嘉宝还是有些蒙，但她很得体地回应了股东们的祝贺。而沐安澜则站在她的旁边，一张俊美的脸笑得似桃花盛开，看在沐安岩眼里，别提有多刺眼了。

刚回到总裁办公室，当着蓝语的面，肖嘉宝便抓住沐安澜的领口狠狠地将他压制在墙上："沐安澜！"

沐安澜还在笑："亲爱的，蓝小姐还在呢，你不要这么急嘛。"他暧昧的语气，明显就是想让人想歪。

"说！"肖嘉宝已经在情绪失控边缘，她的名下居然有百分之三十七的股份！她居然是那个她自己遍寻不着的神秘大股东！

再加上从祖母那里拿来的百分之五，以及明显被沐安澜操控了的员工投票，还有那些眼神古怪的支持她的股东，她明明白白地知道了真相：沐安澜就在她的眼皮底下，很嚣张地把她给玩儿了！

她成了沐氏最大的股东，也成了沐氏的总裁！

这都叫什么事？她的任务明明是让他坐稳总裁位置之后功成身退，结果却变成她抢了沐氏？

"这是求婚礼物呀。"沐安澜摊摊手，一脸的无辜，"不是跟你说过了吗？我把沐氏给你，你就嫁给我。"要知道为了这份"礼物"，他把多年赚的老本全掏出来了。肖嘉宝真是贵得不能不娶呀。

"求你个头！"肖嘉宝情绪彻底崩溃了，低吼的同时双手用力！于是，沐大少爷就在蓝语捂着嘴巴瞪大眼睛的目睹中被一个漂亮的过肩摔狠狠地摔在了地上。

进入愤怒状态的肖嘉宝风一样离开之后，沐安澜慢悠悠地从地上爬起来，摊手很认真地问蓝语："蓝小姐，嫁给我不好吗？"

"不知道……"蓝语还处于目睹总裁被家暴的现场的震撼里，于是很诚实地说出了事实，"不过总裁，虽然世界上几乎所有的女人都想嫁给你，但显然肖小姐真的不太愿意哦。"

沐安澜回家的时候，手里抱着一束橙色的玫瑰。想当然，情绪已经崩溃的肖嘉宝并没有出来接，沐安澜放下花，直接走向了客卧敲门："肖嘉宝。"

没声。

"肖嘉宝。"

还是没声。

"肖嘉……"沐安澜正要敲第三次门的时候，肖嘉宝穿戴整齐地走出来了："沐安澜，我们谈谈。"

"好。"沐安澜看了一眼她身后那个似乎已经整理好的行李箱，好看的眉宇微锁，"谈什么都可以，但不许说走的事。"

肖嘉宝没理他，直接走到客厅，将桌上的文件袋子拿起来给他："你看一看，里面是所有的股权转让书。"

"然后？"沐安澜淡淡地接过，俊眉轻轻挑起，"你对这个求婚礼物不满意？"

"沐安澜，不需要求婚，也不需要求婚礼物。因为我很快就会死的。所以我并不需要这些。"肖嘉宝的眼神特别平静，特别坚定，"如果你真的如你所说的那样在乎我，那么我只需要你给我最后的自由和尊严。"

"你的自由与尊严是什么？"

"收下股权，让我离开。"

"理由。"沐安澜也十分冷静，但他心里是害怕的，因为那个距离感超强的肖嘉宝又回来了。

"我会像我爸一样死去，但我不想死在你的面前，我想有尊严地离开这个世界。而且，因为对梁小姐的承诺，我一直没有自由过。我希望我在生命的最后，是自由的。"

"你为什么觉得你会死？当然我们每一个人都会死，但是你为什么断定你很快就会死？因为你身上的红斑？"她身上的红斑确实很可疑，他提了好几次，要陪她去医院看看，甚至有次都约好了医生开车载她到医院楼下了，但她拒绝得特别坚决。

"我曾祖父最开始就是这样的。半年后他去世了。我的祖父也是这样的，两年后他也去世了。我的父亲幸运一些，在医学技术进步很多的情况下，撑了五年。"但父亲最后那些日子太痛苦了，无休止的疼痛，免疫系统完全失灵，不断地吐血，最后油尽灯枯。

她是生生看着正值壮年的父亲病得瘦成了一把骨头，再从一把骨头变成了一小撮骨灰。她不想让沐安澜遭遇这些，看着她病成一把形容枯槁的骨头，再无能为力地看着她死掉。

"你确定你也会死吗？"沐安澜伸出手，"给我看医生的诊断结果。"

"沐安澜！喂！你要干吗？"无视肖嘉宝的挣扎，沐安澜抱着她就往外走。

"讳疾忌医的家伙！"沐安澜心里有气，用了蛮力将肖嘉宝死死压制在自己与门之间，"要走也去医院确诊了再走！"

从医院出来，沐安澜气宇轩昂地走在前面，而肖嘉宝还一脸呆萌地跟在后面。

丢人不？把过敏症状视为必死的癌症，然后各种折腾各种作，都快要作上天了，最后在医生的话里全都泄气了："相信我，你很健康。这只是过敏症状。过敏原也化验出来了，是生椰子。以后在饮食中避免与椰子有关的食物就可以了。而且就算误食了，程度也并不严重。不用药的话，停止食用一周之后，也会消退的。"

"沐安澜。"

第十五章 请让我离开

"哼。"肖嘉宝这智商掉线严重呀,不会是生椰子过敏后遗症吧?

"抱歉……"

"抱歉有用的话要民政局干吗?"沐安澜看了一眼时间,为了肖嘉宝,他把几乎整个沐氏医院的人都翻出来折腾了一夜,这会儿医生们的抱怨加起来估计都能把他给埋掉了吧?

"关民政局什么事?"

"嫁给我就那么委屈?"沐安澜专心开车,大清早的不堵车,应该很快就会到,民政局在哪条路来着?

"将来你要是和我离婚,你的寿命也就结束了。我的婚姻是和配偶的命有关的,我是担心你活不长。"

"谁提离婚谁先死。"说到这个,沐安澜底气很足,"也不知道是谁昨晚又哭又闹要离开。"

"谁又哭又闹了?"

"一个叫肖嘉宝的女人。"

"沐安澜。"

"干吗?"

"我爱你很久了。"

"可以不要在开车的时候表白吗?"想吻她还得停车。

"你喜欢我多久了?"

"喜欢你多久了,这个不知道呀。不记得什么时候开始的了。"沐安澜看了一眼嘴角微翘可爱至极的肖嘉宝,又加了一勺蜜糖,"不过可以肯定的是,应该还会喜欢很久。"

"我也会喜欢你很久的。"

"吱——"刹车声。

"干吗乱停车?"

"因为有些事情必须停车才能做呀。"比如说很想吻自己爱了很久,她又刚刚不断地向自己表白的女孩子。

十年之后,位于后海的一幢庭院的草坪上,两个小朋友正在吵架。

"沐洛嘉!把东西还给我!"穿着裙子的小女孩一张脸美得毫无瑕疵,一双琥珀色的眼眸盯着面前一脸无所谓的小男孩,怒火腾腾。

"沐洛宝!这个玩具明明是我的,怎么会出现在你的房间里?"男孩眉目也俊秀无双，与女孩长得十分相似。他只比沐洛宝早出生五分钟，所以是哥哥。不过在智商上，他觉得自己完全可以比爱哭的沐洛宝大十几年不止。

"我反正没有偷拿！"

"难道我会把自己最喜欢的玩具送到你的房间里去吗？"

"我反正没有拿！"

"以你的智商，就是拿了也会忘记的。"

"哇呜呜……沐洛嘉你欺负我……爸爸……沐洛嘉欺负我……"

屋里，正抱着太太打算趁孩子们在外面疯玩做点什么"坏事"的沐安澜听到女儿的叫声，十分挫败地闭上了眼睛："肖嘉宝。"

"嗯。"结婚十年，肖嘉宝也被沐安澜传染上了赖床的坏习惯。

"我们不要再生孩子了好不好？"本来他的太太就忙得要命，孩子出生后，他就觉得每次和肖嘉宝相处都像是跟她的工作和孩子抢她一样，郁闷至极。

"也不知道谁当时吵着要生。"

"我错了……"沐安澜刚伸手把太太搂住，外面就传来了女儿哭得更激烈的声音："爸爸……"

沐大帅爸只好认命地起床哄女儿去了。

（完）